10
18

12, AVENUE D'ITALIE. PARIS XIIIe

Sur l'auteur

Né en 1955 en Angleterre, Iain Pears vit à Oxford. Docteur en philosophie et historien d'art, il a travaillé pour l'agence Reuter jusqu'en 1990. Conseiller de la BBC et de Channel 4 pour plusieurs émissions consacrées à l'art, il est l'auteur de nombreux écrits sur ce sujet. Il a signé une série de romans policiers se déroulant dans le monde de l'art, ouverte par *L'Affaire Raphaël*, qui compte aujourd'hui sept titres, et dont le dernier s'intitule *Le secret de la Vierge à l'enfant.*

Il s'est aussi imposé sur la scène littéraire mondiale avec *Le Cercle de la Croix,* puis *Le Songe de Scipion* (Pocket, 2004) et *Le Portrait.*

IAIN PEARS

L'AFFAIRE RAPHAËL

Traduit de l'anglais
par Georges-Michel SAROTTE

10
18

« *Grands Détectives* »

dirigé par Jean-Claude Zylberstein

BELFOND

Du même auteur
aux Éditions 10/18

▶ L'AFFAIRE RAPHAËL, n° 3365
LE COMITÉ TIZIANO, n° 3366
L'AFFAIRE BERNINI, n° 3454
LE JUGEMENT DERNIER, n° 3576
LE MYSTÈRE GIOTTO, n° 3706
L'ÉNIGME SAN GIOVANNI, n° 3839
LE SECRET DE LA VIERGE À L'ENFANT, n° 3968
LE PORTRAIT, n° 4030

Titre original :
The Raphael Affair

ISBN 978-2-264-04728-1

À Ruth

Certains des bâtiments et des tableaux mentionnés dans ce livre existent, d'autres non, et tous les personnages sont imaginaires. S'il n'y a pas de Musée national dans la villa Borghèse, il existe bien un service chargé des œuvres d'art dans un immeuble du centre de Rome. Cependant, je l'ai fait arbitrairement dépendre de la police et non des carabiniers, afin de souligner que mon récit n'a rien à voir avec l'action de l'original.

1

Quelques instants avant que la cloche de Sant' Ignazio ne sonne sept heures du matin, comme à l'accoutumée, le général Taddeo Bottando monta l'escalier dont les murs étaient couverts d'œuvres d'art volées. Il était arrivé sur la piazza bien avant mais, selon son habitude, il avait passé dix minutes dans le café en face du bureau à boire deux espressos, tout en mangeant un *panino* bourré de jambon frais. Les autres habitués l'avaient salué comme on salue un client qui vient là tous les jours prendre son petit déjeuner, d'un « *Buongiorno* » amical accompagné d'un signe de tête indiquant qu'on le reconnaissait, sans chercher néanmoins à entamer la moindre conversation. À Rome, comme dans toutes les grandes villes, le réveil est une affaire privée qui s'effectue dans le calme et la solitude.

Cet agréable rituel matinal terminé, Bottando avait traversé la place pavée, puis gravi l'escalier, haletant et ahanant avant même d'avoir atteint le premier palier. Ce n'était pas qu'il était trop gros, se disait-il souvent pour se rassurer. Il y avait des années qu'il n'avait pas dû faire élargir son uniforme militaire. Bien en chair, peut-être. Il préférait : d'aspect respectable. Il devrait renoncer aux cigarettes, au café, à la bonne chère et faire de l'exercice. Mais quels plaisirs la vie offrirait-elle alors ? En outre, il approchait de la soixantaine, et il était désormais trop tard pour essayer de se remettre en forme. L'effort le tuerait probablement, de toute façon.

Il s'arrêta un instant afin de regarder un nouveau tableau accroché au mur, mais surtout pour s'accorder discrètement une occasion de reprendre son souffle. Un petit dessin signé Gentileschi, de toute évidence. Très beau. Dommage qu'il faille le restituer à ses propriétaires légitimes une fois tous les papiers remplis, le coupable inculpé et la documentation envoyée au bureau du procureur. Quoi qu'il en soit, c'était l'une des compensations qu'offrait le poste de chef de la brigade nationale italienne chargée des vols d'objets d'art. Les rares fois que l'on récupérait quelque chose, cela en valait généralement la peine.

« Joli, n'est-ce pas ? » fit une voix derrière lui tandis qu'il examinait le travail de l'artiste. Réprimant les derniers signes de son essoufflement, il se retourna. Flavia di Stefano était l'une de ces merveilleuses femmes que seule pouvait engendrer l'Italie, selon Bottando. Ou bien elles devenaient épouses et mères, ou bien elles travaillaient. Et, si elles travaillaient, au lieu de rester à la maison, il leur fallait lutter si fort contre un sentiment de culpabilité qu'elles étaient deux fois plus efficaces que tout le monde. C'était la raison pour laquelle huit des dix enquêteurs étaient des femmes. Il savait que sa brigade avait reçu, en conséquence, un malheureux surnom de la part d'autres sections du service. En tout cas, le « bordel » de Bottando, ainsi que ses collègues, à coup sûr jaloux, désignaient son bureau, obtenait des résultats. Contrairement à d'autres qu'il aurait pu citer.

Il lança un « Bonjour ! » bienveillant et radieux à la jeune fille, ou plutôt à la jeune femme : il avait désormais atteint l'âge, se disait-il, où l'on considère toute femme de moins de trente ans comme une jeune fille. Il l'aimait beaucoup, même si elle semblait tout à fait incapable de le traiter avec la déférence à laquelle son grade, son âge et sa sagesse lui donnaient droit. Alors que certains de ses amis évoquaient avec délicatesse ses évidentes rondeurs, Flavia l'appelait, affectueusement et sans la moindre gêne, « gros plein de soupe ». À part ça, c'était une subordonnée quasi parfaite.

Flavia, qui tenait à porter un pull-over et des jeans pour montrer qu'elle n'appartenait ni à la catégorie des femmes policiers, ni à celle des femmes d'affaires sérieuses, lui rendit son salut en souriant. C'était sincère. Ces dernières années, le général lui avait beaucoup appris, notamment en lui laissant commettre des erreurs dont il endossait ensuite la responsabilité. Ce n'était pas l'un de ces patrons qui voient dans le personnel un troupeau d'agneaux bon à sacrifier chaque fois que quelque chose tourne mal. Au contraire, il était très fier d'enseigner à ses subalternes à faire les choses correctement et, sans que ce soit jamais officiel, il leur accordait une grande indépendance. Plus que la plupart, Flavia avait réagi avec enthousiasme et était devenue enquêteur à part entière, même si elle ne possédait pas le titre.

« Les carabiniers stationnés près du Campo dei Fiori ont appelé : ils veulent nous amener quelqu'un, dit-elle. Ils l'ont arrêté hier soir alors qu'il pénétrait par effraction dans une église sur leur territoire, et d'après eux il a une étrange histoire à raconter. Ils semblent croire que c'est plutôt de notre ressort. »

Elle parlait avec l'accent rauque et nasal du Nord-Ouest. Bottando l'avait engagée alors qu'elle sortait de l'université de Turin, au moment où elle venait d'interrompre des études de troisième cycle pour s'installer à Rome. Prétextant, entre autres raisons, qu'elle finirait par retourner à l'université pour obtenir son diplôme, elle refusait de s'engager à plein temps dans la police. Mais elle se donnait tant à son travail dans la section que cela paraissait peu probable. Elle avait les cheveux blonds et la peau claire de beaucoup d'Italiens du Nord. Même si elle n'avait pas été belle, d'une beauté simple mais indéniable, à Rome sa chevelure l'aurait fait remarquer.

« Ont-ils dit de quoi il s'agissait ?

— Non. Ils ont juste évoqué un tableau. Ils croient que l'homme est un peu fou.

— Quelle langue parle-t-il ?

— L'anglais. Et un peu d'italien, mais je ne sais pas jusqu'à quel point.

— Dans ce cas, c'est vous qui allez l'interroger. Vous connaissez mon anglais. S'il a quelque chose d'intéressant à dire, faites-le-moi savoir. »

Flavia esquissa une parodie de salut militaire : deux doigts de la main gauche appuyés brièvement contre la frange de cheveux dépeignés avec soin qui tombait en oblique jusqu'à mi-front. Ils se dirigèrent vers leurs bureaux respectifs : elle, vers le local exigu qu'elle partageait avec trois personnes, et lui, au troisième étage, vers une pièce plus luxueuse, décorée presque entièrement avec d'autres objets volés.

Une fois installé, Bottando se livra, comme chaque jour, au rituel de la lecture du courrier disposé par sa secrétaire en une pile impeccable sur sa table de travail. Les bêtises habituelles. Il secoua la tête d'un air morne, poussa un profond soupir et jeta toute la pile dans la corbeille.

Deux jours plus tard, un volumineux dossier l'attendait sur son bureau. Il s'agissait du fruit des interrogatoires du prisonnier amené par les carabiniers ; le document portait toutes les marques de la conscience professionnelle de Flavia. Au-dessus se trouvait une petite note : « Je pense que ça vous plaira... F. » En principe, l'entrevue aurait dû être conduite par un vrai policier, mais Flavia était vite passée à l'anglais et avait pris l'interrogatoire en main. En parcourant rapidement les pages, Bottando s'aperçut qu'à l'évidence l'homme parlait l'italien. Mais, vu son manque d'intelligence, le policier de service serait sans doute passé à côté de presque tout ce qui avait de l'intérêt.

Le dossier était un résumé de l'interrogatoire, le genre de chose qu'on envoie aux services du procureur si la police pense qu'il y a matière à poursuivre. Bottando alla se chercher un espresso à la machine dans le couloir (accro de longue date, il ne pouvait même plus s'endormir le soir sans une dernière dose de caféine), s'installa confortablement et commença à lire.

Les toutes premières pages ne révélaient pas grand-chose d'intéressant. Âgé de vingt-huit ans, le prisonnier était anglais et préparait son doctorat. Il se trouvait à Rome en vacances et avait été arrêté pour vagabondage lorsqu'on l'avait surpris en train d'essayer de passer la nuit, semblait-il, dans l'église de Santa Barbara près du Campo dei Fiori. Rien n'avait été volé et le prêtre de la paroisse ne s'était plaint d'aucune déprédation.

Tous ces détails couvraient cinq feuillets, et Bottando se demandait pourquoi on avait fait appel à son service et pourquoi les carabiniers s'étaient donné la peine de procéder à une arrestation. Dormir par terre n'était pas un délit majeur. Pendant les mois d'été, on voyait des étrangers ronfler à qui mieux mieux sur presque tous les bancs et dans tous les espaces ouverts de la ville. Parfois ils n'avaient pas d'argent ou étaient trop soûls ou trop drogués pour rentrer à leur pension ; et souvent ils n'avaient pas le choix, lorsqu'il n'y avait pas une seule chambre d'hôtel libre à des kilomètres à la ronde.

Mais, à la page suivante, son intérêt s'éveilla. Le

prisonnier, un certain Jonathan Argyll, avait informé les enquêteurs qu'il s'était rendu dans cette église non pour y passer la nuit, mais pour examiner un Raphaël accroché au-dessus de l'autel. En outre, il avait insisté pour faire une déposition complète au sujet d'une énorme escroquerie.

Bottando réfléchit. Un Raphaël ? L'homme avait sans doute perdu la tête. Il ne se rappelait pas très bien cette église, pourtant il était sûr de savoir où se trouvaient tous les Raphaël du pays. S'il y en avait eu un dans une minuscule église comme Santa Barbara, il l'aurait su. Il se dirigea vers l'ordinateur et l'alluma. Une fois que la machine fut prête, il ouvrit le fichier contenant la liste des cibles potentielles pour les voleurs. Il tapa « Roma », et lorsqu'on lui demanda des détails supplémentaires il précisa « chiese ». Ensuite, il saisit le nom de l'église. L'appareil lui répondit aussitôt que Santa Barbara ne possédait que six objets susceptibles de tenter les voleurs. Trois pièces en argent, une bible vulgate du XVIIe siècle reliée de cuir gaufré et deux tableaux. Mais aucun n'était un Raphaël ni ne risquait d'être pris pour une œuvre de ce peintre. En fait, les deux tableaux étaient plutôt moyens et un voleur qui se respectait n'aurait pas perdu son temps à les subtiliser. Le marché des crucifixions volées mesurant trois mètres sur deux et exécutées par des peintres romains anonymes n'était pas particulièrement animé. Bottando ne croyait pas non plus que le tableau du maître-autel aurait beaucoup de succès sur le circuit parallèle international ; il s'agissait du *Repos pendant la fuite en*

Égypte peint par Carlo Mantini, le magnifiquement médiocre artiste du XVIIIe siècle.

S'étant rassis à son bureau, il lut quelques lignes de plus, convaincu que par « intéressant » Flavia voulait dire que son dossier illustrait une fois encore la sottise des hommes. Elle tenait beaucoup à cette vision de la nature humaine, surtout en ce qui concernait les collectionneurs d'art. Plusieurs fois la section avait abandonné la recherche d'une œuvre mineure en découvrant que celle-ci avait été acquise – pour un Michel-Ange, un Titien ou autre Caravage – par un riche collectionneur étranger possédant plus d'argent que de bon sens. On se vengeait en informant l'acheteur qu'il avait été berné, avant d'avertir la police locale. Dans l'ensemble, on jugeait que l'humiliation de l'acquéreur constituait un châtiment suffisant et, en général, l'œuvre avait trop peu d'intérêt pour que cela vaille la peine et la dépense de lancer un mandat d'arrêt international accompagné d'une demande d'extradition.

Était-il possible, par conséquent, que ce document de cinquante pages énumère juste les chimères d'un illuminé, convaincu qu'il pouvait faire fortune rapidement ? Quelques coups d'œil supplémentaires persuadèrent vite Bottando que les choses n'étaient pas si simples. Après une séance de questions-réponses, le rapport se transformait en un récit ininterrompu, correspondant à une très longue déposition :

« ... études en vue d'un diplôme dont le principal élément était une thèse sur Mantini. Pendant mes recherches, j'ai découvert une série de documents prouvant sans aucun doute que Mantini gagnait de l'argent en travaillant pour des marchands de tableaux à Rome dans les années 1720 et qu'il avait participé à une escroquerie de grande envergure. Ne croyez pas que c'est seulement depuis peu que l'Italie établit des restrictions en matière d'exportation d'œuvres d'art. La plupart des vieilles nations les imposaient même au XVIe siècle. Et, dès le XVIIIe, ces restrictions sont devenues très rigoureuses. Les États pontificaux, notamment, s'appauvrissant, un grand nombre d'étrangers venaient ici dans le but d'acheter. C'est ainsi qu'on a inventé plusieurs méthodes pour contourner les règlements. La plus utilisée était la plus évidente : une série de pots-de-vin judicieusement distribués. Certains tableaux ont aussi été un temps réattribués à quelque peintre obscur, en attendant l'obtention d'une licence d'exportation. Parfois les marchands allaient jusqu'à découper le tableau en morceaux avant de l'envoyer à Londres ou à Paris, où il était recollé et restauré.

» Plus la valeur du tableau était grande, moins il était aisé de le sortir du pays. Je suppose que c'est vrai encore de nos jours. Et les tableaux les plus difficiles à exporter étaient ceux signés – ou prétendument signés – par le grand triumvirat de la Renaissance : Raphaël, Michel-Ange et Léonard de Vinci. À plusieurs reprises, des marchands et des collectionneurs ont acheté des œuvres de l'un de ces peintres et, ayant sollicité du Saint-Siège la permission de les emporter, ont essuyé un refus. Nombre de ces tableaux sont toujours ici. C'est pourquoi, lorsque la famille di Parma a souhaité vendre son bien le plus précieux, il a fallu, cela va sans dire, user d'un procédé illégal pour encaisser l'argent.

» Les di Parma avaient été une famille illustre, l'une des plus puissantes d'Italie centrale. Comme beaucoup d'autres, elle connaissait des temps difficiles ; alors, quand le comte de Clomorton leur a offert d'acheter leur Raphaël pour une somme insensée, ils ont accepté. Pour le faire sortir du pays, ils ont eu recours aux services d'un marchand de tableaux du nom de Samuel Paris, lequel a, à son tour, fait appel à Mantini.

» La méthode choisie fut merveilleusement simple. Mantini peindrait un autre tableau sur celui de Raphaël, et la toile quitterait le pays comme s'il s'agissait d'une de ses œuvres. Une fois arrivé en Angleterre, le nouveau tableau serait nettoyé et le Raphaël prendrait sa place dans la collection du comte. Il est probable que Mantini a protégé la toile du dessous grâce à une couche de vernis et qu'il a utilisé une peinture facile à ôter.

» Je ne connais pas les détails techniques de l'opération, mais je sais que cela s'est passé de la sorte. Dans les archives Clomorton se trouve une lettre de Paris assurant au comte qu'il a vu Mantini appliquer les couches de peinture et le Raphaël disparaître sous son vêtement d'emprunt. Cependant, Clomorton n'a jamais accroché le tableau chez lui.

» À un moment donné, les choses ont mal tourné, de façon accidentelle ou préméditée. Il a dû y avoir un échange de tableaux : le Raphaël a été payé, et un autre tableau a été envoyé en Angleterre. Peu de temps après son arrivée, l'escroquerie a été découverte, évidemment, et le comte est mort. Il ne semble pas que la famille ait jamais reparlé de l'affaire.

» Ce qui compte, c'est que le Raphaël a bien été recouvert par Mantini ; ça, Paris l'a vu. Mais il n'est jamais parvenu en Angleterre, et il a disparu de la collection di Parma. Par ailleurs, en 1728, la famille possédait un Mantini qu'elle n'avait pas quatre ans plus tôt.

» Par conséquent, tout cela donne à penser que le Raphaël est resté caché à Rome. Dans ce cas, je ne sais pas pourquoi on ne lui a jamais enlevé son vêtement d'emprunt. Mais c'est ainsi : le Mantini est demeuré dans la collection, et l'on a estimé sa valeur si faible que dans les années 1860 il a été donné à l'église de Santa Barbara pour servir de retable.

» Résultat : ce tableau fut ignoré dans cette église pendant plus d'un siècle. Je l'ai vu pour la première fois il y a un an lorsque je faisais des recherches pour ma thèse. J'en suis alors venu à penser qu'il y avait peut-être un Raphaël en dessous. Quand je suis revenu pour vérifier, il avait disparu. Quelqu'un a subtilisé ce fichu tableau. »

En dépit du style guindé du document officiel, l'exaspération du prisonnier était patente. Non seulement on l'avait frustré de l'honneur d'avoir fait l'une des plus remarquables découvertes de la décennie, mais on l'avait, par-dessus le marché, arrêté pour vagabondage. S'il s'agissait réellement d'une découverte remarquable.

De toute façon, puisque le tableau avait disparu, il fallait commencer une enquête. Voyant là une bonne occasion de faire une petite balade, Bottando appela Flavia. Ils descendirent et prirent la direction de Santa Barbara.

L'un des agréments de ce travail, se disait le général, chemin faisant, c'était qu'il lui permettait de vivre à Rome. Bien qu'il n'y fût pas né, il se considérait comme un vrai Romain, ayant passé le plus clair des trente dernières années dans la capitale. S'il avait détesté son précédent poste à Milan, ce n'était pas tant à cause du travail lui-même que parce qu'il avait dû habiter une ville qu'il jugeait morne et sans âme.

Il avait alors eu la grande chance d'être rappelé à Rome afin de lutter contre l'augmentation des vols d'objets d'art dans tout le pays. Son service avait été créé après le vol d'une dizaine d'œuvres célèbres dans l'un des meilleurs – et théoriquement l'un des mieux gardés – musées d'Italie. Comme d'habitude, la police n'avait pas su par quel bout prendre l'affaire : elle n'avait aucun contact dans le monde de l'art, ne savait pas qui pouvaient être les éventuels commanditaires et ne possédait pas la moindre idée du sort réservé aux tableaux.

Dans un pays où l'amour de l'art fait partie de l'identité nationale, une fois révélée, l'affaire menaça de prendre rapidement les proportions d'un scandale. Dans le but d'irriter les démocrates-chrétiens, qui formaient le groupe le plus important de la coalition, les petits partis politiques de l'alliance au pouvoir se lancèrent dans des discours sur la nécessité de défendre le patrimoine contre les rapaces étrangers. À un moment, on avait même eu l'impression que les socialistes étaient sur le point de quitter la coalition et que l'amour de l'art allait faire chuter le gouvernement, fournissant ainsi au pays une nouvelle première politique.

Mais rien de tout cela n'arriva. La police, voyant là un moyen de se mettre en valeur aux dépens de ses rivaux, les carabiniers, proposa de créer une brigade spéciale pour affronter le problème à l'échelle nationale, et, pour une fois, le ministre soutint la police. Bottando fut choisi afin de diriger cette brigade ; cette mission le délivra de la corvée d'avoir à lutter sans succès, et à armes inégales, contre des criminels en col blanc et autres bandits naviguant plus ou moins légalement sur les eaux troubles de la finance milanaise.

Son retour à Rome avait été une des grandes joies de sa carrière, et il avait passé d'innombrables soirées à arpenter les rues et à revisiter les sites antiques qu'il adorait : ruines de l'Empire au Forum, églises médiévales à l'assurance tranquille, extravagants monuments baroques. Il était libre de déambuler à sa guise, se félicitant de sa condition de célibataire, qui permettait cette liberté.

Pendant la promenade en compagnie de Flavia, il regardait constamment autour de lui, et il lui fit faire un petit détour. L'affaire qui les occupait n'était pas si urgente que cinq minutes de plus créeraient la moindre différence. C'était l'un de ces matins printaniers qui transforment Rome, malgré tous ses embouteillages, son vacarme et sa saleté, en un lieu magique. Les bâtiments ocre se détachaient contre le ciel bleu limpide, les odeurs de café et de nourriture s'échappaient des bars et des restaurants ; on entendait la rumeur des préparatifs, tandis que les serveurs, tout fringants dans leur tenue impeccable, disposaient les tables et les chaises sur les petites places, fixaient les nappes blanches et mettaient des fleurs dans de minuscules vases, sans cesser un instant de parler. On apercevait quelques touristes, l'air fatigué, comme toujours, et portant l'inévitable uniforme : vêtements froissés et sac à dos. Mais ils étaient peu nombreux ; c'était trop tôt, l'invasion annuelle n'aurait lieu que dans plusieurs semaines. Pour le moment, Rome était aux Romains, et c'était paradisiaque.

Leur chemin passait par le marché du Campo dei Fiori. Il était longé à l'est par la via Giubbonari, allée toute droite, flanquée de boutiques de vêtements et de chaussures, et située derrière les ruines du théâtre de Pompée. Quoiqu'elle soit bien trop étroite pour permettre le passage de la plus petite voiture, plusieurs Fiat étaient bloquées en plein milieu ; les klaxons hurlaient, tandis que les piétons cherchaient à se frayer un chemin entre les voitures. Et derrière, à gauche, dans une ruelle bordée d'échoppes de bouquinistes, se trouvait Santa Barbara.

C'était une église minuscule, que même Bottando n'avait jamais visitée. Elle semblait abandonnée et était si petite qu'on eût dit un modèle réduit. Contrairement aux grandes basiliques de la ville, il s'agissait d'une église paroissiale. Construite probablement au XVIIe siècle, elle présentait une architecture tout à fait banale, le genre d'édifice devant lequel le plus attentif des touristes serait passé sans prendre la peine d'entrer.

À l'intérieur, la première impression confirmait que le touriste aurait eu raison. Le plafond était en simple plâtre grisâtre, il n'y avait pas de chapelle sur les bas-côtés et la décoration n'offrait aucun intérêt. Pourtant, au moment où son corps perçut la fraîcheur de la nef et où ses narines humèrent un reste d'odeur d'encens, tandis que ses yeux s'habituaient peu à peu à l'obscurité, Bottando éprouva la brève sensation de plaisir que lui procurait toujours même la plus modeste des chapelles de Rome. Comme dans presque toutes les petites églises, il y avait dans Santa Barbara quelque chose de triste, de négligé et pourtant de parfaitement accueillant. Seule fausse note, quelqu'un, le prêtre de toute évidence, avait décidé d'ériger un autel contemporain qui se tenait avec impudence au milieu de cet édifice ancien et délabré. Bottando entendit Flavia pousser un soupir d'agacement.

« Ces prêtres modernes qui tentent de racoler de nouveaux clients !

— Peut-être, répondit Bottando. Je suppose que dans ce quartier on est obligé de faire quelque chose. Ce serait dommage de découvrir un beau matin que tous les fidèles sont morts de vieillesse.

— Sans doute, mais je n'ai jamais apprécié le viril enthousiasme de certains abbés. Leur regard intense et perçant m'a toujours mise mal à l'aise. Je préfère de beaucoup une corruption bien en chair ! »

Bottando commença à dire qu'il n'aurait jamais pensé qu'elle s'intéressait aux ecclésiastiques. Il essayait d'écarter de son esprit l'image de son propre petit ventre – et l'idée désagréable que c'était synonyme de débauche aux yeux de sa collaboratrice – lorsque le sujet de leur discussion entra par une porte s'ouvrant derrière le vieil autel.

À première vue, il ne collait pas à la caricature du jésuite grand et émacié que Flavia avait en tête. Il n'avait pas du tout l'air du prêtre qui passe plusieurs années à faire le bien dans les banlieues avant d'indisposer le pape en se livrant au trafic d'armes en Amérique du Sud. Petit, rose et joufflu, il paraissait davantage fait pour occuper une sinécure confortable au Vatican. Mais, pensa Bottando, avec les prêtres on ne sait jamais. En tout cas, lorsque Bottando se présenta, il le salua poliment.

« Je crois comprendre qu'il vous manque un tableau, commença le policier après l'échange de civilités habituel. Comme on m'informe qu'il a peut-être été volé, j'ai pensé qu'il valait mieux que je fasse une petite enquête. »

Le prêtre fronça les sourcils et joignit les mains sur son ventre en un geste clérical indiquant la réflexion.

« Je ne vois pas qui a pu vous dire ça. Il y avait bien, en effet, une peinture au-dessus de l'autel. Mais nous l'avons vendue il y a environ un mois.

— Vendue ? À qui ? Est-ce que ça n'appartient pas à

l'Église ? Je croyais que ce genre de vente devait passer par le Vatican, qui, d'habitude, nous la signale. »

Le prêtre eut l'air mal à l'aise.

« Eh bien, voilà ce qui s'est passé. » Il se tut un instant. « Vous devez rédiger un rapport ? Je n'ai pas envie d'entrer dans un engrenage de bureaucratie et de paperasse.

— Ça dépend. On nous a dit qu'un tableau avait été volé ici. Les subtilités de la bureaucratie vaticane ne nous regardent pas si tel n'est pas le cas.

— Ce n'est pas le cas. »

Le curé réfléchit un moment, puis se lança dans une explication.

« Je dirige un petit programme pour les drogués qui habitent dans le quartier du Campo – repas, abri, projets divers pour les faire renoncer à la drogue et les sortir de leur abrutissement. »

Bottando approuva d'un signe de tête et l'encouragea à continuer. Il avait eu connaissance de dizaines de ces programmes individuels à Milan, dirigés en général par des prêtres animés des meilleures intentions. La plupart du temps, ils n'arrivaient même pas à gratter la surface du problème, mais l'État n'offrait pas de solution de rechange.

« Nous avons besoin de beaucoup de choses et, comme vous pouvez vous en rendre compte, la paroisse est pauvre. Nous ne recevons aucun don de visiteurs, pas un sou du diocèse et rien de la ville. Il y a environ un mois, un homme est venu dans le but d'acheter le retable. Il a offert assez d'argent pour financer le programme pendant toute une année, alors j'ai accepté. La vente n'a pas été déclarée au Vatican parce qu'il se serait approprié la plus grande partie de la somme. J'ai décidé que mes drogués en avaient davantage besoin. »

Bottando hocha la tête une nouvelle fois. Cela se passait toujours de la sorte et c'était compréhensible, même si cela rendait son travail plus difficile.

« Combien l'a-t-il payé ? demanda-t-il.

— Dix millions de lires. Je connaissais bien le tableau : il ne vaut pratiquement rien. Je le lui ai dit, mais il m'a répondu que c'était pour un collectionneur qui souhaitait acquérir un tableau de Mantini et qui était disposé à le payer plus cher que sa valeur.

— Il vous a donné un reçu ou quelque chose de ce genre ?

— Oh oui ! Tout a été fait en bonne et due forme. L'acte de vente a même été correctement timbré. Si vous voulez bien m'attendre un instant, je vais aller le chercher. » Il entra aussitôt dans la sacristie et revint vite avec une grande feuille blanche de papier rayé portant un timbre en haut à droite. « Voilà ! dit-il. Vendu, un *Reposo* de Mantini, provenant de l'église de Santa Barbara, à Rome, pour la somme de dix millions de lires. Daté du 15 février et signé par moi-même et par Edward Byrnes, marchand. Je m'aperçois qu'il n'a donné aucune adresse, je ne l'avais pas remarqué. Mais il m'a payé en espèces et, en plus, il m'a offert une donation pour le programme... Alors je pense que ça n'a pas beaucoup d'importance. »

2

À environ huit heures, ce soir-là, Flavia di Stefano soupira, jeta le reste de son travail – fini ou pas – dans le panier « départ », puis quitta le bureau d'un pas allègre. La journée avait été chargée et pas particulièrement satisfaisante.

Après la visite à Santa Barbara, elle s'était consacrée aux recherches de routine sur le Mantini, tâche ingrate pour quelqu'un qui adorait dénicher la corruption dans les hautes sphères. La transaction était absolument légale dans tous ses aspects. Le propriétaire avait voulu vendre, l'acheteur avait transporté le tableau en Angleterre et scrupuleusement informé de ses intentions les bureaux concernés. Les formulaires avaient été bien remplis, les obstacles juridiques mis en place par le ministère des Arts, celui des Finances et par le service des douanes, franchis selon la réglementation en vigueur.

C'était la transaction type d'un marchand de tableaux respectable. Encore qu'il fût possible que sir

Edward Byrnes, prince des marchands londoniens, ait emporté un Raphaël au lieu d'une peinture sans valeur. Cependant, un après-midi entier passé à éplucher le Code pénal n'avait rien apporté qui permît d'entamer une procédure. Si Byrnes avait recouvert le Raphaël d'un repeint et dissimulé le fait, ç'aurait été là un délit indéniable. S'il l'avait fait sortir en fraude, aussi. S'il l'avait dérobé, pas de problème. Dans tous ces cas, on aurait pu sans doute récupérer le tableau. Mais rien n'empêchait de faire sortir un Raphaël recouvert d'un Mantini si l'on ignorait la supercherie. Et Byrnes affirmerait ne pas avoir su que le tableau possédait quelque chose de spécial. Ce serait un mensonge éhonté, bien sûr, mais on ne pourrait rien faire.

C'était agaçant. Doublement agaçant, en fait. Pour Flavia, il ne faisait aucun doute que tous les négociants en œuvres d'art étaient plus ou moins malhonnêtes. Après tout, leur travail consistait à acheter des objets en sachant que leurs propriétaires pouvaient en obtenir davantage ailleurs. Byrnes, cependant, était l'image même de la respectabilité. Parlant parfaitement l'italien, il donnait souvent des pièces aux musées italiens et en prêtait certaines pour des expositions. Ses services dans d'autres domaines avaient été récompensés par des distinctions honorifiques en Italie et en France, qui s'ajoutaient à son titre de chevalier en Angleterre. Il avait la réputation d'être un gentleman cultivé ; on n'avait jamais ouï dire qu'il eût fait la moindre entorse à la loi et encore moins qu'il l'eût enfreinte. C'était exaspérant, et aux yeux de Flavia cela prouvait juste qu'il était trop malin pour se faire pincer.

C'était agaçant aussi parce que l'Italienne avait – en ce domaine, à tout le moins – la fibre patriotique. Depuis des siècles, le reste du monde écumait l'Italie, la délestant de ses trésors artistiques les plus précieux. Pas un seul musée en Italie ne pouvait rivaliser avec la National Gallery de Londres ou de Washington, ou avec le Louvre. Bien des peintures ne restaient en Italie que parce qu'elles se trouvaient à même les murs, encore que, durant les années vingt, un milliardaire américain eût offert d'acheter la basilique d'Assise afin de pouvoir envoyer en Arizona les fresques de Giotto qui la décoraient. Pour les Italiens, c'était affreux de perdre un Raphaël, même s'ils n'avaient pas su auparavant qu'ils le possédaient.

Tout en grommelant à ce propos, Flavia avançait d'un pas alerte en direction de la piazza Navona. Elle avait accepté de dîner avec son ancien prisonnier pour discuter de divers points de son récit dans une ambiance plus propice aux épanchements. Non pas qu'elle crût qu'Argyll eût menti, mais un interrogatoire par la police, après une nuit passée en cellule, a tendance à faire omettre aux prévenus certains petits détails.

Si elle pressait le pas, c'est qu'elle avait failli oublier le rendez-vous. Chemin faisant, elle vérifia le contenu de son sac à main, qu'elle portait à la romaine, la bandoulière passée autour du cou afin de se prémunir contre les pickpockets. Elle avait assez d'argent pour payer deux repas. Elle devinait que son commensal était fauché, et inviter un homme à dîner lui procurait toujours une sensation agréable. Sa mère, elle, ne serait jamais sortie seule avec un homme. Bien que ce fût une mère tolérante qui acceptait ce genre de comportement chez ses plus jeunes enfants, l'idée que sa fille réglât l'addition l'aurait quand même énormément choquée.

Flavia avait prié son hôte de l'attendre dans une trattoria près de la place. Le lieu n'offrait rien de particulier, mais il se trouvait à deux pas de son appartement et on n'y était jamais déçu. Comme la plupart des restaurants de Rome, celui-ci servait des pâtes extraordinaires, de merveilleux antipasti, mais d'atroces plats principaux. Contrairement à Turin, où l'on s'y connaissait bien en viande, à Rome on semblait se contenter de n'importe quelle barbaque. Peu importait : elle s'y était habituée. Pourtant, la cuisine romaine était encore la seule chose qui lui fît regretter sa ville natale.

Argyll était assis à une table de coin ; il lui adressa un petit signe discret lorsqu'elle entra. En temps ordinaire, il aurait été assez beau garçon, à l'anglaise… Quoique ce ne fût pas exactement son genre. Plutôt grand, blond, vêtu de manière classique et sans grande recherche, selon les critères italiens. Le plus remarquable chez lui était ses mains, longues et fines. Il se les était constamment tordues durant l'interrogatoire officiel. On avait l'impression qu'elles auraient été mieux employées, disons, à jouer du violon. En tout cas, à présent il paraissait moins agité.

Sa libération, après sa garde à vue, semblait avoir

produit des effets bénéfiques. Flavia lui en fit la remarque :

« Pour quelqu'un qui vient de perdre un Raphaël, vous avez l'air particulièrement de bonne humeur », dit-elle.

Il lui lança un sourire radieux.

« En effet. J'aurais le droit d'être déprimé. Par ailleurs, bien sûr, cette histoire prouve que j'ai raison, même si ce n'est pas là le genre de reconnaissance publique que j'avais en tête. En outre, être arrêté par la police est une expérience intéressante, en un sens.

— On ne vous a pas trop maltraité, alors ?

— Pas du tout. Des gens charmants. Ils m'ont même laissé sortir pour déjeuner, du moment que je promettais de retourner dans ma cellule trois heures plus tard. Je ne vois pas les flics de Londres se comporter de façon aussi décontractée.

— Je suppose qu'ils avaient fini par conclure que vous ne menaciez pas l'ordre public. Mais est-ce que cette affaire ne vous a pas quand même retourné ?

— Eh bien, si, en effet, répondit Argyll en entamant son assiette de pâtes. Ce n'était pas ce que j'avais imaginé. Je me voyais déjà révélant la nature du tableau et faisant une splendide annonce – après avoir mis le prêtre de la paroisse au courant – dans une revue savante, de prestige. Énorme sensation. Carrière faite, un prêtre heureux, et le monde entier plus riche d'un Raphaël. »

Il s'exprimait en italien, langue qu'il possédait assez bien. Pas couramment, sans doute, et avec un accent prononcé, mais de façon plus qu'acceptable. Dans la mesure du possible, Flavia cherchait toujours à parler italien aux étrangers. Rares étaient ceux qui connaissaient la langue, et les gens qui s'y essayaient se contentaient de phrases toutes faites tirées de guides touristiques et des panneaux de signalisation ; mais elle se disait qu'elle devait les obliger à pratiquer. Ayant passé des années à apprendre l'anglais, elle ne voyait pas pourquoi les autres n'auraient pas dû faire un effort similaire.

« Désormais, nous avons un prêtre très malheureux et un Vatican encore plus mécontent ; Byrnes a le tableau et votre carrière est loin d'être faite. Vous êtes certain qu'il y a une autre peinture en dessous ?

— Je n'étais pas du tout sûr de mon fait, c'est pourquoi j'ai tant dépensé pour venir jusqu'ici. J'ai économisé pendant des mois l'argent du billet. Et je n'ai rien pu vérifier parce que le tableau n'était plus là. J'étais planté là, en train de me demander ce que j'allais bien pouvoir faire. Et avant que j'aie eu le temps de prendre une décision, vos poulets ont vu la porte ouverte et m'ont arrêté. Mais je suis assuré maintenant qu'il y a quelque chose en dessous. Un Byrnes ne se lance pas dans une telle aventure s'il n'est pas convaincu que ça en vaut la peine.

— Ce que je ne comprends pas, c'est pourquoi vous n'avez pas simplement écrit au prêtre il y a des mois pour lui faire part de vos soupçons et obtenir la permission d'examiner le tableau. Ça l'aurait empêché de le vendre tant que l'affaire n'aurait pas été éclaircie.

— Oh, c'est très simple : je suis un imbécile ! Et un apprenti chercheur par-dessus le marché, ce qui est pire. » Argyll se rembrunit et posa sa fourchette ; cette pensée lui avait de toute évidence coupé l'appétit. « Le milieu de l'histoire de l'art, comme vous le savez sans doute, est un panier de crabes. Je me suis dit que, si j'en soufflais mot à quiconque en Italie, un gros bonnet du Museo nazionale me devancerait et tirerait gloire de la découverte. C'est déjà arrivé. Et d'ailleurs, qui pourrait résister à la tentation ? La plus grande révélation depuis des années.

— Ce sera toujours le cas, ajouta Flavia sans grande nécessité, donnant ainsi le coup de grâce à l'appétit du jeune homme.

— Merci ! »

Elle le regarda avec sympathie. Il n'avait souhaité qu'un peu de gloire, qu'un petit coup de pouce pour se faire un nom dans une carrière désespérément encombrée. Et même cela lui avait été arraché par le désir exacerbé de Byrnes d'accroître encore sa fortune.

« Ne pouvez-vous pas malgré tout écrire l'article ? Et, d'abord, pourquoi en avoir informé Byrnes ? Dans cette affaire, vous n'avez pas été un grand stratège, mais ça, c'était ce que vous pouviez faire de plus crétin.

— Je ne lui ai rien dit ! s'exclama Argyll avec indignation. Je suis peut-être nigaud, mais pas à ce point. Je n'en ai parlé à personne. Enfin, sauf à mon directeur de thèse. J'étais obligé. Mais il est très discret ; il déteste les marchands de tableaux et, depuis cet épisode, il vit reclus en Toscane. Ça ne peut pas venir de Tramerton.

C'est vraiment un chic type, continua-t-il, se lançant dans une digression. Je suppose que je devrais lui écrire et tout lui raconter. Aller en prison pour faire avancer la recherche historique devrait l'impressionner, même lui.

» Quant à mon article… Eh bien, je vais en écrire un ! Je devrai produire quelque chose rapidement. Il faut des mois pour se faire publier dans une bonne revue. Lorsqu'il paraîtra, tout le monde en aura marre d'entendre parler de ce foutu Raphaël. Dès que Byrnes sera sûr qu'il détient le bon tableau, la presse sera convoquée. Découverte sensationnelle et tout le tralala. Les universitaires à sa botte écriront de vibrants articles sur les chefs-d'œuvre translucides. Et, quand l'enthousiasme aura atteint son comble, ce fichu tableau sera transporté chez Christie's. »

Argyll se tut au moment où le serveur apporta le plat suivant, qu'il observa avec dégoût.

« Et tous les musées, ainsi que les milliardaires cinglés du monde entier, seront là pour faire monter les enchères, poursuivit-il. Le Getty vendra père et mère pour l'obtenir. Est-ce que vous imaginez la somme qu'il va atteindre ? À côté, le bouquet de tournesols de Van Gogh aura l'air d'avoir été acheté en solde.

— Pourquoi un montant aussi élevé ? Ce n'est pas comme s'il y avait pénurie de Raphaël sur le marché. Il a fabriqué des dizaines de tableaux.

— Je sais, mais ils sont tous dans les musées ou peints sur les murs du Vatican. Il n'y en a pas eu un seul d'authentique sur le marché depuis des lustres. Et, de plus, pas un nouveau qu'on vient de découvrir. Ce n'est rien d'autre que la loi de l'offre et de la demande. Même s'il ne se révèle pas un chef-d'œuvre, ça vaudra quand même une fortune. Surtout agrémenté d'une telle histoire.

— Pas mal pour un investissement de dix millions de lires…

— C'est ce qu'il a payé ? » Argyll se tut un instant pour méditer sur les injustices du monde. « C'est encore pire. Même moi, j'aurais pu me procurer cette somme. Enfin, presque. »

Il possède un sens de l'humour développé bien qu'un tantinet morbide, se dit Flavia. Il jouait également les modestes et semblait intelligent en dépit d'un effort délibéré pour le cacher. Loin d'être un simple rendez-vous professionnel, le dîner devenait une sortie assez agréable.

« Dites-moi, reprit son invité en changeant ostensiblement de sujet afin de prouver qu'il n'était pas obsédé par les chefs-d'œuvre en vadrouille, et votre boulot ? Beaucoup de travail ? Ça vous plaît ? »

Flavia fit la grimace.

« Beaucoup de travail, en effet. C'est comme si on était pris sous une avalanche perpétuelle. Je ne sais plus qui a calculé qu'une œuvre disparaissait toutes les dix minutes. C'est étonnant qu'il reste encore quelque chose à voler. »

Argyll fit observer que, pour le moment, l'Italie n'avait pas du tout l'air démunie.

« C'est justement l'ennui. Il semble qu'il y ait une quantité de choses oubliées dans des églises de campagne menaçant ruine et dans des maisons à demi abandonnées. Les objets ne cessent de se volatiliser et la plupart du temps les vols ne sont même pas déclarés à la police. »

Découvrant avec plaisir que Flavia fumait, il sortit son propre paquet tout froissé et alluma une cigarette.

« Pourquoi ? Qu'est-ce qui empêche de déclarer un vol ? »

Elle compta les inconvénients sur ses doigts.

« Primo : méfiance innée à l'égard de la police. Secundo : conviction qu'on ne récupérera pas l'objet de toute façon. Tertio : désir d'éviter que les autorités soient au courant de ce qu'on possède et vous imposent en conséquence. Quarto : menaces. Voyez-vous, si je devais choisir entre un tableau et mes oreilles, je pense que je préférerais dire adieu au tableau. »

Elle ne passait pas une mauvaise soirée. Argyll paraissait très intéressé par ses propos, ce qui la changeait agréablement des dîners habituels où elle était censée écouter, bouche bée, l'homme avec qui elle sortait ce soir-là faire étalage de ses merveilleuses qualités. Argyll possédait lui aussi un fonds d'anecdotes diverses et variées qui alimentait la conversation. Il n'y eut qu'un incident mineur lorsque, après qu'elle eut payé l'addition, il se balança un peu d'avant en arrière, les mains entre les genoux, au comble de la gêne, loucha en direction du plafond et balbutia : « Je ne pense pas... » avant de se taire, un sourire niais sur les lèvres.

Selon les critères italiens, cela ne pouvait guère passer pour des avances : un ardent prétendant n'avait cessé les siennes que lorsque Flavia lui avait aplati le visage avec une poêle à frire se trouvant à portée de sa main. Mais elle avait connu assez d'Anglais pour déchiffrer le message, bien que l'approche eût été si discrète que l'allusion pouvait passer inaperçue. Heureusement, il était facile de résoudre le problème : elle lui rendit son sourire et suggéra d'aller acheter une glace. Cela semblait un substitut plus qu'adéquat et la proposition fut acceptée avec un évident soulagement.

Ils terminèrent la soirée en faisant deux fois le tour de la piazza Montecitorio avant de se diriger vers Giolitti. Flavia était italienne et Argyll avait passé assez de temps dans le pays pour comprendre qu'une journée sans glace est une journée perdue. Et la déguster sans se presser tout en déambulant par les rues au milieu de la foule était une bonne manière de restaurer sa foi en la bienveillance fondamentale du monde malgré de récentes preuves du contraire.

3

Argyll ouvrit une porte dans la via Condotti et monta l'escalier. Il était passé en vitesse devant le portier au rez-de-chaussée en faisant un signe de la main qui impliquait une certaine familiarité. Normalement, il aurait dû montrer sa carte de membre du club de la presse étrangère de Rome. N'en possédant pas, c'eût été difficile. À Rome, il est vrai que les portiers ne se préoccupent pas souvent des détails secondaires.

Il se dirigea vers le bar, pièce peu accueillante, tout en tubes d'acier et en faux bois, s'installa, commanda un apéritif. Puis, jetant un regard circulaire, il aperçut sa proie. Seul à une table dans la pièce d'à côté, Rudolf Beckett était en train de prendre un déjeuner tardif. Devant lui se trouvait un grand verre de whisky. Argyll le rejoignit et s'assit à sa table.

« Jonathan ! Qu'est-ce qui te ramène à Rome ? » Beckett lui donna une claque sur l'épaule d'une main en lui secouant avec vigueur la main de l'autre. Il était devenu l'un des plus proches amis d'Argyll pendant son séjour à Rome, environ une année plus tôt. Ils s'étaient rencontrés au cours d'une réception diplomatique sans intérêt sur la via Giulia. Se sentant tous les deux hors du coup, ils avaient passé une grande partie de la soirée à boire l'alcool de leur hôte et à se moquer grossièrement des invités. Ensuite, ils s'étaient rendus dans un bar du coin pour continuer à boire. Cela avait cimenté leur amitié.

Non qu'ils aient quoi que ce soit de commun. Argyll était un Anglais tranquille et quelque peu introverti, Beckett, un bourreau de travail affligé d'un tremblement dû à une trop grande consommation d'alcool, au manque de sommeil et à toute une série d'angoisses névrotiques : trouverait-il un autre sujet d'enquête ? Quand recevrait-il un nouveau chèque ? Et quelqu'un l'appréciait-il vraiment ? Comme, de toute évidence, Argyll l'appréciait, il n'avait jamais subi l'un de ses violents accès de colère qui en général faisaient fuir ses collègues.

« Le chant des sirènes, répondit Argyll à ses paroles de bienvenue. Je viens de sortir de prison. »

Beckett réprima un ricanement.

« Je ne plaisante pas, continua Argyll pour parer au trait d'esprit que le journaliste était sur le point de lancer, je ne suis pas encore tout à fait remis. Je voulais savoir si tu étais intéressé par un bon sujet.

— Le pape est-il catholique ? Bien sûr que oui ! Ça dépend quoi. Du moment que tu te rappelles que je ne peux pas donner un sou.

— Tout à fait d'accord. Voir mon histoire publiée me suffirait. »

Argyll raconta une nouvelle fois sa découverte et l'intervention de sir Edward Byrnes, terminant par le récit de la nuit au poste.

« Ma découverte. Piquée. Sans autre forme de procès. Pourrais-tu écrire quelque chose afin que tout le monde sache ce qui s'est passé ? Sinon, c'est à Byrnes que reviendront et les honneurs et les profits.

— Belle aventure, commenta Beckett en finissant un nouveau whisky, avant de passer sans transition à un grand verre de grappa. Mais l'important de l'affaire, c'est le Raphaël, pas que tu aies été roulé. Malgré tout, un plumitif chevronné comme moi saura s'en tirer. Grande découverte, artiste célèbre, etc. Puis quelques lignes sur toi plus bas, faisant tout voler en éclats et dépeignant Byrnes comme un beau salaud. Un jeu d'enfant… Ne m'en veux pas, mais il faut d'abord que je vérifie. Quelques coups de fil à droite et à gauche, ce genre de chose… D'accord ? Ça va mieux ? Tu n'as pas l'air d'avoir réellement joui des plaisirs de la Ville éternelle.

— En effet. Le seul plaisir pour le moment, ç'a été le dîner avec cette femme policier, hier soir…

— Bigre !

— Tu te trompes. Elle est adorable. Absolument adorable, en fait. Comme je dois rentrer à Londres demain, ça n'a guère d'importance, de toute façon. »

Comme le lui écrivit Beckett quelques semaines plus tard, ce n'était pas vraiment sa faute, et il joignit son article original pour le prouver. Il avait organisé son récit comme il l'avait promis : révélation « en provenance des musées » à propos d'un nouveau Raphaël ; citation de Byrnes exprimant un optimisme prudent, quelques commentaires de la part de deux historiens de l'art, puis une enquête approfondie sur d'autres remarquables découvertes au cours des dernières années. À partir de là, Beckett avait parlé d'Argyll, faisant passer le message de manière nette et précise. Jeune étudiant de doctorat frustré de sa découverte par les machinations d'un négociant retors. Ce n'était pas dit noir sur blanc, bien sûr, mais le sens général était clair comme de l'eau de roche. C'était un bon papier.

Malheureusement, il était un peu trop bon. Beckett l'avait envoyé à New York, au rédacteur en chef de son journal, qui l'avait trouvé passionnant. Aussi avait-il paru en première page, sur une seule colonne, à gauche, au lieu de figurer dans les pages consacrées aux arts comme il l'avait imaginé. Mais c'était une période de l'année où beaucoup de choses se passaient. Une réunion au sommet était proche, un nouveau scandale de corruption et de pots-de-vin impliquant des hommes politiques de la ville venait d'éclater, le gouvernement tombait une nouvelle fois à bras raccourcis sur la Libye. Le rédacteur en chef n'avait pas voulu reléguer l'article en page intérieure. Aussi avait-il coupé les sept derniers paragraphes pour le faire tenir dans l'espace prévu. Ce qui aboutit à la suppression de toute allusion à Argyll.

À part ça, l'histoire fit merveille et suscita un intérêt énorme parmi le public. Pendant les mois suivants, tout ce qu'Argyll avait prédit à Flavia sur le Raphaël s'avéra exact. Le récit de cette escroquerie se passant au XVIIIe siècle et sa révélation fascinèrent les lecteurs. Le supplément en couleur du *New York Times* et le supplément consacré aux arts de l'*Observer* de Londres ne manquèrent pas de décrire par le menu le travail de limier qu'avait effectué l'historien de l'art pour arriver jusqu'au trésor. Bien que remarquablement rédigés, ces comptes rendus négligeaient eux aussi de citer le nom d'Argyll. La campagne de vente menée par Byrnes battait son plein.

Argyll flatta son léger masochisme en collectionnant ces articles. Critiques et historiens de tous horizons envahirent ce qu'il avait considéré jusqu'alors comme son territoire. Les diligents travaux d'autres chercheurs mirent au jour des dizaines de petits fragments qui complétèrent le tableau partiel et soulignèrent les conséquences de sa hâte. Un article reproduisit des lettres du beau-frère du comte indiquant que ce dernier était mort d'une attaque cardiaque en apprenant l'escroquerie et que la famille avait caché celle-ci de peur d'être ridiculisée : « Sois certaine, ma chère sœur, que tu n'es en rien responsable de cette attaque. L'événement n'est dû qu'à son manque de discernement et à son impatience. Mais cette histoire restera entre nous ; la honte que subirait notre famille et le mépris dans lequel nous tiendraient certains de nos amis seraient intolérables... » Cette lettre, surtout, l'exaspéra. Il l'avait bien lue, mais avait conclu qu'elle n'était pas déterminante. Maintenant tout était très clair, y compris la missive.

Le pire, c'était que ces articulets rendaient inutile le modeste texte qu'il avait projeté de rédiger pour le *Burlington Magazine* ; tout désormais avait été publié, ne serait-ce qu'une fois. Il évitait ses amis et éprouvait une sorte de soulagement à reprendre *La Vie et l'époque de Carlo Mantini, 1675-1729*. Il pourrait au moins finir ça. Cela présenterait moins d'intérêt maintenant que l'un des principaux chapitres était devenu aussi original que l'intrigue de *Roméo et Juliette*, mais ça irait quand même.

Il avait aussi eu raison de prédire que Byrnes, vendeur-né en dépit de son air réservé, transformerait toute l'opération de nettoyage et de restauration en un événement médiatique. On eut recours aux meilleurs techniciens pour gratter le repeint de Mantini et enlever la couche de vernis protégeant le trésor qui se trouvait en dessous. Pratiquement chaque semaine, des bulletins télévisés montraient l'équipe de professionnels en blouse blanche – composée, en nombre égal, de scientifiques et de spécialistes de l'art – en train d'appliquer une variété de solvants exotiques sur lesquels on pouvait compter pour remplir leur mission. Ensuite, de nouveaux programmes et de nouveaux articles dans les revues décrivirent le second stade du nettoyage qui devait rendre le tableau à sa perfection d'origine.

Presque tout le monde savait désormais que sous la peinture de Mantini se trouvait le portrait d'Elisabetta di Laguna, la maîtresse d'un marquis de Parme de l'époque, qui avait la réputation d'être la plus belle femme de son temps. Ce qu'avait bien pu faire Raphaël de ce modèle, lui qui avait métamorphosé en véritables Vénus des femmes bien moins jolies, personne ne le savait vraiment. Les critiques, du *London Standard* au *Baltimore Sun*, donnaient libre cours à leur imagination. Certains allèrent jusqu'à oser suggérer que la *Joconde* de Léonard de Vinci allait être éjectée de son piédestal et perdre son titre d'œuvre favorite du monde entier.

Le tableau n'était pas encore dévoilé que les éventuels acheteurs se bousculaient déjà pour se placer sur la ligne de départ. Le Louvre signala qu'il était intéressé s'il pouvait en payer le prix. Deux importantes banques new-yorkaises et trois fonds de pension de Tokyo firent également savoir qu'ils participeraient peut-être à la vente aux enchères. Afin de décourager la concurrence, le musée Getty de Malibu Beach laissa entendre que, pour l'emporter, il était prêt à mettre en œuvre toute son énorme puissance financière. Les simples milliardaires, ainsi que les multimilliardaires du monde entier, entrèrent en lice, comptèrent leurs sous et supputèrent leurs chances de revendre le tableau quelques années plus tard en faisant un bénéfice. Beaucoup parvinrent à la conclusion que c'était jouable.

Lorsqu'il fut enfin montré au public, l'événement fut mis en scène dans les moindres détails. On installa l'œuvre dans une vaste salle de réunion de l'hôtel Savoy, sur le Strand, devant des centaines d'invités. Le tableau, placé sur une estrade, était recouvert d'un grand drap blanc. Avant le moment fatidique, il y eut un exposé devant la presse, les caméras de télévision, les dignitaires représentant les musées et des professeurs d'histoire de l'art. Le conservateur en chef du Louvre était assis entre le journaliste du bureau local de l'Associated Press et l'illustre collectionneur japonais Yagamoto ; tandis que le chef du département d'art occidental de la Dresdener Staatsgalerie était coincé entre son grand rival, le représentant de l'un des plus riches musées du Middle West américain, et un individu à la peau moite envoyé par l'un des tabloïds de Londres.

À chacun on avait offert une coupe de champagne – de la part de la galerie Byrnes –, et tous écoutaient très attentivement Byrnes en personne faire le récit désormais bien connu de la découverte de la toile : comment elle avait été oubliée, couverte d'un repeint, dans la petite église du centre de Rome, après l'une des plus grandes tentatives d'escroquerie artistique de tous les temps. Byrnes s'en tira fort bien, il ne ressemblait pas du tout au typique marchand de tableaux patelin. Petit, l'air timide, portant de lourdes lunettes d'écaille, avec sa grosse tête chauve qui roulait et tanguait nerveusement pendant qu'il parlait, il était loin de l'image qu'on se fait d'habitude de l'esthète international.

Pour Flavia, assise au quinzième rang à droite, il n'avait rien non plus du monstre de machiavélisme qui hantait l'imagination, à l'évidence débordante, d'Argyll.

La jeune femme était surtout là par curiosité, la présentation du portrait ayant eu lieu pendant l'une de ses visites à Londres, lors de laquelle elle devait avoir des discussions informelles avec la brigade chargée des vols d'objets d'art.

Elle avait demandé à son collègue de Londres de lui procurer une invitation. La brigade ayant déployé un impressionnant effectif de protection, Byrnes ne pouvait guère refuser. Elle obtint donc une place et écouta sa péroraison. Puis Byrnes présenta le Pr Julian Henderson, doyen des études sur la Renaissance, qui fit un bref exposé : le tableau, expliqua-t-il en un style éminemment choisi, constituait, sans doute aucun, le chef-d'œuvre de Raphaël, l'apogée de l'idéal humaniste de la beauté féminine.

Les journalistes présents n'étaient pas habitués à ce genre de cours magistral, mais ils écoutèrent poliment, tandis que les photographes faisaient leur travail. Henderson conclut par une comparaison avec d'autres portraits de Raphaël, suggérant qu'on possédait désormais les preuves qu'Elisabetta avait servi de modèle pour le portrait de Sappho dans la fresque murale du Parnasse au Vatican. Les nouvelles recherches que cette découverte allait déclencher suffiraient à fournir du travail aux historiens de la haute Renaissance italienne pour un bon bout de temps.

Au milieu de petits rires et de légers applaudissements, il se rassit. Byrnes se dirigea alors vers le tableau.

Lassée quelque peu du style showbiz de la réunion, Flavia fut reconnaissante à Byrnes de s'abstenir d'en faire trop dans la dernière partie. Ce n'était d'ailleurs pas nécessaire, l'attente fiévreuse n'avait pas besoin d'être stimulée davantage. Le voile fut délicatement ôté d'un geste à peine théâtral ; les spectateurs retinrent leur souffle lorsqu'ils se tournèrent, en même temps que les caméras, vers ce qui était devenu l'un des plus célèbres tableaux du monde.

Grâce au battage médiatique dont il avait été l'objet, presque tout le monde avait une idée du portrait. Le découvrir de ses propres yeux fut cependant une expérience passionnante. C'était une belle peinture représentant une femme splendide. De sa place, Flavia ne pouvait pas très bien voir, mais il s'agissait apparemment d'un buste, la tête un peu tournée vers la droite. Les cheveux blonds étaient ramenés en arrière avec souplesse, couvrant en partie l'oreille gauche. La main gauche se levait pour toucher un collier et le sujet était vêtu d'une robe moulante d'un rouge d'une merveilleuse intensité. L'arrière-plan était conventionnel, mais d'excellente facture. Le modèle – svelte et sans les rondeurs qui donnaient à mainte madone de Raphaël l'air d'avoir juste quelques kilos de trop – se trouvait dans une pièce. Sur la gauche de l'arrière-plan s'ouvrait une fenêtre donnant sur une colline boisée, et à droite on voyait des tapisseries murales, une table et quelques bibelots. La pose du personnage lui-même dénotait une remarquable sérénité, à peine troublée par la touche de sensualité que soulignait si souvent le peintre.

Mais Flavia fut surtout frappée par la réaction des spectateurs. Ils n'admiraient pas la délicatesse des coups de pinceau, la magistrale utilisation des ombres, ni les subtilités de la composition. Ils avaient un regard de voyeur, ce qui n'était pas une réaction habituelle chez les connaisseurs. Flavia elle-même était transportée par l'enthousiasme. Le tableau, par son histoire comme par son sujet, était extraordinairement romanesque. Cette superbe femme, âgée de près d'un demi-millénaire, avait été perdue pendant presque trois siècles. Cela ne pouvait manquer d'exciter l'imagination. Elle s'aperçut qu'elle en arrivait même à pardonner à Byrnes.

L'enthousiasme qui salua l'entrée d'Elisabetta sur la scène mondiale, après sa longue absence, porta le tableau jusqu'à la vente aux enchères qui eut lieu, un mois plus tard, dans la salle principale de Christie's. Cet événement aussi tint ses promesses.

Les commissaires-priseurs surent monter leur spectacle. Catalogues luxueux aux belles photographies en couleur, lien par satellite avec des salles de ventes de Suisse, de New York et de Tokyo, reportages en direct dans huit pays ; c'étaient là les marques les plus évidentes d'un événement majeur. L'atmosphère qui régnait dans la pièce, négligemment bordée d'œuvres de moindre valeur, était électrique. De même que tous les bons vendeurs, les commissaires-priseurs avaient de la classe. Officiellement, la vente était annoncée comme concernant des « huiles et dessins de maîtres des XVIe et XVIIe siècles », Elisabetta n'occupant qu'une modeste vingt-huitième place sur la liste. La seule différence était que, à l'inverse de la plupart des autres œuvres, le Raphaël n'avait reçu aucune estimation.

L'auditoire était lui aussi à la hauteur. Les enchères londoniennes varient beaucoup quant au style, au décor et à l'objet. Au bas de l'échelle, il y a les ventes de routine qui se passent dans des salles minables, situées dans des quartiers insalubres comme Marylebone, et où la clientèle se compose pour l'essentiel de marchands mal rasés qui se réunissent pour bavarder, manger des sandwiches et enlever des croûtes pour deux cents livres.

Tout au sommet se trouvent les maisons prestigieuses de St James Street, dont les chasseurs en livrée ouvrent les grandes portes de bronze, dont les employés parlent avec l'accent des classes privilégiées, tandis que la clientèle semble pouvoir acheter une huile valant plusieurs centaines de milliers de livres sans s'en apercevoir. Même là, cependant, les marchands sont en majorité, mais il s'agit des princes de la profession, propriétaires de galeries dans Bond Street, sur la 5e Avenue ou rue de Rivoli. Ces gens peuvent vivre une année entière en vendant un tableau tous les trois mois, et ils sont à la tête de firmes – pas d'une affaire et jamais d'un magasin – fondées souvent il y a un siècle ou plus. Non que cela les rende plus honnêtes et moins susceptibles d'enfreindre la loi si nécessaire, mais ils le font avec une plus grande prudence, une plus fine intelligence et davantage d'élégance.

Comme leurs clients, les négociants présents ce

jour-là connaissaient les usages du monde. Dans une assistance composée d'environ trois cents personnes, tous les hommes étaient en smoking, à part une dizaine. Les femmes – un quart de l'assemblée environ – étaient en parfaite harmonie : robes longues ou fourrures – jusqu'au moment où la chaleur des caméras rendit celles-ci insupportables. L'air vibrait de la senteur de cent parfums mêlés.

Le suspense s'intensifia peu à peu, à mesure qu'on apportait les lots sur l'estrade et que les enchères commencèrent. Un Maratta fut vendu pour trois cent mille livres – le prix s'inscrivit aussitôt sur le panneau d'affichage de quatre pays, converti en dollars, en francs suisses et en yens – sans que personne y prête attention. Un Imperiali qui atteignit un prix record ne suscita pas le moindre intérêt. Le lot vingt-six, une remarquable esquisse à l'huile de Palma le Vieux qui aurait mérité plus de considération, fut adjugé et acheté à un prix ridicule.

Puis ce fut le tour du lot numéro vingt-huit. Le commissaire-priseur, un homme d'une soixantaine d'années qui avait déjà tout vu, savait fort bien que la meilleure façon de faire monter la fièvre et de délier les bourses était d'utiliser un ton parfaitement neutre. Le plus infime signe d'enthousiasme, la moindre marque d'un désir de manipuler l'auditoire en jouant les bonimenteurs produiraient l'effet contraire. La litote est toujours une vertu dans ce genre de situation. Pendant sa présentation, deux jeunes gens en salopette marron apportèrent le tableau et le placèrent sur le chevalet à droite de la tribune. Il demeura là, baigné de lumière – selon le compte rendu poétique d'un reporter de la télévision –, comme s'il se trouvait à nouveau sur un autel, objet de vénération.

« Lot numéro vingt-huit… Raphaël. Portrait d'Elisabetta di Laguna, vers 1505. Huile sur toile, soixante-huit centimètres sur cent trente-huit. Je suis sûr que beaucoup d'entre vous connaissent l'histoire de cette œuvre ; c'est pourquoi nous allons ouvrir les enchères à vingt millions de livres. Qui dit mieux ? »

Commencer si haut était audacieux, mais c'était précisément la petite touche d'extravagance de bon ton qu'il fallait. Quelques années auparavant, terminer la séance sur un tel chiffre aurait fait sensation. Seuls quatre tableaux au monde avaient fait plus. Sans bruit et sans qu'aucun membre de l'auditoire paraisse esquisser le moindre geste, en un clin d'œil les enchères dépassèrent trente millions, puis trente-cinq, puis quarante. À quarante-deux millions, certains négociants qui s'activaient sur une panoplie de téléphones placés d'un côté de la salle s'entretinrent avec leurs clients dans des dizaines de pays. À cinquante-trois millions, quelques-uns raccrochèrent et croisèrent les bras pour signifier que leurs correspondants avaient abandonné la partie. À cinquante-sept millions, il devint clair que la concurrence n'existait plus qu'entre deux personnes : un monsieur corpulent au troisième rang, qui, comme le savaient les habitués, avait par le passé agi pour le compte du musée Getty, et un petit homme qui enchérissait en donnant nerveusement un coup de côté avec la main, comme on souligne un argument au cours d'une discussion animée.

Ce fut lui qui l'emporta. Après qu'il eut offert soixante-trois millions de livres, le monsieur corpulent qui arborait une cravate violette leva les yeux, hésita, puis secoua la tête. Il y eut un silence qui dura environ trois secondes.

« Adjugé. Pour soixante-trois millions de livres. Il est à vous, monsieur. »

Un tonnerre d'applaudissements éclata, la tension parvint à son comble avant d'exploser en soupirs de soulagement et en cris d'euphorie : il ne s'agissait pas seulement d'un record, mais d'un record inouï. La seule incertitude subsistant dans l'esprit des professionnels présents concernait l'acheteur. Le monde de l'art est un microcosme où tout le monde se connaît et sait qui travaille pour qui.

Personne n'avait la moindre idée de l'identité de cet homme, qui disparut par une porte latérale avant qu'on pût la lui demander.

4

Il ne fallut que quelques jours pour que filtre, le long des passages secrets dont est criblé le monde des marchands, des amateurs et des collectionneurs, la nouvelle selon laquelle le petit inconnu qui l'avait emporté sur le Getty était un haut fonctionnaire du ministère des Finances italien venu à la vente porteur d'un chèque en blanc de son gouvernement et chargé d'acheter l'œuvre à n'importe quel prix. Cette nouvelle en elle-même causa une autre petite sensation. Comme pour la plupart des musées d'État, les crédits alloués aux musées italiens se révélaient insuffisants. À l'instar des autres conservateurs d'Europe, le directeur du Museo nazionale avait dû, impuissant, fou de rage et de jalousie à la fois, regarder chaque chef-d'œuvre atteindre l'un après l'autre des sommes que son budget total pour les douze mois à venir n'aurait suffi à payer. Mais, considérant que sauver les œuvres d'art pour le compte de l'Italie constituait un devoir moral, il avait pendant des mois effectué des démarches auprès de tous les décideurs afin que soient dégagés des fonds supplémentaires. Ayant obtenu gain de cause, lorsque Elisabetta fut mise en vente, il avait tour à tour flatté et harcelé le gouvernement pour qu'il honore ses promesses.

D'extraordinaires manœuvres s'étaient déroulées dans l'obscur labyrinthe d'intrigues connu sous le nom de gouvernement italien. En fait, ce fut un nouvel exemple de manigances politiciennes. L'intérêt que le portrait avait suscité à l'étranger n'était rien en comparaison de ce qui se passa en Italie. La façon dont un marchand anglais roublard avait arraché Elisabetta aux mains de l'État et du Vatican, et légalement déjoué toutes les restrictions mises en place pour contrecarrer ce genre d'agissements, avait fait paraître stupide le gouvernement, demeurés les conservateurs des musées, et incompétents les historiens de l'art.

Plusieurs membres du gouvernement se souvenaient, en outre, de la fureur qui avait précédé la création de la section de Bottando quelques années auparavant. C'est pourquoi les autorités cédèrent aux pressions incessantes, débloquèrent les fonds spéciaux promis et expédièrent leur représentant. Par certains côtés, il s'agissait d'une action téméraire : dans l'opposition, les communistes mirent aussitôt tout en œuvre pour tirer parti de cette décision en indiquant une dizaine de façons de mieux dépenser cette somme ; d'autres écrivirent des articles polémiques sur le déficit budgétaire qui interdisait à l'Italie ce genre de luxe.

Mais le gouvernement, et en particulier le ministre

des Arts, avait fait un bon calcul. Le ministre se présenta comme le champion du patrimoine, décidé à défendre l'héritage du pays à n'importe quel prix. Si l'Italie avait perdu un tableau d'une telle valeur, eh bien, il était de son devoir de le récupérer ! Tant pis si le prix était élevé ! On le paierait afin de sauvegarder l'intégrité artistique de la nation. La décision fut soutenue par le public : les sondages révélèrent que le nerf patriotique de l'électorat avait été touché. En outre, il est gratifiant de posséder le tableau le plus cher du monde et d'avoir pu l'emporter financièrement sur les Américains et les Japonais dans un combat loyal. À l'étranger aussi la décision de l'Italie fut applaudie. Partout, les directeurs des musées nationaux citaient cet achat comme un exemple que devraient suivre leurs gouvernements respectifs ; certains journaux allèrent jusqu'à désigner le ministre – un piètre administrateur à l'intelligence limitée – comme incarnant le genre de dynamisme et d'ampleur de vues qui feraient de lui un Premier ministre efficace.

Cela déplut au détenteur du poste, mais vu que le gouvernement dans son ensemble tirait quelques bénéfices de cette image d'efficacité, de diligence et de culture – cette dernière qualité étant, en un certain sens, considérée en Italie comme plus importante que les deux premières –, personne ne souffla mot. Cependant on s'en souvint, et le ministre fut surveillé de très près, au cas où il manifesterait de nouveaux signes d'outrecuidance.

Quant au retour du tableau, il fut organisé comme

la visite officielle d'un souverain étranger. Un mois après la vente, après avoir été soumis par des experts londoniens à une série de tests, il arriva à l'aéroport de Fiumicino à bord d'un appareil des forces aériennes et fut transporté en procession – flanqué de motards et suivi de voitures blindées – jusqu'au Musée national. La présence de voitures blindées parut un peu excessive, mais les services de Bottando, en liaison avec ses collègues de l'armée, ne voulaient prendre aucun risque. Les Brigades rouges – les guérilleros urbains des années soixante-dix – ne donnaient plus signe de vie depuis plusieurs années, mais on ne savait jamais.

Au Museo nazionale, Elisabetta fut installée telle une icône. On vida une salle de son contenu afin d'accueillir le portrait qui trônerait dans un splendide isolement, derrière un cordon tenant les visiteurs à une distance de trois mètres. Là encore, la prudence fut de mise. La police et les conservateurs se rappelaient l'attaque au marteau contre la *Pietà* de Michel-Ange dans la basilique Saint-Pierre quelques années auparavant. Récemment, un trop grand nombre de tableaux avaient été lacérés à coups de couteau ou criblés de balles par des fous qui prétendaient être l'archange Gabriel ou qui n'appréciaient pas l'adulation dont faisait l'objet un artiste depuis longtemps disparu, alors que leur propre talent n'était pas reconnu. Et tout le monde s'accordait à penser que la célébrité de l'œuvre la désignait comme une cible idéale pour quelque malade mental avide de gloire.

Finalement, on baigna la salle d'une lumière tamisée,

un seul spot illuminant le portrait. Les décorateurs du musée confièrent à leurs amis, mais en privé, que c'était un peu trop théâtral. Certains dessins, telle la *Madone* de Léonard de Vinci à la National Gallery de Londres, avaient vraiment besoin d'être protégés de la lumière pour leur conservation ; les peintures à l'huile étaient bien plus résistantes et supportaient parfaitement la lumière naturelle. Mais le résultat était spectaculaire ; cela créait une atmosphère de sacré qui poussait les visiteurs à parler à mi-voix, ajoutant beaucoup à l'effet produit par le tableau.

Le musée ne désemplit pas. Les tout premiers mois, le nombre des visiteurs doubla. La visite devint soudain quasi obligatoire non seulement pour les touristes – qui jusqu'alors avaient souvent négligé l'endroit à cause de sa situation excentrée –, mais même pour les Romains. On vendit des milliers de cartes postales ; les tee-shirts Elisabetta di Laguna devinrent à la mode ; une fabrique de biscuits paya une fortune pour acquérir le droit de la mettre en effigie sur l'un de ses produits. Ajoutée à la colossale augmentation du prix d'entrée, cette somme permit aux dirigeants du musée de calculer qu'en quatre ans, si la popularité du tableau se maintenait, l'État aurait récupéré la plus grande partie du prix d'achat, excessivement élevé.

Pour Bottando et sa collaboratrice, le retour du tableau avait marqué le début de l'une des périodes les plus chargées depuis de nombreuses années.

L'installation des mesures de sécurité, la surveillance des voleurs connus – opérant à l'échelle nationale ou internationale –, l'obsession de l'incident les enchaînaient à leur bureau.

Bottando, dont le point de vue sur l'œuvre était celui d'un vieux policier doté d'un budget déjà insuffisant, passait le plus clair de son temps à se faire un sang d'encre. Il savait parfaitement que, quelle que soit la qualité artistique du portrait, il représentait pour ses services l'équivalent d'une bombe à retardement. S'il lui arrivait malheur, la responsabilité se déplacerait à l'intérieur du gouvernement à la vitesse d'une balle de flipper avant de venir s'échouer sur son bureau.

La majeure partie de son travail, par conséquent, consistait à se construire des remparts. Ce n'était pas un homme cynique, encore moins un politicien, mais il n'était pas naïf non plus. Grâce à une carrière entière au sein du ministère de la Défense, monde à côté duquel les combats militaires paraissaient des exercices à fleuret moucheté, il avait beaucoup appris sur les techniques de survie. C'est pourquoi il consacrait des heures entières à composer des rapports prudents, à remettre cent fois sur le métier un compte rendu ; de plus, il gaspillait un temps précieux à inviter à dîner une poignée de bureaucrates et d'hommes politiques triés sur le volet.

Il n'était pas satisfait du résultat, mais ça valait mieux que rien. Il avait effectué de pressantes démarches dans le but d'obtenir du personnel supplémentaire, utilisant Elisabetta comme argument pour qu'on accroisse son budget. Pour finir, cela aboutit au doublement du personnel de sécurité au Musée national. Quoique cela ne fût jamais précisé noir sur blanc, le résultat fut que, une fois le tableau accroché, sa section se trouva libérée de toute responsabilité en ce qui concernait sa protection.

C'était déjà ça. Mais Bottando, dont la lucidité avait été aiguisée par ces nombreuses années passées à veiller au grain, se rendait compte qu'il n'y avait aucun document officiel dégageant sa responsabilité, et cela le tracassait. Surtout parce que, en la personne du *cavaliere* Marco Ottavio Mario di Bruno di Tommaso, le sublime aristocrate qui était directeur du Musée national, il avait affaire à un homme qui eût été un parfait politicien s'il n'avait embrassé la carrière de conservateur. On n'eût pas rencontré de manœuvrier plus habile dans la Chambre des députés. On avait dérobé un tableau sous son nez ; il avait été forcé de le racheter à un prix exorbitant ; et il avait transformé la chose en triomphe. C'était impressionnant.

Bottando se convainquit de la justesse de cette opinion au cours d'une conversation avec le directeur, pendant une réception donnée pour fêter l'installation du portrait. C'était vraiment une soirée très sélecte. S'y trouvaient une bonne partie des ministres accompagnés de leurs inévitables parasites, des représentants des musées, quelques rares universitaires, un petit nombre de journalistes afin qu'on en parle dans la presse. Tommaso était plus fort que Bottando pour faire en sorte que des comptes rendus flatteurs de ses activités ornent fréquemment les pages des journaux.

« Vous prenez quelques risques, non ? Je veux dire, tous ces types louches qui rôdent autour de votre trésor… » Bottando fit un geste de mépris en direction du Premier ministre et d'un chef militaire en train de scruter Elisabetta, une cigarette à la main.

Tommaso acquiesça en poussant un petit gémissement. « Je sais. Mais il est difficile de demander au Premier ministre de ne pas fumer. Après dix minutes, il est en manque. On a dû débrancher tous les signaux d'alarme pour éviter que les invités ne soient douchés par les *sprinklers*. Je ne peux pas dire que ça me rende fou de joie, mais que faire ? Ces gens insistent pour partager la vedette. » Il haussa les épaules.

La conversation se poursuivit un moment encore, puis Tommaso s'éclipsa pour aller parler à d'autres invités. Il agissait toujours ainsi : chacun avait droit aux cinq minutes réglementaires de conversation courtoise. C'était un hôte parfait ; Bottando aurait juste souhaité qu'il ne le fît pas constamment sentir. Il était toujours agréable, se souvenait du nom de tout le monde, se rappelait un élément de votre dernière conversation ensemble, afin de vous faire croire qu'il appréciait votre compagnie. Bottando le détestait. D'autant qu'il venait de lui annoncer une surprise très désagréable.

Il allait y avoir un nouveau comité de liaison, avait-il déclaré. N'y en avait-il pas déjà assez, Dieu du ciel ? Un groupe comprenant des employés du musée et des membres de la police ayant pour mission de discuter de la sécurité dans le musée ; Bottando conduirait la délégation de la police et Antonio Ferraro, le conservateur du département des sculptures, celle du musée. C'était apparemment une idée de Ferraro. Bien fait pour lui ! Si Bottando en avait entendu parler à l'avance, il aurait pu saboter toute l'opération. Mais Tommaso avait lancé l'affaire et obtenu les divers accords avant de l'en informer.

Sans nul doute, il était vrai que cet endroit avait bien besoin d'une complète révision des mesures de sécurité, antédiluviennes. Mais un comité n'allait pas accomplir grand-chose, et d'ailleurs ce n'était pas sa mission. Tommaso souhaitait surtout que ce comité lui serve de bouclier en cas d'incident.

La seule personne que Bottando plaignait était Ferraro, qui se trouvait à l'autre bout de la pièce... Grand, fort et respirant la puissance. Cheveux sombres, paraissant collés au crâne, comme s'ils avaient été généreusement enduits de brillantine. Très disert, du genre à vous couper la parole au beau milieu d'une phrase, de manière à poursuivre ses récits enthousiastes. Trente-cinq ans environ, un sourire un brin ironique en permanence sur les lèvres. Un homme intelligent et impatient. Pas étonnant que lui et Tommaso ne se fussent jamais entendus : chacun n'était disposé à accepter l'autre que comme subordonné. Peut-être Bottando pourrait-il le faire remplacer au comité par quelqu'un d'un peu plus malléable ?

« Vous avez l'air renfrogné, dit une voix près de lui.

J'en déduis que vous venez de parler à notre chef bien-aimé. »

Il se retourna et sourit. Enrico Spello était officieusement sous-directeur, et Bottando l'appréciait.

« Vous avez raison, comme toujours. Comment avez-vous deviné ? »

Spello joignit les mains pour mimer le mystère de l'intuition humaine.

« C'est simple : moi aussi, je fais toujours cette mine-là après une conversation avec Tommaso.

— Mais c'est votre chef, vous avez le droit de le détester. Il est toujours agréable avec moi.

— Bien sûr. Il est charmant avec moi également. Même lorsqu'il réduit mon budget de vingt-cinq pour cent.

— Il a fait ça ? Quand ?

— Oh, ça dure depuis un an ou plus. Les Étrusques n'offrent plus d'intérêt. C'est bon pour les archéologues et les antiquaires. Ce qu'il faut, c'est davantage d'éclat, des trucs pour attirer les foules. Comme vous le savez, notre Tommaso est une sorte d'enfant prodige. On fait des coupes sombres dans mon service afin qu'il puisse tendre d'une luxueuse tapisserie beige les murs du département d'art occidental.

— Est-ce que votre service est le seul à subir ces coupes ?

— Oh, non ! Mais c'est l'un des plus touchés. Notre ami là-bas y a perdu beaucoup de popularité. »

Il sourit d'un air facétieux. Bottando le plaignait. C'était un vrai savant, une espèce en voie de disparition dans le milieu des musées. Il vivait, respirait, dormait pour les antiquités étrusques. Personne n'en savait davantage que Spello sur ce peuple mystérieux. Désormais, ce genre d'homme était remplacé par des administrateurs, des collecteurs de fonds et des chefs d'entreprise. Tout le contraire d'un Spello, petit, corpulent et vêtu de manière excentrique.

« Je ne savais pas qu'il avait la moindre popularité à perdre, fit remarquer Bottando.

— En effet. D'ailleurs, j'ignore pourquoi il fait des efforts. Il a tant d'argent que ce n'est pas nécessaire. »

Bottando leva un sourcil.

« Vraiment ? Je n'étais pas au courant. »

Spello lui jeta un regard en coin.

« Et vous vous dites policier ? Je croyais que vous étiez censé être au courant de tout. Une énorme fortune familiale, m'a-t-on dit. Ça ne lui servira à rien. Un de ces jours, on le retrouvera dans son bureau, un couteau planté dans le dos. Et ce ne sont pas les suspects qui vous manqueront.

— Par où devrais-je commencer ?

— Eh bien, énuméra Spello, l'air songeur, je suis sûr que vous me ferez l'honneur de me considérer comme le suspect numéro un. Ensuite, il y a les collègues du département de l'art baroque non italien, qu'on a relégués dans une minuscule mansarde où personne n'arrive jamais à les trouver. L'impressionnisme n'apprécie pas du tout sa décision de le faire fusionner avec le réalisme, et la verrerie supporte très mal les visées impérialistes de l'argenterie. Un vrai nid de vipères, en fait. Notre petite salle à manger résonne chaque jour du récit de ses abus de pouvoir, présents et passés.

— Et lesquels avez-vous à l'esprit en ce moment ? » souffla Bottando. Il adorait les ragots et se rendait compte que Spello avait envie de lui raconter une anecdote. De plus, il était agacé de n'avoir rien su de la fortune de Tommaso.

« Ah ! Je pensais au cas du faux Corrège. Cela se passait dans les années soixante, lorsque notre ami était conservateur des peintures à Trévise. Bon musée : traditionnel premier poste pour jeune-homme-promis-à-une-belle-carrière. Jeune loup ambitieux, Tommaso a entrepris d'acheter des tableaux en provenance de l'étranger, faisant dans ce but main basse sur presque tous les budgets de ses collègues.

» Il a acquis des dizaines d'œuvres, se forgeant ainsi une réputation de battant et de fonceur. Il aime acheter des toiles, comme vous l'avez sans doute remarqué. Il s'est mis tout le monde à dos dans le musée en agissant de la sorte, mais au diable l'avarice ! Bientôt, il allait passer à des choses plus intéressantes.

» Pourtant il a fait une gaffe. Il a payé un Corrège une somme considérable, l'a accroché dans le musée. C'est alors que les rumeurs ont commencé. Un article déclare qu'à en juger par le style il se peut qu'il ne soit pas authentique. Puis on déniche des documents concernant l'origine, qui suggèrent que ce n'est qu'une copie. Alors il oblige le marchand – Edward Byrnes en personne – à le reprendre. Mais la tempête autour de sa compétence ne s'apaise pas malgré tout.

» C'est là qu'apparaît le génie de l'individu. Ses copains à Rome font circuler des bruits. Sans ménagement, il force son directeur – un homme doux et naïf – à endosser toute la responsabilité. Le directeur démissionne, et Tommaso démissionne aussi par loyauté, ce qui renforce sa réputation. Il prend ses quartiers d'hiver pendant une courte période, mais revient bientôt sur la scène et continue son ascension vers les étoiles. Et le voilà au firmament.

» Par conséquent, vous voyez, conclut Spello tout en jetant un regard circulaire sur la salle qui se vidait, nous avons peut-être l'air d'une famille heureuse, mais l'orage couve... Une seule erreur de la part de notre ami là-bas, et on se bousculera au portillon pour lui faire la peau. »

5

Malgré les soucis que la présence d'Elisabetta continuait à créer, le travail du service devait se poursuivre aussi bien que possible. Si le public s'enthousiasmait pour le tableau, les voleurs d'objets d'art n'observèrent qu'une courte trêve avant de reprendre leurs activités habituelles.

En fait, l'hystérie avait peut-être encouragé une plus grande ardeur : vu la valeur d'un petit bout de toile et la facilité avec laquelle on pouvait le transporter, davantage de gens eurent envie de tenter leur chance en choisissant des objets moins célèbres. C'était éreintant, mais par certains côtés gratifiant, car le taux de succès du service augmentait grâce à l'arrestation des amateurs. Subtiliser une statue ou un tableau italien n'est jamais bien compliqué : il suffit de défoncer une porte, parfois peu solide, de charger l'œuvre dans une voiture et de filer. Le moindre voyou de second ordre peut réussir. S'en débarrasser ensuite est une tout autre affaire, cependant. Pas question d'apporter un tableau volé dans une salle de ventes, et avant de le confier à un marchand il faut savoir distinguer entre ceux qui sont honnêtes et ceux qui ne le sont pas. Voler des œuvres d'art et en tirer profit est un métier de spécialistes chevronnés qui, contrairement à beaucoup d'autres, continue à produire des praticiens de grand talent.

En raison de l'activité discrète mais persistante d'un maître de l'art, plusieurs mois après l'arrivée triomphale d'Elisabetta à Rome et une fois que l'excitation, en grande partie calmée, ne se traduisit plus que par l'accroissement des recettes du Museo nazionale, Flavia retourna à Londres.

Il s'agissait encore d'une séance du comité de liaison, d'une réunion de policiers venus de France, d'Italie, de Grèce et de Grande-Bretagne à cause d'un seul homme – un Français, supposait-on – soupçonné de diriger un commerce prospère d'icônes grecques volées.

Les icônes sont relativement peu connues en dehors du milieu de l'art : c'est un domaine obscur qui n'intéresse que les passionnés. Ces peintures, en général sur bois, qu'on accroche dans les églises orthodoxes pour aider les fidèles à se concentrer pendant la prière, sont souvent difficiles à apprécier. Sur un simple fond doré, leur forme stylisée ne séduit pas d'emblée, d'autant que l'absence de perspective les rend peu compréhensibles pour ceux dont l'éducation artistique se fonde sur le dynamisme de la Renaissance. Mais, lorsqu'on y a pris goût, elles peuvent devenir une passion, tant leur élégance dépouillée et leurs formes épurées dégagent une aura de paix et de sérénité dont s'approchent rarement les œuvres plus robustes et plus animées produites en Occident.

Plus important, peut-être, les icônes atteignent des cotes élevées et le marché est notablement plus tortueux que pour les autres types d'objets d'art. L'une des principales sources de production étant les pays de l'ex-Union soviétique, il est banal qu'elles entrent en contrebande. Les icônes russes arrivent aussi dans les bagages des émigrants qui n'ont pas le droit de sortir des devises. Elles transitent clandestinement par Vienne, puis par Tel-Aviv, avant d'être expédiées sur le marché *via* New York et Londres. Les acquérir est présenté presque comme une aide à la liberté, et rares sont les marchands ou les collectionneurs qui se soucient de leur provenance.

Tous ces facteurs contribuèrent à créer un marché que Jean-Luc Morneau jugea attrayant – dans la mesure où les déductions de la Sûreté étaient fondées et où c'était bien ce marchand parisien qui se trouvait à l'origine des vols. Lorsque le monastère situé sur l'île d'Amorgos, dans les Cyclades, contacta le policier local, lequel à son tour envoya un message à Athènes, qui lança dûment des enquêtes dans toute l'Europe, le nom de Morneau ne cessa d'apparaître, bien qu'on n'eût pu fournir aucune preuve irréfutable qui justifiât la moindre action.

Quel que fût le coupable, sa technique était simple. Un touriste se présente sur le seuil d'un monastère et demande à visiter l'église. Une fois à l'intérieur, il prend des photos et mitraille en particulier l'icône accrochée au-dessus de l'autel. Puis, devant la grille, il remercie le moine, fait un don et s'en va.

Plusieurs mois après, il revient, arborant barbe, moustache et lunettes noires, afin de ne pas risquer d'être reconnu. À nouveau, on le laisse se promener à sa guise. Il vérifie que l'église est vide, se dirige vers l'autel et ouvre le grand étui de son appareil photo. Il en extrait la copie qu'il a peinte à partir des clichés, la pose à la place de l'icône authentique, au-dessus de l'autel, et glisse celle-ci dans son sac. Il sort de l'île par le premier bateau – l'heure de la visite a été choisie de manière à pouvoir repartir par bateau seulement une heure ou deux après –, en direction de la Crète ou de Rhodes, où le dispositif douanier est léger, avant de quitter le pays par avion.

La copie abandonnée à Amorgos, comme sur une vingtaine d'autres îles, ainsi qu'en plusieurs endroits du nord-est de l'Italie, se révèle être un faux dès que les experts l'examinent. Néanmoins elle est de très bonne facture et, peu visible dans la pénombre de l'église, elle supporte l'examen de routine des moines et celui des rares touristes. Selon les moines, cela durait depuis plus d'un an. D'autres monastères admiraient leurs copies depuis plus longtemps encore.

Si l'on avait repéré Morneau, c'était tout d'abord parce qu'il faisait le commerce des icônes, ensuite parce qu'il avait reçu une formation de peintre, et enfin parce qu'il ne jouissait pas d'une réputation d'honnêteté. Mais on n'avait pu aller plus loin, et la réunion avait été organisée dans le but de conjuguer les efforts pour lancer de discrètes enquêtes en vue de localiser quelques-unes des peintures.

La police grecque souhaitait également participer à la recherche de Morneau, lequel s'était évanoui dans la nature. Une enquête française avait établi qu'il avait quitté son studio de la place des Abbesses depuis un certain temps. Étant donné qu'on ne savait pas où il se trouvait à présent, il était d'autant plus malaisé d'établir son itinéraire passé. En tout cas, les témoignages recueillis dans les monastères ne furent pas d'un grand secours : l'un d'entre eux affirma que le visiteur à l'étui était français, pour d'autres il était suédois, allemand, américain ou italien. Aucun moine ne l'avait reconnu sur les photographies.

La réunion destinée à discuter de la question ne mena pas à grand-chose, surtout parce qu'un jeune Anglais quelque peu désinvolte soupira qu'il regrettait de ne pas avoir pensé lui-même à ce genre d'escroquerie. La remarque irrita les Grecs, qui répondirent par des commentaires sur la malhonnêteté de certains marchands français, ce qui vexa la délégation française. La rencontre ne fut pas un modèle de coopération européenne.

Indirectement, ce fut aussi grâce à cette réunion peu concluante que Flavia rencontra une nouvelle fois Jonathan Argyll. Il lui avait écrit plusieurs mois auparavant, lui proposant de la voir si elle venait en Angleterre et l'assurant qu'il serait bien aise de l'inviter à dîner à son tour. Elle n'avait pas répondu, d'une part parce qu'il n'était pas prévu qu'elle aille en Angleterre et, d'autre part, parce qu'elle détestait écrire, ce qui, à son avis, constituait une assez bonne raison.

Mais dans les grandes villes les soirées solitaires peuvent se révéler particulièrement déprimantes, surtout lorsque les journées sont courtes, qu'il fait froid et que, comme toujours à Londres, persiste une bruine légère. Impossible de se promener pour visiter la ville ou faire du lèche-vitrine. Aller seule au restaurant ne l'enchantait guère, les cinémas ne donnaient rien d'intéressant, la seule pièce qu'elle avait envie de voir se jouait à guichets fermés, et l'idée de passer une soirée dans une chambre d'hôtel avec pour toute compagnie un livre instructif faisait naître en elle les signes annonciateurs d'un accès de déprime.

C'est pourquoi, ayant épuisé toutes les autres possibilités, Flavia décrocha le téléphone et appela Argyll. Il parut tout de suite ravi de l'entendre et l'invita à dîner sur-le-champ. Elle accepta et il lui suggéra de passer à son domicile. Elle réfléchit, évalua les risques et déclina cette proposition. Même les Anglais pouvaient agir bizarrement lorsqu'ils étaient chez eux et, bien qu'elle n'eût aucun doute sur sa capacité à gérer n'importe quelle situation difficile, cela pourrait gâcher sa soirée.

« Oh ! je vous en prie ! J'hésite sur le choix du restaurant, et ce serait bien plus simple si vous veniez ici d'abord. Ce n'est pas très loin du métro. »

Quelque chose de spontanément chaleureux dans le ton de sa voix la fit changer d'avis. Elle acquiesça ; il lui expliqua le chemin, puis elle raccrocha.

Il était facile de gagner Notting Hill Gate depuis son hôtel. Le principal reproche que Flavia faisait à Londres était sa taille et sa configuration inhumaine. À Rome, elle vivait à environ un quart d'heure à pied du bureau, près du mausolée d'Auguste, dans un quartier tranquille et bon marché qui possédait un grand choix de restaurants, d'innombrables magasins, ainsi qu'une population exubérante. Mais Londres était une ville très différente. Personne ne semblait habiter près du centre, tout le monde passait chaque jour des heures dans le métro ou dans le train pour se rendre au travail. Et les quartiers résidentiels étaient en général d'une tristesse inouïe ; les boutiques y étaient rares et l'atmosphère de respectabilité donnait à penser que dès neuf heures et demie les Londoniens étaient tous au fond de leur lit avec un verre de lait chaud. La constante cavalcade de la vie urbaine, les déambulations pour le plaisir, les saluts aux amis, le verre bu en leur compagnie, tout ce qui rendait la vie en ville agréable, n'existaient pas. Londres ne correspondait pas à l'idée que se faisait Flavia de la joie de vivre.

La partie de Notting Hill où habitait Argyll se trouvait au-delà du quartier respectable avoisinant la station de métro, dans une région moins prospère située un peu plus loin. Le bâtiment n'était ni l'un des plus beaux, ni l'un des plus minables du quartier. Son appartement était perché au dernier étage d'une maison mitoyenne, vers le milieu de la rue. Lorsqu'elle sonna à la porte, il hurla dans un interphone crachotant qu'elle devait monter jusqu'à ce qu'il n'y ait plus d'escalier.

Son studio montrait les signes évidents d'une tentative de fuite précipitée, pas tout à fait réussie : amoncellement de fiches dans des boîtes, valises ouvertes par terre, à moitié remplies de vêtements et de livres. Un tas de socquettes dépareillées s'appuyait contre la bouteille de vin blanc qu'Argyll venait, de toute évidence, d'acheter en son honneur.

« Vous déménagez, n'est-ce pas ? demanda-t-elle, tout en se disant qu'il n'était pas nécessaire d'être doté de la perspicacité d'un Sherlock Holmes pour aboutir à cette conclusion.

— Ouais... », répondit-il en débouchant la bouteille, avant d'y jeter un œil pour voir quelle quantité de débris de bouchon flottait dans le vin. Il fit la grimace, puis releva la tête, un joyeux sourire aux lèvres. « Adieu Londres, rebonjour Rome ! Pour une année environ, peut-être plus. Jusqu'à ce que je termine cette fichue thèse. J'ai fini la partie anglaise et, par conséquent, tout ce dont j'ai maintenant besoin se trouve en Italie. Ce qui est très commode, si vous voulez savoir.

— Je croyais que vous n'aviez pas le sou.

— C'était vrai dans le temps, plus aujourd'hui. L'un des effets imprévisibles du Raphaël...

— Comment ça ?

— Voyez-vous... J'étais invité à une soirée où se trouvait aussi Edward Byrnes. Il s'est approché de moi en douce, l'air penaud, et on a bavardé. Résultat, il s'est pratiquement excusé d'avoir piqué le tableau. Non pas, bien sûr, qu'il ait admis avoir mené double jeu. Recherche personnelle conduisant dans la même direction, etc. Pas son tableau, de toute façon, vous savez. Totale coïncidence, la panoplie classique. C'est possible. Mais je n'y crois pas. D'une manière ou d'une autre, il a eu vent de l'affaire grâce à moi. L'important, c'est qu'il m'a offert une forme de compensation déguisée. Sa compagnie dispose d'une bourse de recherche en histoire de l'art, et, en gros, il m'a fait comprendre que si je la sollicitais on me l'accorderait probablement. J'ai suivi son conseil, et ça a marché.

— Vous l'avez acceptée ? »

Argyll hésita un instant.

« Eh bien, je me suis dit : pourquoi pas, nom d'un chien ? Le tableau m'a échappé pour toujours et Byrnes est plein aux as grâce à moi. J'aurais pu monter sur mes grands chevaux et refuser de toucher à son sale fric : Comment osez-vous m'insulter de la sorte, monsieur ? Mais cela ne l'aurait pas empêché d'être toujours aussi riche et moi aussi fauché. Légitimement, je suppose, il aurait dû m'offrir deux millions de livres. Mais il ne l'a pas fait ; alors c'était ça ou rien.

— Qu'est-ce qu'il a voulu insinuer par "pas son tableau" ?

— Rien de plus que ça, apparemment. C'est le bruit qu'il fait courir, sans doute à cause de la jalousie dans la profession. Il a servi d'intermédiaire, il l'a acheté pour le compte de quelqu'un d'autre, donc, c'est quelqu'un d'autre qui a l'argent à présent, semble-t-il.

— Qui ? demanda Flavia, très intriguée.

— Il ne l'a pas dit. Je ne l'ai pas demandé, à vrai dire, parce que c'est une histoire à dormir debout. De plus, j'étais trop occupé à fantasmer sur mon retour en Italie.

— Vous ne feriez pas un très bon policier…

— Je sais, mais ça ne fait pas partie de mes projets… Cela m'a paru une histoire si ridicule que je n'y ai pas cru un seul instant. Ce que je veux dire, c'est : pouvez-vous imaginer un marchand qui se respecte ayant entre les mains un Raphaël et le laissant filer sans broncher ? » Il se tut une minute pendant qu'il repêchait des fragments de bouchon avec le doigt, les retirant un à un.

« C'est répugnant de ma part. Désolé… », s'excusa-t-il.

Il versa à boire, elle prit une petite gorgée, il s'assit par terre et ils bavardèrent à bâtons rompus du voyage de Flavia, des recherches d'Argyll, de la façon dont il avait trouvé son appartement. Ils parlaient en italien et sur l'Italie, et Argyll s'enthousiasmait avec ferveur et retenue à la fois. Il aimait le pays à la façon des habitants refoulés et blafards des froids pays nordiques, séduits par l'exubérance colorée des Méditerranéens. Mais son adoration n'était ni aveugle ni béate ; il connaissait bien l'Italie, verrues comprises. Le manque d'efficacité et de souplesse, l'étroitesse d'esprit, il les comprenait et les acceptait. Il connaissait également son art et pouvait discourir avec un plaisir nostalgique des longs et pénibles voyages en autocar et à pied pour atteindre les délices obscures que ce pays aime susciter en des lieux inaccessibles. Flavia pensa qu'il s'entendrait peut-être bien avec Bottando. Puis il changea de sujet et ils revinrent à Londres, au travail et aux musées. Il leva un doigt tout en lui versant encore un verre de vin.

« À propos, il y avait une autre raison pour prendre l'argent de Byrnes : j'ai considéré ça comme une sorte de victoire. »

Elle le regarda, l'air perplexe.

« Drôle de victoire, dit-elle.

— Attendez un instant ! lança-t-il en s'agenouillant près d'une grande boîte pour fouiller parmi des dizaines de bouts de papier. Bon sang ! Où est-ce que je l'ai mise ? C'est le problème quand on fait ses bagages, on a toujours besoin de ce qui se trouve au fond des cartons. Ah ! la voici. Il faut que je vous la montre. Je pense que vous trouverez ça drôle. »

Argyll expliqua qu'à son retour en Angleterre, après son infortune dans les cellules des carabiniers, il s'était replongé avec ardeur dans la question Mantini. Ses motifs n'avaient rien à voir avec une quelconque passion de l'histoire de l'art, ni avec un ardent désir de restaurer la réputation du peintre dont il s'occupait et que l'imagination la plus fertile ne pouvait guère considérer autrement que comme un artiste de seconde zone. C'était davantage une question de fierté personnelle : après avoir étudié le sujet plusieurs années, il se devait d'obtenir un document couronnant ses efforts, même s'il ne s'agissait que d'une peau d'âne attestant son droit à être appelé M. Argyll, docteur en histoire de l'art.

Il ajouta qu'il avait résolument tenté d'oublier Raphaël et tous les sujets annexes. Son peintre avait été assez apprécié par les touristes anglais qui passaient par Rome au début du XVIIIe siècle, et un grand nombre d'entre eux lui avaient commandé quelque œuvre mineure comme souvenir de leur séjour : l'équivalent de l'achat d'une carte postale représentant l'escalier de la Trinité des Monts. En gros, il peignait des paysages peu originaux dans le style de Claude Lorrain ou de Gaspard Dughet, lesquels étaient tenus en grande estime à l'époque. Comme Argyll composait un catalogue raisonné des œuvres du peintre, il avait écrit à presque tous les propriétaires de manoirs en Angleterre afin de s'enquérir de leurs éventuelles possessions. Il s'était également rendu dans plusieurs domaines pour consulter les archives et chercher des documents indiquant le lieu de l'achat, la manière dont les tableaux avaient été acquis et le prix payé.

Au cours de l'une de ces expéditions, il avait atterri à Backlin House, dans le Gloucestershire ; il s'agissait d'une vaste bâtisse glaciale encore habitée par les descendants de la famille d'origine, même s'il était évident que c'était désormais au-dessus de leurs moyens. S'ils avaient été raisonnables, dit-il, ils auraient donné la maison au National Trust, la Caisse nationale des monuments historiques et des sites, puis seraient partis vivre sur la Côte d'Azur, à l'instar des Clomorton après la guerre.

Comparé à la salle des archives, où étaient conservés les papiers de la famille dans une obscurité poussiéreuse et dans laquelle régnait une odeur de moisi, le reste du manoir avait un air de fête. Après un simple coup d'œil, Argyll avait presque décidé de rentrer chez lui sans demander son reste.

« Un employé de la Commission des manuscrits historiques s'y est rendu en 1903 pour classer les documents, mais il est mort de la grippe à mi-course. Cela ne me surprend pas. Si je n'avais pas pris la précaution d'apporter une paire de mitaines, un bonnet de laine et une flasque, j'aurais bien pu sombrer moi aussi. Le chercheur expérimenté est préparé à toute éventualité », conclut-il d'un ton supérieur.

En raison de la disparition prématurée du malheureux archiviste, les papiers n'avaient jamais été triés et aucun catalogue publié. Et à cause de cela, durant des années personne ne s'en était approché. Si bien que lorsque Argyll finit par pénétrer dans le grenier contenant quatre siècles de souvenirs de toutes sortes, il trouva une énorme quantité de rouleaux de documents couverts de poussière, des coffres pleins de titres de propriété, des piles de liasses de papiers officiels, ainsi qu'une série de boîtes datant du XIXe siècle et marquées « premier comte », « deuxième comte », etc.

En général, les milliers de documents étaient archivés sans ordre apparent, ou, s'il y en avait un, Argyll n'avait pas réussi à le déterminer. Cependant, quelques-uns portaient le paraphe de l'ancien archiviste et avaient dû être choisis par lui pour être inventoriés avant sa mort. Chacun avait reçu une appellation générale. Sur un volumineux carton on lisait « Lettres du XVIIIe siècle ».

« Ce fut ma grande découverte, dit Argyll. Une liasse se composait entièrement de lettres adressées au propriétaire du manoir, sir Robert Delmé, par sa sœur Arabella.

— Et alors ? demanda Flavia, sa bonne éducation luttant contre son impatience.

— Arabella était une grande dame, du genre qui a disparu avec le XVIIIe siècle. Elle a eu quatre maris en tout et leur a survécu. Elle s'apprêtait à en prendre un cinquième lorsqu'elle s'est écroulée, terrassée par l'abus de cognac, à l'âge de quatre-vingt-sept ans. L'important, c'est que le mari numéro deux était notre ami, le comte de Clomorton en personne – ce célèbre connaisseur de Raphaël –, et dix des lettres dataient de cette période. »

La plupart des lettres, expliqua Argyll, n'offraient guère d'intérêt : il s'agissait de ragots londoniens, de détails sur les activités du prince de Galles, ainsi que de commentaires scabreux sur les innombrables déficiences de son mari. Malgré sa richesse, le comte n'était pas tenu en grande estime par sa femme, se montrait excessivement économe et semblait manquer du plus élémentaire jugement.

« C'était exactement le type de personne que le premier marchand de tableaux romain pouvait repérer à un kilomètre. Ils auraient tous mis un point d'honneur à lui refiler de la camelote en lui faisant payer un prix exorbitant. La seule chose qui l'intéressait vraiment, à en croire lady A, c'étaient ses hémorroïdes. Il semble qu'il ait débité un monologue ininterrompu sur le sujet pendant des années. C'est douloureux, d'accord, mais au petit déjeuner ce n'est pas très ragoûtant. »

Deux des lettres dataient de l'époque de la mort du comte, une juste avant, l'autre juste après. « Tenez, dit Argyll en fouillant dans une liasse de feuillets rangés dans une chemise en papier kraft. Je les ai recopiées. Jetez-y un coup d'œil. »

Flavia prit le premier feuillet et plissa les yeux pour déchiffrer les griffonnages hâtifs et désordonnés d'Argyll :

« Très cher frère, commençait la lettre, comme vous l'avez sans doute appris par la *Gazette*, monseigneur est revenu sur nos rivages après ses pérégrinations. Mon Dieu, comme il a changé ! Ce n'est plus le sportif respirant la santé ; l'air doux de l'Italie a fait de lui un véritable amateur d'art ! Je ne saurais vous dire à quel point sa nouvelle occupation m'amuse. Toute la journée il se pavane couvert de ses plus belles dentelles de France et donne des ordres aux domestiques en ce qu'il considère du bon italien. Ils ne le comprennent pas et font ce qu'ils veulent, comme à l'accoutumée. Le pire, c'est que ses engouements ont délié sa bourse. Il appert qu'il a tenté d'acheter l'Italie tout entière et de plonger sa famille dans la ruine ce faisant. Certaines de ses croûtes ont déjà été livrées ici ; j'ai l'intention de les accrocher dans les coins les plus sombres de la maison afin que nos visiteurs ne s'aperçoivent pas aisément à quel point mon mari a été berné par ces marchands étrangers. Il m'avait promis des tableaux exécutés par les meilleurs artistes italiens, mais il m'a rapporté de simples barbouillages, les faux les plus grossiers. Il n'y a que le prix qui les rapproche des plus belles œuvres des maîtres. Le coup de grâce est encore à venir, cependant : il est à Londres avec M. Paris depuis trois semaines, en train de s'occuper activement d'un dernier envoi de ruines exécutées par ces misérables peintres de genre romains qui ont pris plaisir à lui soutirer de l'argent. Monseigneur me déclare – de son ton le plus mystérieux – qu'elles vont me ravir et m'étonner énormément. J'avoue ne pas voir comment je pourrais être davantage étonnée. Il semble qu'il ait déboursé plus de sept cents livres pour l'une d'elles qui se révélera, sans aucun doute, ne pas valoir plus d'une demi-couronne. »

Le reste de la lettre contenait les potins et les affaires politiques du coin, des récriminations à propos des domestiques et l'annonce de la mort de la fille de quelque parent éloigné. Puis elle revenait à son mari, et sa bile se déversait sans retenue :

« Je vous ai maintes fois relaté, cher frère, les aventures galantes de monseigneur. Mais moins souvent depuis quelque temps, après que j'eus fait une scène au sujet de la misérable coquine avec laquelle il se déshonorait avant son voyage. J'avoue que, lorsque je menaçai de lui trancher la gorge s'il m'humiliait à nouveau de la sorte, il devint aussitôt livide ! Mon cher frère, mon ton était si convaincant que je fus moi-même persuadée que j'aurais été capable de passer à l'acte. Mais la menace le ramena dans le droit chemin. Pourtant, un chenapan restera toujours un chenapan. Il paraît encore décidé à déshonorer notre nom. Monseigneur arrive de Londres dans deux jours. Je vous laisse imaginer le genre d'accueil qu'il va recevoir de la part de votre sœur très affectionnée,

Arabella. »

« Voilà ! lança Argyll d'un ton de triomphe. Que pensez-vous de ça, hein ? »

Flavia haussa les épaules.

« Quoi ? C'était un vieux cochon. Qu'est-ce que ça peut bien me faire ?

— Vous n'avez pas prêté attention, hein ? Regardez de plus près ! "Misérables peintres de genre" : Mantini. "De son ton le plus mystérieux", ça correspond bien. "Sept cents livres", une somme énorme pour un tableau, à l'époque.

— Donc, elle parle de l'arrivée imminente d'Elisabetta. Et alors ?

— Mais voyez ce qu'elle dit. Que c'est une peinture de ruines – probablement dans un paysage classique – qu'on attend.

— Par conséquent… ?

— Le portrait d'Elisabetta a été trouvé sous un *Repos pendant la fuite en Égypte*. Bizarre, non ? » Il se pencha en arrière après avoir fait cette déclaration, qu'il jugeait, à n'en pas douter, stupéfiante.

« Eh bien, franchement, non ! Pas du tout ! répondit Flavia, impassible. Peut-être faisait-elle allusion à la qualité de la peinture, pas au sujet. De plus, on sait tous que ce n'était pas la bonne. »

Argyll arborait la mine de quelqu'un qui, tout naturellement, s'attend à une réaction d'admiration et non pas à une contestation.

« Ah ! Je n'avais pas pensé à ça… Mais écoutez ! reprit-il avec un regain d'enthousiasme en allumant une des cigarettes de Flavia avant de jeter l'allumette dans son propre verre vide. Le lien, ici, c'est le marchand, Sam Paris. Il a vu Mantini à l'œuvre à Rome et il a assisté au déballage du tableau à Londres. Si un tableau différent était arrivé sur le bateau, il l'aurait remarqué. Ça n'a donc pas été le cas, puisque Clomorton avait l'impression que tout se déroulait comme prévu. »

Flavia hocha la tête d'un air pensif, mais sans conviction.

« Bon, ça, je vous l'accorde.

— Et il semble que personne n'a rien trouvé d'anormal avant que le tableau soit nettoyé. Par conséquent, Mantini a dû peindre des ruines sur le Raphaël. Toujours d'accord ? »

Flavia fit la moue.

« Peut-être bien… Mais peut-être que Paris était lui aussi dans le coup et qu'il a accepté d'envoyer un autre tableau. Après tout, c'était un marchand et, si j'ai bonne mémoire, il a disparu juste après. Tout policier qui se respecte jugerait ça suspect. Et il y a au Museo nazionale un Raphaël reconnu sur le plan international, ce qui ne va guère dans le sens de votre thèse. Même si je dois avouer que je ne sais toujours pas en quoi consiste exactement votre thèse.

— Je n'en ai pas pour le moment. Je ne crois pas que ce soit important, mais ça fera une jolie note en bas de page. Est-ce que ça ne serait pas formidable qu'il s'agisse du mauvais Raphaël ? Cette pensée me réjouit le cœur depuis des semaines. »

C'était donc d'un pas allègre qu'un Argyll ragaillardi avançait sur les trottoirs mouillés et luisants, évitant d'un bond leste les jets d'eau propulsés par les autobus et les voitures qui s'enfonçaient dans les flaques profondes, conséquence de l'engorgement des égouts. Il ouvrit un immense parapluie et tendit son coude.

Presque inconsciemment, Flavia posa avec délicatesse sa main sur le bras ainsi offert. Elle ne se rappelait pas que quelqu'un eût jamais esquissé cet étrange geste à son intention. Des bras furtifs passés autour de sa taille avant de glisser plus haut, oui, en quantité ; un éloignement froid et délibéré, à la façon dont son dernier petit ami lui avait signifié son mécontentement, ça, elle connaissait. Mais ce geste-là révélait une discrète gentillesse, lui donnant la possibilité de ne pas le remarquer et de décliner l'offre. Extraordinairement vieux jeu, mais pratique et délicieux ; ils pouvaient ainsi rester assez près l'un de l'autre et être protégés tous deux par la coupole de l'énorme parapluie.

« J'ai pensé qu'on pourrait aller dans un restaurant

thaï, dit-il. La cuisine romaine est très bonne, mais là-bas j'avais des envies de mets épicés. »

Flavia ne répondit rien, ne prêtant guère attention, en fait, au flot ininterrompu de propos légers qui sortait de la bouche du jeune homme. Au restaurant, elle hocha la tête, l'air ailleurs, lorsqu'il lui demanda si elle voulait boire quelque chose, et hocha une nouvelle fois la tête quand il lui suggéra d'essayer le saké, alcool dont elle n'avait jamais entendu parler. Puis elle se concentra sur le menu.

« Pourquoi pensez-vous que ce serait bien si ce n'était pas le bon tableau ? Moi, je pense que ce serait terrible – à propos, c'est mon service qui régale », dit-elle une fois que le serveur eut pris la commande et apporté une bouteille dans un récipient plein d'eau chaude, avant de disparaître. Elle s'aperçut que c'était la première question qu'elle lui posait en s'intéressant vraiment à la réponse. Son nouvel entrain avait fait de lui un compagnon bien plus agréable, même s'il montrait les signes d'un début de suffisance. En tout cas, il n'était pas aussi demeuré qu'il le paraissait.

« Sûrement pas. La dernière fois, c'est vous qui avez réglé l'addition. De plus, c'est pour m'excuser, en quelque sorte, de vous avoir fait périr d'ennui à Rome. Et ne vous inquiétez pas, c'est sur le compte de sir Edward Byrnes. J'ai reçu mon premier chèque hier. Quant au Raphaël, pensez seulement au nombre de spécialistes distingués qui, en ce moment même, sont en train de se disputer l'honneur de sortir avant les autres leur bouquin sur le "nouveau Raphaël" ! Imaginez combien ont gagné une petite fortune en écrivant des articles dithyrambiques dans les revues et les journaux ! Mieux encore, de quoi auraient-ils l'air, je vous le demande, si l'on découvrait que c'est sur un faux qu'ils ont déversé tous ces qualificatifs admiratifs ? Vous êtes mariée ?

— Non. » Elle se tut et vida le petit verre de saké. Cela n'avait guère de goût, mais c'était chaud. Elle remplit à nouveau son verre et en but le contenu. La chaleur compensait quelque peu la teneur en alcool, manifestement faible. « Vous avez parlé de cela à quelqu'un ?

— À personne. La dernière fois, j'ai compris ma leçon.

— Écoutez. Maîtrisez-vous et soyez raisonnable. Je sais que cette histoire vous a retourné, mais le Raphaël ne peut pas être un faux. Les historiens d'art du monde entier ont publié des articles à ce sujet. Ils sont absolument tous d'accord sur son authenticité. Bien sûr, il leur arrive de commettre des erreurs, mais ils ne peuvent pas *tous* se tromper. Vous ne pouvez pas mettre en parallèle un fragment peu concluant d'une lettre rédigée par une femme qui se préoccupe avant tout des incartades sexuelles de son mari et l'avis unanime des meilleurs experts vivants.

— Je ne vois pas pourquoi. Comme vous le dites, ils ne sont pas à l'abri d'une erreur, grosse comme eux parfois. Écrire l'histoire de l'art consiste en grande partie à débusquer les erreurs des autres et à les remplacer par les siennes propres. Tous les musées du monde regorgent de tableaux “d’après Vélasquez” ou “appartenant à l’atelier du Titien” sur lesquels on s’est extasié pendant des années comme étant des chefs-d’œuvre du maître. Un petit ami ? »

Flavia se reversa à boire.

« Non. Mais comment pouvez-vous le prouver ? demanda-t-elle. Si tout le monde a décidé que c’est un Raphaël, il sera difficile de les persuader de changer d’avis. Ce n’est qu’une question d’opinion. Si un assez grand nombre de personnes déclarent qu’il est authentique, alors il l’est. D’ailleurs, je crois que pour vous c’est un jeu. Vous ne pensez pas réellement qu’il s’agit d’un faux, pas vrai ?

— Non, pas réellement, avoua-t-il d’un ton triste. (Il se servit du riz et fit des essais avec ses baguettes.) Je prends mes désirs pour des réalités, sans doute. C’était agréable de fantasmer sur la découverte d’un élément concluant. Imaginez leur gêne ! “Nouvelles révélations sur l’Elisabetta de Raphaël.” Un petit article bref mais percutant. Boum ! Les historiens de l’art sauvent leur honneur en se jetant par la fenêtre ou en s’enfermant dans une chambre armés d’un pistolet chargé. Le musée en émoi. Les ministres rouges de honte. Tout cet argent du contribuable envolé en fumée. Je vois d’ici les éditoriaux. Des attaches ? Un chat ? »

À l’évidence, il prenait grand plaisir à l’enchaînement de ses pensées. Il se resservit de son plat et se reversa du saké.

« Non. Quel rapport ?

— Aucun. C’est juste que j’aime les chats. »

Ils mangèrent sans parler. Flavia finit par rompre le silence.

« De toute façon, il vaut mieux que j'en touche un mot au général quand je rentrerai », dit-elle en buvant de petites gorgées d'un air pensif. Extraordinaire... La bouteille était déjà vide. « Ensuite, il fera ce que bon lui semblera. Ça passera à la corbeille à papiers, sans doute. Mais, si ça tourne mal, il ne pourra pas dire qu'on ne l'avait pas prévenu. Je suis célibataire, sans attaches, et je n'ai pas l'intention de changer de condition. Les hommes, poursuivit-elle en se demandant pourquoi elle disait ça et aussi pour quelle raison sa tête bourdonnait un peu, ont peur de moi. Je ne les aime pas. En général, ajouta-t-elle avec prudence en louchant en direction d'Argyll. Alors tout le monde est content... Je ne me sens pas très bien... »

En fait, elle était complètement soûle ; elle se rappelait avoir pensé de façon très claire à ce moment-là, avant qu'un tel effort devienne trop pénible, que lorsqu'elle aurait repris ses esprits elle allait beaucoup en vouloir à son hôte de ne pas l'avoir avertie que le saké était beaucoup plus fort que le vin, et son effet bien plus pervers.

« Mon dernier petit ami avait l'habitude de me dire... », commença-t-elle d'un ton lugubre, mais à mi-phrase elle ne se souvint plus de quoi il s'agissait. Du moins, ce n'était pas quelque chose d'agréable. Il l'avait très mal pris lorsqu'elle avait fini par rompre. C'était son boulot à lui, à son avis. Il l'avait accusée d'être infidèle. Quel con ! Non, ça c'était Clomorton. Pas elle.

C'était trop difficile. Elle était probablement endormie avant même qu'Argyll ne l'installe sur son canapé. En fait, elle dormait à poings fermés, sans aucun doute. En tout cas, elle n'avait pas protesté quand il l'avait laissée tomber dans les escaliers.

Flavia se réveilla en sursaut, prise de panique et la tête dans un étau. Elle avait réservé sur Alitalia – tous les fonctionnaires italiens voyagent par la compagnie nationale afin de faire circuler l'argent d'un service à l'autre – un vol pour Rome prévu à onze heures trente. Pas d'Argyll en vue, mais il y avait un mot sur la table : « Je dois sortir. Si je ne suis pas rentré quand vous vous réveillerez, il y a du café dans la cuisine. J'espère que vous n'avez pas mal à la tête. Vous êtes super quand vous êtes ivre. »

Elle devrait se passer de café, même s'il était évident qu'elle en mourrait. Heureusement qu'elle avait été déposée sur le canapé tout habillée : elle n'aurait pas eu le temps d'enfiler ses vêtements non plus. Elle estima qu'il lui restait environ deux heures pour rentrer à l'hôtel, faire ses bagages, régler la note et se rendre jusqu'à Heathrow, les comptables de l'administration n'aimant pas qu'on rate un avion, à cause des frais supplémentaires occasionnés.

La migraine et la précipitation la délivrèrent de toute préoccupation artistique. Elle se comportait plutôt comme un automate, son obsession de ne pas manquer l'avion constituant le seul signe d'activité mentale dans un cerveau inerte. Oubliés Argyll, le saké, les mets thaï, et Raphaël !

Elle attrapa son avion, se précipita dans les toilettes dès l'instant où le signal des ceintures s'éteignit et fit de son mieux pour reprendre apparence humaine. Durant tout le reste du vol, elle persécuta l'hôtesse sans relâche, réclamant quantité de tasses de café noir très fort, plusieurs comprimés d'aspirine et moult verres de jus d'orange. Elle dut payer le jus d'orange de sa poche – les comptables n'appréciant pas non plus le luxe inutile –, alors qu'il était plutôt médiocre. Mais il la requinqua, et, lorsqu'elle arriva chez elle, elle avait suffisamment recouvré ses esprits – heureuse surtout qu'on fût déjà vendredi – pour dépouiller le courrier qui s'était accumulé en son absence, avant de se glisser dans son bain.

Un tranquille week-end de détente lui permit de se remettre tout à fait des effets du breuvage oriental. Pour une fois, elle s'absorba dans des tâches domestiques – ménage, courses, dépôt de vêtements chez le teinturier. Elle oublia presque totalement son travail jusqu'au lundi suivant où, à huit heures et demie, elle parcourut à pied la courte distance la séparant de son bureau.

Elle fut accueillie par Paolo, son collègue préféré. Elle s'enquit des événements survenus depuis son départ.

« Un coffret de bijoux, deux mille cinq cents livres du XVIIIe, quatre tableaux, trente-huit gravures. Envolés. En plus des menaces habituelles contre le Raphaël ; un quidam a décidé que c'était à nous de nous en occuper.

On en a reçu une centaine, transmises par le musée : ça fait partie du travail du nouveau comité du général. Le pauvre homme ! Ça le pousse à la boisson… »

Ils se préparaient à deviser agréablement pour commencer la matinée en douceur lorsque Bottando passa la tête dans l'entrebâillement de la porte.

« Ah ! vous voilà, chère amie… Voyage agréable ? Merveilleux ! Venez dans mon bureau d'ici cinq minutes pour me raconter, voulez-vous ? »

Il disparut. Paolo fixa la porte.

« Il a l'air très tendu en ce moment. Je crois qu'il se demande toujours comment éviter d'être pris dans la tourmente si quelque chose arrive à ce foutu tableau. Je ne sais pas pourquoi. Ces dernières semaines, il a entouré le service de plus de fortifications bureaucratiques et d'ouvrages défensifs avancés que Fort Knox. »

Flavia haussa les épaules.

« C'est possible. Au fait, ça me rappelle que je voulais lui dire quelque chose. Il se peut que ça le détende un brin. »

Elle monta à l'étage, entra comme d'habitude dans le bureau de Bottando sans frapper et s'installa dans son fauteuil. Elle fit d'abord un bref résumé de la réunion, puis un rapide compte rendu du récit d'Argyll à propos de ses recherches.

« J'ai pensé qu'il valait mieux que je vous en parle », conclut-elle d'un air penaud. Bottando avait son expression qui signifiait : « Pauvre petite idiote ! » Il l'utilisait rarement, surtout avec elle.

« Qu'est-ce qu'on en fait ? demanda-t-elle.

— Rien. Classez ces renseignements et oubliez-les. Ou plutôt, ne prenez même pas la peine de les classer. Je suis beaucoup trop vieux pour chercher les ennuis, et, à la seule pensée de dire au conservateur du Musée national qu'il se peut qu'il ait hérité d'une vieille copie, je vois ma retraite s'amenuiser sous mes yeux.

— Mais il faut bien qu'on fasse quelque chose, non ? Un discret avertissement, une petite suggestion ?

— Chère amie, si je n'étais pas là pour vous protéger, vous seriez dévorée toute crue. Allons ! soyez raisonnable et réfléchissez ! Le ministre de la Défense est socialiste, d'accord ? Et le ministre des Arts est démocrate-chrétien. Et ils ne s'aiment pas. Or un vieux socialiste du Sud sous les ordres de ce ministre de la Défense fait courir le bruit que le ministre des Arts a commis une énorme bourde. Est-ce qu'on lui dit : “Merci de nous avoir prévenus, c'est très aimable à vous” ? Vous parlez ! On soupçonne un complot ourdi par les partis minoritaires de la coalition gouvernementale pour couler leur étoile montante et discréditer la DCI. Cependant, on vérifie et on découvre que le tableau est authentique ; alors, un général vieillissant qui attend sa retraite avec impatience est conduit à l'échafaud afin de restaurer la paix et l'harmonie dans la coalition. Précédé, permettez-moi d'ajouter, de sa plus proche collaboratrice, membre notoire du Parti communiste…

— Non. J'ai cessé de payer ma cotisation.

— Ex-membre, corrigea Bottando, tout à fait le genre de personne susceptible d'inventer un plan naïf pour faire tomber le gouvernement.

— Mais si vraiment il est faux ?

— Si c'est le cas, eh bien, ils auront un beau scandale sur les bras. Mais nous, on se tient à l'écart, on les observe sans s'en mêler. Notre boulot consiste à protéger le tableau et non à semer la perturbation. Et, si on produit la moindre preuve, on a intérêt à ce qu'elle soit extrêmement convaincante. Vous vous rappelez le Watteau qui a fait tout ce boucan il y a quelques années ? »

Flavia hocha la tête.

« Déclaré authentique par tout le monde et vendu aux États-Unis pour une fortune. Et qu'advient-il sur ces entrefaites ? Quelqu'un écrit un article indiquant que c'est un faux, dit que si l'on regarde bien le fond on peut voir le mot “Merde” écrit en toutes lettres. C'est juste, je l'ai lu moi-même. Le tableau est apparu un beau jour, il n'a aucune histoire, jusqu'alors personne n'en a jamais parlé. Il y a quatre-vingt-quinze pour cent de risques qu'il soit faux. Mais qui le reconnaît ? Pas le musée, qui a déboursé trois millions de dollars ; pas le marchand, qui risquerait d'avoir à rendre l'argent ; et pas les critiques ni les historiens, qui se sont déjà extasiés sur sa beauté. C'est pourquoi le tableau est toujours exposé en dépit des preuves irréfutables qu'il s'agit d'un gigantesque canular.

» Bon, passons à notre Raphaël, qui a coûté vingt-cinq fois plus et qui possède un pedigree remontant jusqu'au pinceau de l'artiste. S'il se révèle faux, le directeur du Musée national devra démissionner, ainsi que son protecteur ; le ministre devra en faire autant parce qu'il s'est approprié l'idée de cette acquisition. » Bottando se dirigea vers la fenêtre et regarda la façade de Sant'Ignazio de l'autre côté de la rue.

« Il faudrait le remplacer ; alors les socialistes, les libéraux, les républicains et tous les autres réclameraient son ministère, arguant de la pagaille qu'il a créée. Et les démocrates-chrétiens refuseraient, car en l'état actuel des choses ils n'ont qu'une voix de majorité au sein du cabinet. Il s'ensuivrait donc une nouvelle chute du gouvernement. » Il esquissa un geste en direction de la Chambre des députés, tout près du marchand de glaces où Flavia avait emmené Argyll.

« Je vous laisse imaginer à quel point les différents directeurs de musée, hommes politiques, historiens et critiques d'art se mobiliseraient pour affirmer qu'il ne fait absolument aucun doute que le tableau est authentique… Il faudrait que la preuve attestant le contraire soit infaillible à trois cents pour cent, totalement inattaquable et au-dessus de tout soupçon.

» Et ce que vous possédez, vous et cet Argyll, n'offre aucune de ces garanties. N'importe quel historien digne de ce nom en ferait de la chair à pâté.

» Je ne crains pas de prendre certains risques, ajouta-t-il en se rasseyant sans lâcher Flavia du regard. Mais je n'ai pas la moindre intention de me suicider pour une chimère inventée par une catastrophe ambulante dénommée Argyll. Ils le réduiraient en poussière, dans le cas où ils s'apercevraient seulement de son existence ! Pauvre chercheur déçu, tirant le diable par la queue et qui tente de se venger en propageant des rumeurs diffamatoires… Ils le passeraient à la trappe. Il se pourrait même qu'ils aient raison. »

6

« Dieu du ciel ! Quelle journée ! soupira Bottando tout en étendant la main pour donner une petite tape sur le bras du serveur au moment où celui-ci passait à côté de lui. Un autre ? »

Spello secoua la tête.

« Non, merci. Je ne trouve pas que l'alcool soit d'un très grand secours après ce genre de journée. Je prendrais volontiers un café, cependant. »

Le policier commanda les consommations, et les deux hommes, âgés tous les deux d'une cinquantaine d'années, les attendirent en se remontant le moral mutuellement. L'après-midi avait été pénible. Il y avait eu une réunion de l'infernal comité de Tommaso. Quelques démarches futées de la part de Bottando avaient réduit le nombre des séances, mais il fallait bien se réunir de temps à autre quand même. En outre, son tableau l'ayant rendu quasi hystérique, Tommaso réclamait des mesures de sécurité de plus en plus draconiennes. Cela avait été un moment typique : Antonio

Ferraro avait proposé – « exigé » serait plus exact – que l'on refasse l'électricité de tout le bâtiment. C'était indispensable, en effet, mais, comme l'avait souligné Spello en opposant son veto au projet, les fonds manquaient.

En tout cas, les intrigues politiques du musée avaient produit un agréable changement. Bottando avait sous-entendu que Ferraro était peut-être trop occupé pour avoir le temps de diriger la délégation du musée au comité. Ferraro, à qui manifestement ce boulot ne plaisait pas, ayant acquiescé, Bottando avait avancé le nom de Spello. Le policier se sentait un peu mesquin, mais il commençait à comprendre l'antipathie de Tommaso envers le spécialiste de la sculpture. Personnage très ombrageux, il était incapable de présider une réunion sans proférer des insultes gratuites, et l'opinion d'autrui lui paraissait totalement dépourvue de la moindre valeur.

La seule chose que l'on pouvait dire en sa faveur était qu'il avait quitté le comité de bonne grâce, laissant pour tout souvenir les projets délirants, monstrueusement dispendieux et complètement irréalistes qu'il avait déjà eu le temps de concocter. L'attitude de Spello était davantage en harmonie avec le mépris affiché par Bottando pour le travail en comité : il bâclait les séances aussi vite que la décence le permettait.

« Donc, vous avez dit à Tommaso qu'il avait remis ça, hein ? J'aurais bien aimé être là. De préférence avec un magnétophone, pour faire rire mes collègues après, dit Spello d'un ton joyeux.

— Je ne lui ai pas dit qu'il avait remis ça, répliqua Bottando avec humeur. J'ai juste signalé, en passant et pendant une vérification de routine des mesures de sécurité, qu'il se pourrait que quelqu'un émette d'ici peu des doutes sur l'authenticité de son tableau.

— Était-ce bien raisonnable ? demanda le spécialiste de l'art étrusque, incapable de retenir un large sourire, malgré l'évident malaise de Bottando.

— Non, en effet. En fait, j'ai demandé à ma collaboratrice de garder ça pour elle. Par ailleurs, je ne sais pas qui Argyll connaît, ni à qui d'autre il pourrait raconter son histoire. J'ai pensé que ça vaudrait mieux pour le service – et pour le musée – d'avertir Tommaso d'une telle éventualité. C'est tout.

— Et, comme tous les porteurs de mauvaises nouvelles, vous n'avez guère été remercié pour ces renseignements ?

— Le Vésuve en éruption n'est rien en comparaison », répondit Bottando en secouant la tête. Il revit le visage cramoisi du directeur et son accès de fureur. « Un moment, j'ai cru qu'il allait me frapper. Spectacle extraordinaire… Et de la part d'un si petit homme, qui plus est ! Qui l'aurait cru capable d'un tel tapage ? La seule fois où j'ai ressenti la moindre sympathie à l'égard de ce Ferraro, c'est quand il est intervenu pour essayer de changer de sujet. Très courageux, d'autant que je suis sûr qu'il aurait préféré être ailleurs.

— Donc l'idée n'a pas été du goût de notre ami Tommaso ? souffla Spello, qui, à l'évidence, aurait bien aimé réentendre toute l'histoire, juste pour le plaisir.

— Non. Même si, pour être juste, il s'est assez vite calmé et même excusé. Il m'a expliqué pourquoi il était si sensible à ce sujet, quoique sa version de la querelle à propos du Corrège diffère de la vôtre. À l'en croire, il a servi de bouc émissaire, et a été victime des machinations du marchand et de la faiblesse de son directeur. »

Spello fit la grimace.

« Vous pensiez qu'il allait accepter l'entière responsabilité de ses erreurs ?

— Oh ! que non. De toute façon, c'était il y a bien longtemps et ce n'est pas très important. Le plus significatif est qu'il est persuadé que, cette fois-ci, il ne s'est pas trompé. Il m'a même donné une énorme liasse de tests scientifiques effectués sur le Raphaël après la vente aux enchères pour prouver son authenticité.

— Vous les avez lus ?

— Sûrement pas ! Je vais les refiler à Flavia. Ce sera sa punition pour avoir levé ce lièvre. Mais Tommaso semble très sûr de lui, et il devrait savoir de quoi il parle. Après tout, ce tableau possède un pedigree plus solide que la plupart. S'il a passé tous les tests avec un tel brio, ce n'est certainement pas un tocard.

— Quel dommage ! gémit Spello. Pendant un moment, vous m'aviez donné de l'espoir. Malgré tout, dit-il, son visage s'illuminant à cette pensée, c'est une bonne histoire. Ou ça en deviendra une, ajouta-t-il avec un brin de malice.

— Pas question ! Si j'entends quiconque prononcer un seul mot, une seule allusion à ce propos, et que je découvre que ça vient de vous, je vous enfoncerai moi-même dans les narines votre plus jolie figurine étrusque et l'y fixerai avec de la colle forte. Je vous le dis juste pour votre information personnelle, et pas pour que vous puissiez en rire avec vos collègues. »

Spello se rembrunit.

« Ah ! Eh bien, d'accord ! soupira-t-il, dépité. Je suppose qu'il me reste seulement à espérer que le tableau se révélera être un faux. Ce qui arrivera si c'est la vérité.

— Et comment ça ?

— Tôt ou tard, les faux sont démasqués ; c'est notre seule véritable consolation du point de vue de l'art. Ou, en tout cas, c'est ce dont se persuadent les connaisseurs pour justifier le prix exorbitant des originaux. L'idée du beau varie avec le temps ; pour vous en convaincre, vous n'avez qu'à regarder les femmes pâles, au corps flasque que peignait Rubens. Au XVIIe siècle, elles passaient pour représenter le summum de la sensualité ; aujourd'hui, ce ne sont plus que de grosses dondons. L'époque moderne préfère les femmes maigres de Botticelli. Même si quelqu'un peint un faux Raphaël qui soit parfait dans le moindre détail, on y trouvera des traces de la mentalité du XXe siècle. En théorie, à tout le moins. En dépit des variations du goût, un authentique Raphaël aura toujours l'air authentique, même si l'on n'y voit pas la même chose, mais une copie moderne révélera, peu à peu et de plus en plus clairement, son origine contemporaine. Quelqu'un finira par s'en apercevoir. Avez-vous remarqué ces quantités de faux fabriqués à l'époque victorienne qu'exposent la plupart des musées ? »

Bottando hocha la tête.

« Et de quoi la majorité de ceux-ci ont-ils l'air ? Eh bien, de peintures du XIXe. Pour nous, cela saute aux yeux que ce sont des copies. Mais, pour les gens du XIXe siècle, c'étaient de magnifiques œuvres de la haute Renaissance, du maniérisme, du baroque, tout ce que vous voulez. Vous voyez ce que je veux dire ?

— Vous semblez très au courant, dit Bottando.

— Je suis conservateur de musée. Je vis au milieu de faux. Vous vous rappelez ces objets dans mon bureau ? » Il faisait allusion à une vitrine que Bottando avait souvent admirée. Elle était pleine de délicates figurines de bronze filigrané, objets d'art étrusque à la beauté simple et puissante. « Magnifiques, non ? » continua le conservateur. Bottando opina du bonnet. « Tous des faux, sans exception. Fabriqués sans doute dans les années trente pour être écoulés aux États-Unis. Certains ont atterri dans le musée, qui a voulu les fondre quand on a découvert le pot aux roses. Je les ai récupérés et gardés, je les trouve merveilleux. Je suis un spécialiste, paraît-il, et à l'œil nu je ne peux pas détecter la différence. Il a fallu des analyses de laboratoire pour prouver qu'ils n'étaient pas authentiques. »

Bottando renifla d'un air moqueur.

« Les analyses de laboratoire ont prouvé que le Raphaël était authentique, fit-il remarquer.

— N'en parlons plus, alors... De nos jours, les tests sont extrêmement précis. Je dois dire qu'à votre place j'oublierais toute cette affaire. De la sorte, tout le monde continuera à admirer le tableau. Émettez le moindre doute et sa renommée va décroître, même s'il est authentique. Pourquoi semer la perturbation ? Qui y a perdu, après tout ? Du moment que le musée pense que c'est un original, et que les visiteurs sont d'accord, tout le monde est content. Et il en faudrait beaucoup pour convaincre notre ami Tommaso, étant donné toutes les bonnes raisons qu'il a de croire le contraire. »

Bottando éclata de rire, changea de sujet de conversation et chassa la pensée de son esprit. Mais il était mal à l'aise et, tout en rentrant lentement chez lui, il ressassa sans fin la question.

Lorsqu'il revit Flavia, il lui remit le rapport de Tommaso.

« Voilà, dit-il. Ça vous apprendra. Pour lire au lit. Faites-en une photocopie et envoyez-en aussi un exemplaire à votre fou de Londres, si ça vous chante. Il se peut que ce truc calme un peu son imagination débordante.

— Je vais faire mieux : je vais le lui donner ce soir. Il est arrivé à Rome hier, je crois. »

Le rapport demeura plusieurs heures sur son bureau pendant qu'elle abattait une quantité de tâches ingrates dont elle aimait se débarrasser dès le matin et le plus vite possible, avant d'être trop réveillée pour que ce soit une vraie corvée. Quand elle eut terminé, et une fois tous les documents posés tranquillement dans le plateau

« départ », elle se cala dans son fauteuil, ouvrit le rapport et tenta de se concentrer sur les arides données techniques. Un grand nombre figuraient sous forme de tableaux flanqués de formules chimiques qui n'avaient aucun sens pour Flavia. Il s'agissait manifestement des résultats détaillés d'une série de tests.

Par chance, il y avait une introduction et une conclusion en toutes lettres, rédigées dans les termes prudents qui sont la marque du scientifique refusant d'aller au-delà des limites autorisées par les preuves et celle du bureaucrate qui ne veut pas se mouiller. Toutefois, le résumé était assez clair.

Le rapport commençait par expliquer le projet en détail. L'équipe, composée d'employés titulaires du Museo nazionale, avait été envoyée à Londres pour examiner un tableau, « censé être une œuvre de Raphaël », afin de déterminer son authenticité. On avait mis à son entière disposition le matériel de la National Gallery de Londres et on lui avait fourni l'assistance de membres du personnel de la Tate. Les tests avaient duré une semaine, ce qui, d'après l'équipe, était largement suffisant pour conduire toutes les expériences jugées nécessaires. L'équipe soulignait avec prudence que son travail avait été d'une portée limitée. Il n'était pas dans son intention de commenter les mérites, artistiques ou autres, du tableau.

« Heureusement ! se dit Flavia en se rappelant le technocrate austère qui avait régné en maître absolu sur le musée pendant des années. Sans leur spectromètre, ces gens seraient incapables de distinguer un Botticelli d'un Chagall. »

Elle passa rapidement sur les pages consacrées aux expériences et se mit à lire la conclusion, assurée que tout ce qui figurait dans le corps du texte serait traduit en langage clair à la fin.

Les experts avaient d'abord examiné la toile. D'après eux, elle était tissée irrégulièrement de fils d'inégale épaisseur, comme c'était bien l'usage vers la fin du XVe siècle. Les marques de pliage indiquaient qu'elle n'avait pas été coupée ni étirée pour s'adapter à un nouveau cadre, et le cadre en bois de peuplier semblait, lui aussi, posséder l'ancienneté voulue. Le datage à la fibre de carbone de la toile et de la peinture – effectué grâce à un minuscule fragment prélevé sur le côté, puis pulvérisé et imprégné d'une dose de radioactivité – avait révélé que le tableau n'avait pas moins de trois cent cinquante ans.

« Avant 1600, en gros. Avant Mantini, en d'autres termes », se dit-elle. Pour le moment le Raphaël tenait bien le coup.

Ensuite, ces experts étaient passés au travail de peinture proprement dit. Ils faisaient remarquer que, étant donné que le tableau avait été recouvert pendant plus de deux siècles, puis nettoyé et restauré, l'examen présentait des difficultés particulières. Ils notaient également qu'on leur avait enjoint de ne prélever qu'une infime parcelle de peinture pour l'analyse et qu'elle devait être prise le plus près possible du bord. Cependant, le rapport précisait que, en dépit de ces restrictions, ils avaient pu mener à bien une étude pratiquement complète des diverses couleurs utilisées et des techniques de peinture employées.

Le tableau tint bon une fois de plus. Les craquelures, ces fendillements fins comme un cheveu qui apparaissent dans les peintures à l'huile anciennes lorsqu'elles vieillissent, étaient irrégulières ; celles qui sont créées artificiellement sont en général parallèles, le faussaire ayant enroulé la toile afin de produire une fallacieuse impression d'ancienneté. Le résidu d'encrassement dans les craquelures – la plus grande partie ayant été nettoyée – se composait de différentes substances, tandis que dans les faux il s'agit d'une matière homogène, de l'encre par exemple, censée simuler la poussière.

Toutes les peintures étaient à base de matières brutes utilisées au XVIe siècle, et l'examen aux rayons X pratiqué à différents niveaux d'intensité de courant électrique, afin de construire une image en trois dimensions de l'épaisseur de la peinture, indiquait que le tableau avait été peint selon les techniques employées dans d'autres œuvres de Raphaël.

Les conclusions étaient aussi précises qu'on pouvait l'espérer de la part de scientifiques. Après contrôle, et en gardant à l'esprit les limites signalées, la facture du tableau s'apparentait à celle d'une œuvre exécutée au début du XVIe siècle par un peintre utilisant les mêmes techniques que Raphaël. Une très longue note en bas de page, agrémentée de plusieurs citations, expliquait avec force détails pourquoi il était quasi impossible de reproduire ces caractéristiques dans un tableau moderne. Évidemment, les auteurs du rapport réservaient leur jugement quant à l'attribution de l'œuvre à Raphaël, mais ils soulignaient qu'il n'y avait pas le plus petit début de preuve suggérant que ce n'était pas le cas. Le compte rendu était daté et signé par les cinq membres de l'équipe chargée de l'enquête.

Flavia reposa le dossier, se frotta les yeux et s'étira. Cela semblait bien torpiller les hypothèses d'Argyll. Elle s'occupa du courrier qui s'était amoncelé sur son bureau pendant qu'elle était en train de lire, transférant la plupart des plis, avec méthode mais l'esprit ailleurs, sur le bureau de Paolo, absent pour le moment. Son travail était intéressant à trente pour cent, et ennuyeux et monotone à soixante-dix pour cent. Les petits déplacements pour questionner des gens, les enquêtes destinées à retrouver les tableaux, les visites aux marchands, aux commissaires-priseurs et aux collectionneurs, ça, c'était plaisant. Lire les rapports, consulter les revues et remplir les innombrables fiches (ce qui pour la police constituait un aspect fondamental d'un travail de sécurité efficace), cela l'était beaucoup moins. Un bon scandale, bien ragoûtant, aurait fait pencher la balance vers l'aspect réjouissant de son travail. Dommage…

7

Tout regret au sujet d'Elisabetta restant encore dans l'esprit de Flavia ne put germer que jusqu'à 10 h 37, le jeudi suivant, avant d'être rejeté dans un passé lointain.

Elle savait qu'il s'agissait de 10 h 37 précises, parce que c'était l'heure apposée par le vieux télex du bureau au bas du message envoyé par la police française pour indiquer que le cas du touriste voleur d'icônes avait atteint son dénouement, même si celui-ci n'était guère satisfaisant. Le message en provenance de Paris disait qu'on avait retrouvé Jean-Luc Morneau, amateur d'art, esthète, peintre et marchand soupçonné de trafic illégal. Malheureusement, il était mort ; aucune chance, par conséquent, qu'il soit susceptible de beaucoup aider la police dans son enquête.

Les Français étaient très fiers de leur découverte, même si, comme le fit observer Bottando, ils ne semblaient pas avoir la moindre idée du lieu où se trouvaient toutes les icônes. Le fait que Morneau avait clairement succombé à une crise cardiaque, due, selon la délicate formule des Parisiens, au surmenage, diminua l'intérêt de Bottando pour cette affaire. D'autant qu'il existait un témoin du surmenage et du décès, en la personne d'une jeune femme dont la déposition détaillée et sans fard se révéla assez convaincante pour éliminer la possibilité d'une mort non naturelle. Cela ne passionnait plus vraiment Bottando, qui avait dès lors abandonné tout espoir qu'on récupère aucune des icônes disparues. Mais, pour la bonne forme, il demanda aux Français de tenir ses services au courant de tout nouveau développement.

Finalement, les Français débusquèrent la vieille maîtresse du marchand. En échange de la promesse d'oublier ses arriérés d'impôts, elle leur révéla que Morneau avait loué un coffre-fort dans une banque suisse. Grâce à quelques pressions courtoises, mais énergiques, exercées sur ses homologues zurichois, Bottando obtint, non sans mal, l'autorisation d'y jeter un coup d'œil, et il fut invité à venir assister à son ouverture solennelle.

C'est pourquoi, six semaines jour pour jour après la découverte du corps de Morneau, Bottando et Flavia atterrirent à l'aéroport de Zurich, où les attendait une voiture officielle de la police, qui les conduisit sans délai au cœur du quartier financier de la ville. Comme à l'accoutumée, Bottando aurait préféré rester à Rome, et il n'avait pas cessé de maugréer durant tout le vol. S'il n'aimait pas voyager, il détestait par-dessus tout se rendre en Suisse. La propreté, l'ordre et l'efficacité du pays le mettaient hors de lui. De plus, il trouvait les

Suisses insupportables, notamment parce qu'il ne parvenait pas à les persuader de faire quelque chose pour endiguer le flot ininterrompu d'œuvres d'art qui passait la frontière en provenance d'Italie.

En fait, le seul motif qui le poussa à monter dans l'avion fut que ce voyage constituait une excuse idéale afin de ne pas assister à une énième réception organisée au musée par Tommaso. Le but de cette soirée n'était pas clair, mais Tommaso avait évoqué la collecte de fonds et insisté pour que soient présents tous les membres du comité de sécurité, comme on l'appelait pompeusement désormais. Bottando avait pris un plaisir immense à lui téléphoner et à présenter ses excuses, arguant d'une affaire policière pressante.

Tommaso se montra contrarié. Il cherchait à obtenir d'importants subsides, expliqua-t-il, et, vraiment, il avait besoin de la présence de Bottando pour convaincre les bienfaiteurs potentiels. Ce ne fut que lorsque Bottando eut expliqué, en exagérant un peu, qu'il était obligé de se rendre en Suisse, car il nourrissait de grands espoirs de récupérer des icônes d'une immense valeur, que Tommaso céda.

Ce qu'il fit d'ailleurs avec une certaine élégance. Si Bottando pouvait retrouver des objets appartenant au patrimoine national, il s'agissait là d'une priorité, avait-il déclaré avec emphase. Le général ne devait même pas songer à venir à la réception. On se débrouillerait sans lui, et Spello serait là pour répondre aux questions concernant la sécurité du musée.

Le général était donc parti, mais il s'était bientôt posé

la question de savoir si les gens du musée étaient pires que les policiers suisses, ou le contraire. Les tentatives de conversation internationale, tandis que la grosse Mercedes noire filait sur l'Autobahn, restaient par conséquent élémentaires ; l'atmosphère se dégela cependant au moment où Bottando repéra dans le hall de la banque son vieil homologue français.

Jean Janet était universellement apprécié. Appartenant à la minorité protestante française, il était originaire d'Alsace et dirigeait déjà son service avant même que le poste occupé par Bottando n'eût été ne serait-ce qu'une lueur éclairant l'œil d'un bureaucrate. Dans les tout premiers temps, il avait apporté son concours sans faille pour aider la *sezione* romaine à être opérationnelle, lui procurant illégalement de gros fichiers, présentant Bottando à des colporteurs de ragots bien informés qui possédaient de l'influence dans les milieux artistiques et le conseillant avec habileté sur les aspects les plus subtils du travail des policiers spécialisés dans le domaine de l'art. À son tour, Bottando avait fait l'impossible pour se rendre utile : toute demande venant de Janet était traitée en extrême urgence et ce tranquille et direct échange de renseignements avait bénéficié aux deux parties.

En outre, Bottando appréciait réellement le sens de l'humour du Français, et Paris était devenu l'un des rares endroits hors d'Italie où il se rendait volontiers. Le seul véritable défaut de Janet, en plus d'une haleine fétide, était son refus d'utiliser une autre langue que le français, ce qui limitait la conversation. D'autant plus que Bottando était un linguiste tout aussi paresseux, même si après un bon repas et un cognac il le parlait tout à fait couramment.

Il bredouilla des paroles de salutation, à nouveau très conscient du regard méprisant que ne devaient pas manquer de lui lancer les policiers suisses bilingues, maladresse qu'il compensa en broyant la main de Janet et en lui souriant d'un air radieux.

« Je suis ravi de vous revoir, mon ami, dit Janet. Que pensez-vous de notre petit travail de détective, hein ? Et avoir même réussi, ajouta-t-il en désignant les Suisses, qui n'avaient pas encore desserré les lèvres, à persuader ces gens secrets de nous laisser jeter un œil dans l'un de leurs coffres-forts ! Pas mal pour un vieux Français ! »

Pendant qu'on les conduisait au sous-sol et qu'on leur faisait franchir, sur le chemin des coffres, une série de grilles d'acier étincelantes, Bottando félicita son collègue pour sa promptitude et sa bonne fortune.

« Bonne fortune, vous parlez ! Du travail de fin limier… Enquêtes, entretiens, interrogatoires minutieux. Bon, peut-être un peu de chance. Mais juste un brin. »

Bottando avoua qu'il ne pensait pas trouver grand-chose d'intéressant dans le coffre.

« Après tout, nos icônes ont disparu il y a neuf ans. Les chances qu'il en ait gardé une en souvenir sont plutôt minces, même si c'est lui qui les a dérobées.

— Moi non plus, je ne m'attends pas à tomber sur la caverne d'Ali Baba. Mais sait-on jamais ? Quel dommage qu'il nous ait si impoliment faussé compagnie ! Un bref entretien aurait été fort intéressant. »

Jouant avec brio le personnage du Français extraverti, rôle qu'il interprétait chaque fois qu'il avait affaire à un étranger, quel qu'il soit, Janet se frotta les mains en un geste théâtral d'impatience, tandis que le garde armé jusqu'aux dents sortait une clé et l'insérait dans la porte d'un grand coffre d'acier, au milieu de la centaine d'autres coffres se trouvant dans la salle où ils venaient de pénétrer. Bottando se dit que la plupart des propriétaires croyaient probablement être seuls à posséder la clé de leur coffre, sûrs que ce qu'ils avaient décidé d'y placer était complètement à l'abri du vol ou, plus grave encore dans certains cas, d'une inspection. Autre exemple de duplicité suisse, pensa-t-il.

Le coffre de Morneau mesurait environ soixante centimètres de large sur un mètre de profondeur et était doté d'une porte métallique de cinq centimètres d'épaisseur. Comme le leur avait annoncé l'un des policiers helvétiques pendant qu'ils descendaient l'escalier, il avait choisi le type de coffre le plus cher, la location coûtant dix mille francs suisses par an. Rien que ça, avait-il ajouté, suggérait qu'il devait renfermer quelque chose d'intéressant.

Il avait tort : ni icône volée, ni carnet d'adresses utile contenant les noms de collectionneurs d'icônes, ni livre de comptes détaillant les paiements reçus, rien qui puisse faire avancer l'enquête d'un pouce. Mais il y avait beaucoup d'argent : environ un demi-million de francs suisses, au moins cinquante mille dollars en petites coupures, et autant en deutsche Marks et en livres sterling. En tout, à peu près quatre cent mille dollars en espèces. À part cela, le coffre ne recelait qu'un paquet de carnets de croquis ayant été beaucoup feuilletés, maculés de taches de peinture et attachés avec un ruban rouge. Pendant qu'on sortait et comptait l'argent et que les numéros de série étaient relevés afin de tenter de déterminer l'origine des coupures, Flavia s'installa dans un coin tranquille – on ne s'était guère occupé d'elle durant toute la matinée et elle n'avait pratiquement pas soufflé mot depuis leur arrivée – pour examiner les carnets de croquis.

Certains, manifestement très anciens, étaient couverts de détails de bras et de jambes, de différents types de visages et de costumes, le genre d'exercices que tous les étudiants en beaux-arts sont obligés d'effectuer. Elle se rappela que, dans les années trente, Morneau avait fréquenté la prestigieuse École des beaux-arts de Paris et entamé une prometteuse carrière de peintre, avant de se tourner vers la profession plus lucrative de négociant. Il avait également enseigné un temps à Lyon. En observant les croquis d'un œil critique, elle comprenait pourquoi. Il était habile et les dessins au trait, en particulier, étaient exécutés avec aisance et dextérité. Mais ils étaient extrêmement démodés et presque tous sans originalité. Faisant appel à ce qui lui restait de sa culture artistique, elle repéra des dessins imités de Rembrandt, des jambes d'après le Parmesan, ainsi que d'innombrables reproductions de fragments de la chapelle Sixtine ; de minuscules modifications avaient été chaque fois introduites, l'artiste cherchant à mieux comprendre les procédés des maîtres.

D'abondantes notes se mêlaient aux croquis. Elles appartenaient sans doute aux rébarbatifs cours magistraux sur l'histoire de l'art prodigués jusqu'à ce que les événements de Mai 1968 aboutissent à une révolution dans la manière d'enseigner. Les nouvelles méthodes ne produisirent pas de meilleurs peintres, mais elles étaient probablement moins ennuyeuses. Recettes pour fabriquer les peintures, citations d'artistes, extraits de traités sur les techniques... L'écriture était rapide, mal formée, souvent à peine lisible. Les autres carnets, en meilleure condition que les premiers, étaient du même type, y compris les trois plus récents, qui se trouvaient au-dessus de la pile.

Flavia songea que pour reconnaître le style d'un peintre il suffisait d'entraîner son œil. Lorsqu'elle avait examiné le premier carnet, elle avait dû se concentrer, même pour distinguer un Rubens d'un Corrège. Maintenant, après quelques minutes, elle identifiait l'artiste plus vite et plus facilement.

Se concentrant très fort, elle regarda à nouveau les carnets, puis releva la tête pour s'assurer que les cinq hommes continuaient à discuter sans lui prêter la moindre attention. Elle glissa trois des carnets dans son sac à main en cuir noir, dont tout le monde se moquait au bureau parce qu'il était ridiculement volumineux et peu féminin, attacha les autres avec le ruban de coton rouge et les replaça sur la table à côté des liasses de billets.

Trois quarts d'heure plus tard, les deux Italiens et le Français, attablés dans un restaurant, étaient en train de commander un repas. L'idée du déjeuner venait de Flavia, et la proposition avait été approuvée avec enthousiasme par ses supérieurs, quoique pour des raisons différentes. Un désaccord courtois avait surgi au sujet de l'endroit. Janet avait suggéré une trattoria italienne, Bottando avait retourné le compliment en insistant pour qu'ils aillent dans un restaurant français. Parce qu'il était tout à fait d'avis que c'était, et de loin, le meilleur choix, Janet s'était laissé convaincre, mais il avait compensé son chauvinisme en commandant une bouteille de montepulciano, l'un des rares vins italiens qui, selon lui, valaient bien les crus de son pays.

Il en but une petite gorgée d'un air approbateur, puis demanda :

« Eh bien, mes amis, que puis-je donc faire pour vous ? »

Bottando parut surpris.

« Pour nous ? Qu'est-ce qui vous fait penser que nous désirons quelque chose ?

— Je vous prie de m'excuser, mais je suis certain que l'un de vous deux désire quelque chose. Je suis réfléchi et observateur. Et je vous connais bien : vous êtes un homme courtois, or vous vous êtes assez cavalièrement débarrassé de ces Helvètes afin de pouvoir déjeuner en ma compagnie. Je suis flatté et je connais votre opinion sur nos collègues suisses. Mais vous auriez pu m'inviter avant, et de façon plus discrète. Aussi, je me suis dit que vous vouliez me poser une question qui venait de vous traverser l'esprit. Et l'invitation a été lancée après que votre assistante, ici présente, vous a chuchoté quelque chose à l'oreille. Par conséquent…

— Vous avez totalement tort. Je voulais juste prendre plaisir à mon déjeuner au lieu que ce soit une torture. Même si, je dois l'avouer, j'aimerais beaucoup entendre ce que vous savez sur Morneau. Il m'a l'air d'un original.

— C'en était un, en effet. Entre parenthèses, je vous recommande la truite. Elle est accompagnée d'une fine sauce dans laquelle ils ne mettent pas trop de farine. Sinon, tenez-vous-en au veau. Je suis ravi de vous revoir, mais promettez-moi de me payer de retour. Je vous relaterai la vie et la carrière secrète de M. Morneau – ce que nous en savons – si vous me racontez les derniers potins et les derniers scandales de Rome. Nous sommes restés longtemps sans nous voir. J'ai dû manquer beaucoup de choses. »

Il tritura le pain, en piquant un bout sur sa fourchette pour éponger la sauce à l'ail de son assiette, pendant que Bottando se demandait s'il devait rompre la règle du silence à propos du Raphaël, règle qu'il avait exposée à Flavia avec tant de conviction quelques semaines auparavant. C'était la seule anecdote récente intéressante, et il savait que Janet l'apprécierait. Par ailleurs, il doutait que Janet eût la force de la garder pour lui.

« Eh bien, commença ce dernier en levant les yeux de son assiette à contrecœur, tout en essuyant des gouttelettes de sauce sur son menton, comme vous vous en êtes sans doute aperçu, Morneau était extrêmement riche pour un négociant en objets d'art. Il vivait dans un luxe inouï, possédait une villa en Provence, un appartement spacieux à Paris, et une galerie qui, même si elle marchait très bien, ne rapportait sans doute pas assez pour couvrir ses dépenses. Ni hypothèques, ni dettes. Toutes ses résidences, entre parenthèses, avaient été complètement débarrassées du moindre document compromettant lorsque nous sommes parvenus sur les lieux pour jeter un coup d'œil. C'était un homme très ordonné.

» Alors, d'où venait cet argent ? Pas d'activités légitimes, ni de l'écoulement d'icônes volées, non plus. Nous savons qu'il en a peut-être dérobé au moins vingt-cinq. Même s'il y en a vingt-cinq de plus dont nous n'avons pas connaissance, ça fait, disons, six ou sept millions de francs sur une dizaine d'années. Il a dépensé bien plus. Donc, qu'est-ce qu'il fabriquait à part ça ?

» Puis il disparaît. Voilà un homme qui assiste à presque tous les vernissages, qui, pendant près de quinze ans, n'a pas raté un ballet et qui fréquente assidûment les milieux de l'art. Il s'éclipse pendant près d'un an et il réapparaît dans des circonstances gênantes, et mort. Alors, où était-il passé, hein ? Je vous le demande… »

Ayant terminé son petit exposé, il sourit, comme s'il attendait que sa brillante démonstration fût saluée par des applaudissements.

« J'espérais que vous me le diriez. En fait, vous ne

nous avez rien révélé. Qu'est-ce qu'il faisait donc ? » demanda Bottando.

Janet haussa les épaules.

« Là-dessus, je ne peux pas vous aider. La déduction a ses limites. Pour aller au-delà, on a besoin de plus de renseignements. À vous maintenant ! Quoi de neuf à Rome ? »

Avant qu'il ait le temps de commencer, Flavia, qui jusque-là avait regardé par la fenêtre d'un air absent, fit l'une de ses premières remarques de la journée. Elle n'aimait pas qu'on oubliât sa présence, même si elle était parfois disposée à être traitée par Bottando comme un simple appendice décoratif. Cela n'arrivait pas très souvent et, en outre, comme il était vieux et originaire du Sud, on ne pouvait guère s'attendre qu'il fût parfait. Mais il était temps, pensa-t-elle, de se manifester.

« Peut-être pourrions-nous tester encore un peu les facultés déductives du commissaire », dit-elle en décochant un sourire enjôleur au Français. C'était son habitude lorsqu'elle se doutait qu'elle était peut-être un tant soit peu impolie. Avant qu'elle puisse poursuivre dans cette veine, Bottando l'interrompit.

« Tout à fait ! s'exclama-t-il. Est-ce que c'était un bon peintre ? Ses fausses icônes étaient-elles de bonne facture ? J'ai pensé que nous pourrions contacter certains des faussaires les plus notoires de Naples pour leur poser délicatement quelques questions. Maintenant qu'il est mort, il est probable qu'ils seront plus bavards que d'habitude. »

Janet réfléchit un bref moment.

« Le talent de peintre de Morneau est indéniable, en effet, mais il était né trop tard. Il détestait le modernisme sous toutes ses formes. S'il était venu au monde un siècle plus tôt il aurait eu beaucoup de succès.

» Ses icônes n'avaient pas toutes la même valeur. Celles du début étaient bonnes, peintes sur des panneaux anciens, correctement encrassées et parfaitement exécutées. Mais une fois que les techniciens ont su ce qu'ils cherchaient, il leur a été facile de le repérer : quelque chose comme de la peinture dans les trous de vers, ce qu'on ne trouve pas dans les icônes authentiques. Les dernières étaient bâclées. Comme si, s'étant rendu compte qu'il n'était pas nécessaire qu'elles soient parfaites pour passer, il avait cessé de s'appliquer.

» À part les problèmes techniques, cependant, elles sont remarquables, même celles qui dénotent une mauvaise qualité. Elles possèdent une grande spiritualité, presque comme s'il peignait pour lui-même. Je ne suis pas surpris que les moines s'y soient trompés. Une fois vieillies et encrassées, elles étaient magnifiques, plus belles même que les originaux. Vous devriez les voir. On a toujours tendance à penser que les faux ne valent pas les originaux ; je n'en suis pas si sûr. Morneau comprenait les peintures. Ce n'est pas le cas de la plupart de ces gens. » Il leur sourit. « Voilà ! Vous croyiez tous les deux que votre vieil ami était un béotien, hein ? »

Ils en étaient au café, et la conversation semblait sur le point de s'égarer dans les chemins de traverse de la petite histoire. Flavia se prépara à faire une nouvelle tentative.

« Commissaire, commença-t-elle, le registre de la banque indiquant les dates d'ouverture du coffre par Morneau... Quand y est-il descendu pour la dernière fois ?

— Je ne sais pas. On n'a pas encore réussi à obtenir ce renseignement de la banque. Cependant, d'après son passeport, son dernier séjour en Suisse date du mois de mai. »

Elle eut un petit sourire de triomphe. Il fallait qu'elle se rappelle de faire remarquer à Bottando à quel point elle était une collaboratrice remarquable. Même si elle lui causait de temps en temps un tas d'ennuis. Comme elle s'apprêtait à le faire maintenant. Elle plongea la main dans son sac et en retira l'un des carnets de croquis qu'elle avait dérobés. S'excusant hypocritement d'avoir subtilisé des preuves avec une telle désinvolture, elle le tendit aux deux hommes par-dessus la table.

« Regardez ! Ça vous dit quelque chose ? » demanda-t-elle.

Janet y jeta un coup d'œil, prit un air vaguement perplexe et le passa à Bottando. Lui aussi resta de marbre. Puis Flavia perçut un soupçon de malaise, suivi d'une subite prise de conscience.

« Ah ! » fit-il en lui rendant le carnet. Il réagit vraiment au quart de tour, pensa-t-elle.

« Je ne veux pas être indiscret... ? » s'enquit Janet.

Bottando avait l'air troublé.

« Pas du tout, dit-il. Mais il faut absolument n'en

parler à personne. La moindre indiscrétion pourrait avoir des conséquences désastreuses sur le marché. »

Une fois de plus, Flavia fut impressionnée. Elle avait mis tout le trajet jusqu'au restaurant pour tirer les conséquences de sa découverte ; et, en quelques secondes, Bottando avait précisément évalué les problèmes et les chausse-trapes. En particulier, l'impact sur le marché de l'art si l'on soufflait le moindre mot.

« Bien sûr, bien sûr, répondit Janet. Mais de quoi, exactement, ne dois-je pas piper mot ? »

Flavia lui tendit à nouveau le carnet.

« Ces croquis, dit-elle avec nonchalance, paraissent remarquablement ressembler au portrait d'Elisabetta di Laguna qui se trouve à Rome. De Raphaël. Ou peut-être ferions-nous mieux d'apprendre à dire : attribué à Raphaël. »

Janet regarda encore et opina du chef.

« En effet. Mais qu'est-ce que ça prouve ? Il est probable que tous les peintres du monde en ont fait des croquis.

— Avant mai de cette année ? Avant que le tableau ait été révélé et que quiconque puisse avoir la moindre idée de ce à quoi il ressemblait ? »

Janet s'appuya au dossier de sa chaise ; un large sourire s'étala lentement sur son visage.

« Merveilleux ! lança-t-il enfin. Excellent ! Comme c'est gênant pour vous ! s'excusa-t-il après quelques instants de réflexion.

— Quand vous aurez cessé de vous amuser, dit

Bottando d'un ton sévère, vous finirez par comprendre pourquoi il est important que vous gardiez le secret. Ne racontez rien au bureau. Pas un traître mot ! Même pas à votre femme. À personne.

— Oh ! Tout à fait. Tout à fait. Mais je vous en prie, je vous en supplie… Résolvez cette énigme le plus vite possible. Chaque jour passé sans en parler à quelqu'un sera un jour perdu. Et, bien sûr, ajouta-t-il pour tenter de reprendre le point de vue professionnel, n'hésitez pas à faire appel à moi si vous avez besoin de mon aide. »

Un radieux sourire s'étala de nouveau sur son visage.

« Grands dieux ! s'exclama-t-il, j'aimerais bien être présent quand vous apprendrez la nouvelle à l'affreux Tommaso.

— C'est ce que tout le monde dit, répondit Bottando, morose. Mais c'est moi qui devrai l'affronter. Je risque de ne pas survivre à la déflagration. »

Le repas se termina peu après. Janet repartait pour la France d'excellente humeur et en promettant d'envoyer le registre quand il l'obtiendrait des Suisses. Le moral de Bottando était considérablement plus bas. Avant de monter dans l'avion qui devait les ramener de Zurich à Rome à seize heures ce jour-là, il téléphona au musée et demanda à parler au directeur. Ce dernier était en réunion, et une secrétaire – qui, d'évidence, avait reçu l'ordre de décourager tout appel intempestif – refusa d'aller le chercher, bien que Bottando eût insisté sur le fait qu'il s'agissait d'une question importante et d'une affaire de police.

Bottando abandonna la partie. Pour finir, il serait obligé d'aller à la réception pour retrouver Tommaso. Le pire des deux mondes, pensa-t-il tristement.

8

Une fois dans le musée de la villa Borghèse, Bottando donna son manteau et se dirigea vers la galerie du rez-de-chaussée où se tenait la réception. La soirée battait son plein lorsqu'il arriva ; on avait ouvert la principale salle des sculptures pour accueillir les dizaines d'invités. Il attrapa un verre de champagne sur le plateau d'un serveur qui passait, tout en se disant que, comme à l'accoutumée, Tommaso dépensait sans compter les fonds du musée, dont il soulignait pourtant toujours la maigreur.

« Pas du tout, répondit un fonctionnaire du musée, qui avait fondu sur le même plateau de boissons et devant qui Bottando avait fait cette remarque un rien cynique, Tommaso appelle ça un investissement. En fait, il n'a pas tort. Le raout est donné en l'honneur de ces messieurs là-bas. » Il désigna un groupe d'une demi-douzaine d'hommes appuyés contre une grande statue.

« Cela ne gêne personne qu'ils se servent d'un Canova en guise de chariot à boissons ? » demanda

Bottando. Il scruta le groupe. Les hommes venaient d'entrer dans la salle ; ils se tenaient autour de l'une des imposantes statues au milieu de la galerie. Tous portaient des costumes gris clair, des chemises bleues et des cravates rayées. La discussion était animée, et Bottando soupçonna qu'ils n'étaient pas en train de commenter les magnifiques œuvres d'art qui les entouraient.

« Sûrement pas. Vous voyez, ce sont des hommes d'affaires américains qui espèrent signer un contrat avec le ministère de la Défense. » Il fit un large geste, qui était censé suggérer à la fois une énorme somme d'argent et les tractations qui accompagnent ce genre de transaction. C'était un mouvement ample et plutôt mal coordonné. Bottando se dit que le fonctionnaire avait dû boire.

« Et quelle meilleure manière de créer une bonne impression que de faire un généreux don au musée ? » conclut Bottando à sa place. Le jeune homme, âgé d'une trentaine d'années et dont le visage sympathique était pour le moment assombri par les marques de l'ébriété, opina vigoureusement de la tête.

« Exactement. Leur grand chef blanc est en ce moment même en pleine discussion avec Tommaso dans son bureau. Discussion suivie sans nul doute de la signature d'un gros chèque qui couvrira le coût de la soirée, et il en restera encore pas mal pour réparer l'abominable circuit électrique de ce misérable taudis. Malin, non ? »

Bottando se tourna vers lui.

« Savez-vous qu'à mon avis vous êtes la première personne du musée qui ait jamais dit un seul mot en faveur de Tommaso ? »

Le visage du jeune homme se troubla.

« Au fait, Giulio Manzoni, dit-il en tendant une main que Bottando serra brièvement. Restaurateur adjoint. C'est vrai, il n'est guère aimé, mais il n'est pas aussi désagréable qu'il en a l'air. Et cet endroit avait besoin d'être bigrement secoué pour le dépoussiérer un peu. Ce n'est pas pour autant que mon opinion à peu près favorable me servira à grand-chose, hélas.

— C'est-à-dire ?

— Vous n'étiez pas là tout à l'heure ? Apparemment non. Il a donné sa démission. Il a déclaré qu'il avait décidé de prendre une retraite anticipée et de se retirer dans sa maison de Toscane. Ce fut plutôt un choc. Comme vous le savez, tout ici se fait par piston. Si j'ai eu mon poste, par exemple, c'est par l'entremise d'Enrico Spello, et on me considère en général comme son protégé.

— C'est une bonne chose, non ? demanda Bottando, un peu décontenancé par l'information. Spello est son héritier présomptif, je veux dire. »

Le restaurateur secoua la tête d'un air résigné.

« Non, plus maintenant. Parce que, par la même occasion, Tommaso a désigné Ferraro comme son successeur et remplaçant officiel par intérim.

— Tiens donc ! fit simplement Bottando tout en réfléchissant aux implications de cette nouvelle.

Je croyais qu'il ne pouvait pas souffrir Ferraro. Qu'est-ce qui a motivé sa décision ?

— Peut-être qu'il en a marre d'être détesté. Peut-être qu'il est humain, après tout. De plus, il est monstrueusement riche... Alors, pourquoi se casser la tête à bosser ? Il déteste Ferraro, en effet, mais il est clair qu'il déteste Spello encore plus. Avec lui, on ne sait jamais, c'est difficile de voir derrière la façade. En outre, la seule façon de s'assurer qu'on regrette son départ, c'est de s'arranger pour que son successeur soit encore plus désagréable. Vous voyez pourquoi j'en suis à mon cinquième verre de la soirée ? »

Bottando hocha la tête avec gravité.

« Je pense, oui.

— Vous pensez ? Eh bien, laissez-moi vous expliquer, pour qu'il n'y ait pas de méprise. » Manzoni se pencha en avant et appuya un doigt contre la poitrine de Bottando. « Ferraro est un petit salaud, d'accord ? Spello sera son principal rival. Alors il veut remettre Spello à sa place, réduire son influence au maximum. Il ne peut pas s'attaquer à Spello lui-même puisqu'il est titulaire de son poste. Alors comment va-t-il l'atteindre ? Eh bien, à travers moi. » Il appuya son index contre sa propre poitrine pour souligner son argument, puis se tourna et gesticula en désignant le nouveau directeur par intérim qui passait entre les hautes portes de chêne à l'autre bout de la salle.

« Regardez-le. Il a une expression de victoire, vous ne trouvez pas ? L'air d'un homme qui vient de tout rafler. Un air de triomphe vulgaire.

— Vous êtes sûr que la nomination sera entérinée ? Après tout, Tommaso n'est pas propriétaire du poste. »

Ces nouvelles avaient vraiment ébranlé Bottando. En général, il n'avait guère affaire avec le musée. Même s'il n'avait jamais été complètement à l'aise avec Tommaso, ils avaient trouvé un *modus vivendi* pour que la communication ne passe pas trop mal entre eux. Il n'était pas certain que Ferraro se montrerait aussi facile à vivre.

Manzoni hocha la tête ; son agressivité s'était évanouie et changée en résignation morose.

« Il y a quelques semaines, la succession n'aurait pas été facile. Spello aurait été le candidat maison, le réconciliateur, quelqu'un avec qui tout le monde aurait pu travailler. Et puis, naturellement, Tommaso a produit son *coup de théâtre** avec ce Raphaël ; alors, au gouvernement, ils pensent tous qu'il est ce qu'on a fait de mieux depuis le salami en tranches. Celui qui a son soutien emportera le morceau. »

Le restaurateur paraissait bouleversé ; il fixait son verre de nouveau vide. Sans ajouter un mot, il se dirigea d'un pas incertain vers le chariot à boissons. Bottando poussa un soupir de soulagement ; même s'il compatissait à son malheur, il avait d'autres soucis en tête pour le moment.

Mais Tommaso n'était pas là, comme il s'en rendit compte en parcourant la pièce du regard. Il aperçut Spello dans un coin ; les épaules légèrement voûtées trahissaient une grande déception, doublée de rage,

---

* En français dans le texte. *(N.d.T.)*

sans doute. Il le plaignait lui aussi, mais n'était pas d'humeur à supporter une nouvelle crise d'indignation, même fondée. Dans un autre coin, il découvrit Jonathan Argyll et sir Edward Byrnes. Un instant surpris par leur présence et étonné que pareille conversation, à l'évidence courtoise, pût avoir lieu, il se souvint soudain de la bourse dont lui avait parlé Flavia. Rien ne vaut un peu d'argent pour calmer les passions. En tout cas, eux paraissaient de bonne humeur ; mais Bottando n'avait aucune envie de parler à quiconque lié de près ou de loin à ce Raphaël. Aussi passa-t-il les dix minutes suivantes à subir l'exposé savant d'un critique d'art, tout en guettant la réapparition de Tommaso.

La porte finit par s'ouvrir brusquement, révélant Tommaso en train de serrer la main du chef de la délégation américaine. Apparemment, il prenait congé. Son air charmé suggérait qu'il avait décroché son chèque. Bottando attendit le moment opportun pour l'aborder et lui gâcher sa soirée, n'ayant nulle envie de faire face à un nouvel éclat en public.

Il promenait son regard autour de la salle, sans trop savoir que faire, et son indécision lui fit rater l'occasion d'attraper le directeur tant qu'il était seul puis de filer de bonne heure. Ayant également fait son apparition dans l'encadrement de la porte, Ferraro avait engagé avec lui une conversation sérieuse. Même à une distance de plusieurs mètres, Bottando put apercevoir l'expression de bonne humeur benoîte s'écouler du visage de Tommaso comme l'eau lorsqu'on retire le bouchon de la baignoire. Il serait exagéré de dire qu'il devint vert, mais il serait loin d'être inexact d'affirmer que son teint vira au blanc sale. En comparaison, Ferraro paraissait se maîtriser parfaitement, malgré une mine sinistre.

L'ennui d'avoir à traverser la pièce pour aborder les deux hommes et leur demander la cause de leur évident tourment lui fut épargné. Tommaso s'approcha vivement de lui, d'un pas qui gardait toute son élégance naturelle en dépit de son air soucieux. Peut-être n'avait-il pas obtenu l'argent, finalement ?

« Mon général, je suis ravi de vous voir, dit-il très vite, sautant pour une fois les formules de politesse alambiquées qu'il avait coutume d'utiliser. Pourriez-vous m'accompagner, s'il vous plaît ? Je viens d'apprendre une nouvelle atroce. »

Le directeur parcourut le musée au pas de charge, traversant le vestibule et gravissant l'escalier quatre à quatre. Bottando le suivait en haletant.

« Qu'est-ce qu'il y a ? » demanda-t-il, mais il ne reçut aucune réponse. Tommaso avait l'air de quelqu'un qui vient de voir un spectre. Ferraro était, lui aussi, inhabituellement muet.

Les explications complexes étaient inutiles. Au moment où ils ouvrirent la porte et pénétrèrent dans l'une des petites galeries du deuxième étage, ce qui se passait sautait aux yeux.

« Sainte Mère de Dieu… », souffla Bottando d'un ton calme.

Le cadre du Raphaël était toujours là, très brûlé dans sa partie supérieure, mais personne n'aurait pu imaginer que les quelques filaments noirs et la gelée sombre qui pendouillaient avaient été encore tout récemment le tableau le plus cher et le plus révéré du monde.

Une dizaine de centimètres carrés, en bas à droite, selon les calculs de Bottando, avaient été épargnés par les flammes qui avaient carbonisé le reste de la toile. L'odeur d'huile, de bois et de tissu brûlés flottait toujours dans l'air ; de petites fumées montaient des quelques morceaux qui n'avaient pas encore été totalement calcinés. Au-dessus du tableau, le papier peint était très noirci et avait manifestement été à deux doigts de prendre feu lui aussi. Bottando eut le temps de se réjouir que le musée n'eût pas tapissé les murs de soie capitonnée, comme on le faisait parfois. Si tel avait été le cas, tout le bâtiment aurait été la proie des flammes.

Aucun des trois hommes n'ouvrit la bouche, se contentant de regarder. Bottando prévoyait de graves difficultés, Tommaso, l'effondrement de sa réputation, et Ferraro, le glas de ses ambitions.

« Non ! » fit Tommaso, et ce fut tout. Pour la première fois, Bottando eut pitié de lui.

L'habitude professionnelle reprit le dessus :

« Qui a découvert le sinistre ? demanda-t-il tranquillement.

— Moi, dit Ferraro. À l'instant. Je suis redescendu sur-le-champ pour avertir le directeur, que j'ai trouvé près de la porte.

— Que faisiez-vous ici ?

— Je montais dans mon bureau pour aller chercher un paquet de cigarettes. J'ai vu de la fumée s'échapper sous la porte. Dès que j'ai senti l'odeur, j'ai compris que quelque chose n'était pas normal.

— Pourquoi ?

— L'alarme n'a pas sonné. C'est un système très sensible. Nous l'avions coupé dans les salles où se tenait la réception, mais il aurait dû rester branché dans toutes les autres pièces. »

Bottando grogna et regarda autour de lui. Inutile d'être grand clerc pour comprendre ce qui s'était passé. Il s'accroupit près d'une bombe aérosol qui se trouvait par terre. Un produit destiné aux moteurs. Du super, qu'on injecte directement dans le carburateur pour faire démarrer les voitures par temps froid. Vaporiser sur le tableau, approcher une allumette enflammée, sortir et refermer la porte derrière soi... L'essence avait embrasé la peinture, sèche mais toujours inflammable, et en quelques minutes toute la toile était carbonisée. Il regarda à nouveau le tableau. Un droitier, devina-t-il. Il semblait avoir vaporisé l'essence selon un arc de cercle allant du coin inférieur gauche au supérieur droit. D'où les dégâts relativement moins graves dans le coin inférieur droit. Bottando effleura avec prudence les restes accrochés au cadre. Encore chauds.

Il soupira et se tourna vers Ferraro.

« Fermez la porte et postez un gardien. Descendez annoncer que la soirée est terminée mais que personne ne doit sortir. Ne dites pas ce qui s'est passé. On a assez à faire comme ça sans avoir à se préoccuper de la presse. Je vais appeler des renforts. Peut-être pourrions-nous utiliser votre bureau, monsieur le directeur ? »

Bottando passa encore trois heures sur les lieux pour s'occuper au plus haut niveau des conséquences des événements de la soirée : téléphoner à ses collègues des autres services, informer le ministre des Arts, rassembler ses forces. Installé au bureau, pendant que Tommaso s'agitait tout autour, il convoquait les adjoints et les fonctionnaires chargés des relations publiques afin de rédiger un communiqué pour la presse. Malgré les ordres stricts de Bottando, les journalistes avaient déjà flairé quelque chose, et il faudrait bien les mettre au courant tôt ou tard.

Il s'écoula un bon moment avant que le policier et le directeur n'aient le temps de discuter ensemble. Effondré sur le sofa XIXe surchargé de décorations, Tommaso étudiait un tableau flamand accroché au mur d'en face, comme s'il venait soudain de découvrir qu'il s'agissait d'un ennemi personnel.

« Pouvez-vous deviner pourquoi l'alarme d'incendie n'a pas fonctionné ? demanda le policier.

— Pour les raisons habituelles, j'imagine, répondit Tommaso sans prendre la peine de retenir un grognement. L'installation électrique du musée est un danger permanent. Elle n'a pas été modifiée depuis les années quarante. Estimons-nous heureux que le musée n'ait pas flambé en entier. C'est pourquoi j'ai suggéré au comité de sécurité que tout le système électrique soit refait. Dommage que Spello ait mis son veto.

— Hum ! » fit Bottando sans prendre parti. Il avait clairement saisi la double allusion. D'abord, Spello avait rendu possible cette agression en bloquant la proposition. Ensuite, il ne serait pas trop malaisé de dégager la responsabilité du directeur à propos du sinistre et de la faire endosser par le comité.

Cette question devrait être remise à plus tard. Il préférait se concentrer sur le problème actuel.

« Ce genre de panne se produit souvent ?

— Toujours. Disons environ une fois par semaine. La dernière fois, c'était il y a deux jours, dans la soirée. Ferraro était encore sur les lieux, heureusement. Il a dû enlever tous les plombs pour empêcher que le bâtiment ne soit réduit en cendres. Les gardiens étaient au bar, comme d'habitude. Il y a des fois où j'ai vraiment l'impression de diriger une maison de fous », ajouta-t-il sur un ton désespéré. Bottando compatit. Il imaginait très bien la situation.

« De toute façon, continua le directeur, cette question était indirectement le but de la réception. J'ai persuadé ces Américains de nous faire un don devant permettre de refaire l'électricité de tout le bâtiment. De manière à passer outre aux préjugés de Spello à propos de la modernisation. » Il eut un rire amer. « Fermer l'écurie après que le cheval s'est échappé, pour ainsi dire. Je suppose qu'ils vont reprendre leur chèque.

— Est-ce que tout le monde était au courant du problème ?

— Oh oui ! La sonnerie qui retentit à tout bout de champ, ce n'est pas le genre de chose facile à dissimuler. Ah ! je vois ce que vous voulez dire : cela indique que c'est l'œuvre d'un employé du musée, c'est ce que vous croyez ? »

Bottando haussa les épaules.
« Pas nécessairement. Mais nous devrions jeter un coup d'œil à la boîte à fusibles. Pourriez-vous m'indiquer où elle se trouve ? »
Quelques minutes plus tard et plusieurs étages plus bas, ils se retrouvèrent au sous-sol.
« Voilà ! » dit Tommaso. Il ouvrit l'énorme coffre tout rouillé qui était accroché au mur. Il contenait maintes rangées de lourds fusibles en céramique. Tommaso fouilla l'intérieur du regard, en retira un, l'inspecta, puis le passa à Bottando.
« C'est ce que je pensais. Il a encore sauté », commenta-t-il.
Bottando le tendit vers la lumière pour l'examiner. Sa principale hypothèse s'effondra. Personne n'avait retiré le fusible, aucun fil n'avait été coupé. Il avait complètement fondu tout seul. Il n'y avait qu'en Italie, se dit-il, que ce genre de désastre était possible. Soudain, il comprit mieux les tentatives réformistes de Tommaso. Certes, il manquait de tact. Mais qui aurait osé affirmer qu'on pouvait laisser les choses en l'état ?
Animé de cet esprit de conciliation, une fois de retour dans le bureau du directeur, le général en vint délicatement au sujet qui l'avait en premier lieu amené à la soirée.
« Il y a un ou deux aspects de cette affaire qu'il valait mieux, à mon avis, aborder avec vous en tête à tête. Il se peut que ça rende un peu moins douloureuse cette horrible soirée. »
Le directeur plaça le bout de ses doigts les uns contre

les autres et fixa Bottando d'un air interrogateur. Il ne semblait pas pouvoir imaginer ce qui accomplirait un tel miracle.

« À mon avis, la perte que vous venez de subir n'est pas si grave qu'il n'y paraît », reprit Bottando.

Le directeur fit la grimace et secoua la tête.

« Je vous assure que le tableau est irréparable. Ou peut-être ne trouvez-vous pas que la destruction d'un des plus grands chefs-d'œuvre de l'art italien constitue une grave perte ? »

Un rien pompeux, pensa Bottando sans aménité. Mais, bon, il avait eu une mauvaise journée.

« Un chef-d'œuvre, certes. Mais pas de l'art italien : je pense que c'était un faux. »

Tommaso poussa un grognement ironique.

« Oh ! mon général, c'est une obsession, décidément... Je vous ai déjà dit que c'était impossible. Vous connaissez aussi bien que moi les tests auxquels on a soumis ce tableau. Il les a tous passés avec triomphe. Et les spécialistes de la question ont déclaré qu'il s'agissait d'un Raphaël.

— Les spécialistes peuvent se tromper. Dans les années trente, les spécialistes du monde entier avaient déclaré que *Le Souper à Emmaüs* était de Vermeer. Ils ont découvert que c'était l'œuvre de Van Meegeren seulement lorsque celui-ci l'a avoué afin d'éviter d'être pendu pour collaboration avec les nazis.

— Les faux Vermeer ont été détectés sans problème quand on les a examinés scientifiquement, fit remarquer

Tommaso. Et, depuis les années quarante, les techniques se sont bien améliorées.

— Celles des faussaires aussi sans doute. Mais il ne s'agit pas de ça. Les preuves que nous possédons sont indirectes, mais assez alarmantes.

— Et quelles sont ces preuves, je vous prie ? »

Bottando lui rappela la lettre trouvée par Argyll dans la salle des archives du manoir. Le directeur l'interrompit.

« Mais ce n'est toujours pas plus probant qu'auparavant. Vous ne pensez tout de même pas que la communauté scientifique en entier va changer d'avis ?

— Sûrement pas ! Comme vous le dites, à elle seule la lettre ne prouve pas grand-chose. Cependant, tout à l'heure ma collaboratrice a trouvé quelque chose d'un peu plus convaincant... D'où mon coup de téléphone de Zurich à votre secrétaire, qui fait barrage de manière si agaçante. »

Il fit un bref résumé de la recherche de Morneau, de l'ouverture du coffre-fort et de leur découverte.

À l'évidence, ce récit troubla beaucoup Tommaso. Il se dirigea vers une étagère de livres reliés en cuir, la fit pivoter et sortit une bouteille. Il versa un liquide doré dans deux verres, en tendit un à Bottando. Il fit tournoyer le sien, en se frottant le visage de sa main libre. Son air pompeux s'était évaporé.

« Si je vous comprends bien, votre démonstration repose seulement sur les dates tamponnées sur le passeport ? Quelqu'un d'autre aurait pu mettre ces dessins dans le coffre *après* que le tableau eut été largement reproduit dans tous les magazines et journaux du pays ? »

Bottando opina du chef.

« En effet, je vous ai dit que les preuves étaient indirectes. Mais nous possédons désormais deux éléments allant dans le même sens.

— Je n'y crois pas un seul instant, finit par dire le directeur. Et si c'était vrai, pourquoi quelqu'un prendrait-il la peine de détruire le tableau ? Ce que je veux dire, fit-il d'un ton de défi, c'est que le motif est évident, n'est-ce pas ? »

Bottando l'interrogea du regard.

« La cible, c'était moi, bien sûr. C'est aujourd'hui même que j'ai annoncé que je prenais ma retraite et que Ferraro me succéderait. La destruction du tableau est une vengeance, pour me ridiculiser. Cela n'a de sens que si le tableau est authentique. Je sais bien qu'on ne m'aime pas beaucoup ici. »

Il se tut. Bottando se demanda s'il était censé protester et rassurer le directeur à ce propos. Mais, se disant que même Tommaso n'était pas à ce point vaniteux, il ne broncha pas.

« Tout le monde a toujours été contre ce que j'ai essayé de faire ; on a sans cesse tenté de contrecarrer les améliorations que j'ai effectuées. Ferraro est le seul qui m'ait jamais soutenu. Le seul qui ne vive pas quelque part dans les années vingt.

— C'est pourquoi il a été préféré à Spello ?

— Oui. J'aime bien Spello et je n'aime pas Ferraro. Mais, l'avenir du musée étant en jeu, je ne voyais pas la possibilité de faire intervenir mon sentiment personnel. » À nouveau, un soupçon de son ancienne solennité se faisait jour dans ses explications, soudain fort énergiques.

« Spello est un bon adjoint, mais le directeur doit se colleter avec les ministères, soutirer de l'argent aux donateurs. J'ai abouti à la conclusion que seul Ferraro pouvait faire le travail. Ce n'est pas un homme facile, je l'admets, mais c'était le meilleur choix à ma disposition. Et beaucoup sont tout prêts à nous empêcher d'agir, lui et moi. Coûte que coûte. »

C'était là une interprétation qui se tenait, concéda Bottando.

« Mais, objecta-t-il, j'ai du mal à accepter qu'une personne qui a travaillé toute sa vie dans un musée puisse en arriver à commettre un tel acte de vandalisme.

— Ne vous y fiez pas ! rétorqua Tommaso. J'ai affirmé que c'était une maison de fous et je pesais mes mots. Vous ne voyez pas ce que je veux dire ? reprit-il avec passion en fixant le policier, tout en se penchant en avant sur son siège afin d'être plus convaincant. Si ce tableau était un faux, pourquoi le détruire ? Il aurait mieux valu l'épargner et faire découvrir l'escroquerie. »

Bottando sourit et donna un petit coup de volant à droite.

« Si ce tableau était un faux, tout le monde s'y est trompé, et pas seulement vous. Si l'Italie ne l'avait pas acheté, le Getty se serait porté acquéreur. Ou quelqu'un d'autre. Il est apparu au moment psychologique adéquat, voilà pourquoi personne n'a pensé mettre en cause son authenticité. Tout suggérait qu'il devait y avoir un autre tableau sous ce Mantini. Byrnes le met au jour, c'était comme un conte de fées, tout le monde voulait y croire. Il est même possible que celui qui l'a fait brûler ait cru qu'il était authentique. »

Tommaso fit un pâle sourire.

« Mais c'est nous qui avons déboursé la somme. Savoir que d'autres en auraient fait autant s'ils en avaient eu l'occasion est une piètre consolation, en regard des dommages causés à ma réputation. »

Comme Bottando n'avait plus grand-chose à dire à ce sujet, il se leva et gagna la porte. De plus, il était fatigué.

« Dites-moi, demanda-t-il négligemment au moment de sortir, pourquoi avez-vous décidé de quitter votre poste ? Je dois avouer que j'ai été très étonné.

— Vous n'êtes pas le seul. Ça m'a réjoui de voir leur tête quand l'annonce a été faite. C'est un carriériste trop ambitieux pour ça, se sont-ils dit. Mais j'en ai assez de ce travail et je n'ai pas besoin d'argent. Rien que des tâches administratives et des calomnies. Il faut un homme plus jeune. » Tommaso eut un étrange sourire.

« D'où Ferraro ?

— Oui. Il est très compétent, bien que ses manières laissent à désirer ; et il sait repérer la bonne occasion. Il a dirigé le musée pendant quelques semaines il y a un an et a alors pris quelques bonnes décisions. C'est pour ça qu'il a eu le poste.

» Quant à moi, poursuivit-il d'une voix mélancolique, j'ai l'intention de me rendre dans ma villa aux abords de Pienza pour y vivre tranquille entre ma bibliothèque et mes collections. Et qui sait ? Il se peut que je me remette à peindre. Il y a des années que je n'ai pas touché un pinceau. Ça me changera agréablement – surtout en ce moment. Vous devez admettre que j'ai bien choisi mon moment. Ou que quelqu'un l'a fait pour moi. »

Il ouvrit la porte et serra la main de Bottando.

« Je sais que ça n'a pas toujours été facile entre nous sur le plan professionnel, mon général, reprit-il. Mais je tiens à ce que vous sachiez que j'apprécie vos efforts pour retrouver le coupable de ce crime. Je vous demande juste d'étouffer la rumeur qu'il s'agit d'un faux. Si vous produisez une preuve tangible, c'est autre chose. Je refuse toutefois que ma réputation soit traînée dans la boue sur la foi d'une chimère. »

Bottando hocha la tête.

« C'est raisonnable. D'ailleurs, nous avons nous aussi nos raisons pour ne pas ébruiter l'affaire. Ne vous en faites pas ! Bonne nuit, monsieur le directeur. »

Tandis que Bottando était, à son corps défendant, impressionné par la réaction de Tommaso devant la catastrophe, obéissant aux ordres, Flavia assumait les corvées qu'entraîne inévitablement toute action criminelle.

Il était trop tard pour conduire l'interrogatoire officiel des quatre-vingt-sept invités. Elle se contenta de noter leurs noms et adresses, et de leur demander, d'un ton courtois mais ferme, de se tenir à la disposition de la police. Puis elle communiqua la liste à l'Immigration, au cas où quelqu'un chercherait à passer la frontière. Mais ce n'était guère probable. Les seuls qui lui échappèrent furent les Américains, le groupe ayant déjà quitté le pays par un vol tardif. Quoi qu'il en soit, ils venaient tout en bas de la liste des suspects.

Et des suspects, se disait-elle, ils en avaient déjà assez ; certains étaient manifestement assez malins pour se rendre compte de leur position. Argyll, par exemple, qui se présenta parmi les derniers.

« J'avais plutôt espéré que nos rapports ne seraient plus désormais qu'amicaux. Je n'avais jamais imaginé que vous me feriez passer d'autres interrogatoires, gémit-il.

— Ce n'est pas un interrogatoire. Je prends seulement votre adresse », répondit-elle, sérieuse.

Il fit un geste de la main.

« Simple détail. Vous y viendrez. Après tout, je dois être votre suspect numéro un.

— Vous vous flattez.

— Pas vraiment. Bon, d'accord ! peut-être pas le numéro un. Mais sans doute l'un des cinq premiers. Je ne peux pas dire que ça me réjouisse. »

Flavia se cala dans son fauteuil et mit ses pieds sur le bureau. Elle était fatiguée et il lui était difficile de rester strictement professionnelle avec une personne qu'elle connaissait et appréciait. De plus, comme elle n'était pas fonctionnaire de police, rien ne l'y obligeait. C'était parfois un avantage.

« Si vous en êtes si sûr, peut-être devriez-vous me faire part de votre raisonnement ? »

Il fixa quelques instants le plafond tandis qu'il organisait ses pensées.

« Vous estimez que ce tableau était un faux, pas vrai ? commença-t-il.

— Qu'est-ce qui vous fait croire ça ? »

Il haussa les épaules.

« C'est couru. Ou bien ça, ou vous cherchez un malade. »

Flavia ne broncha pas.

« Si c'en était un, naturellement, reprit Argyll, Byrnes a touché des tas de millions pour une croûte. Ce que j'ai découvert le premier, entre parenthèses. Un exploit que je commence à regretter. Et aujourd'hui je suis lié à Byrnes par cette bourse. » Il se tut. Elle lui souffla :

« Alors pourquoi en faire un barbecue ?

— Parce que, lorsqu'on s'en apercevra et qu'on aura prouvé que c'est un faux, Byrnes devra le reprendre et rembourser l'argent. Je suis sûr qu'il y a une clause de ce genre dans le contrat de vente. Si le tableau est détruit, personne ne pourra jamais rien prouver. Donc Byrnes peut couler des jours tranquilles. Tout comme moi, son complice. »

Flavia hocha lentement la tête.

« Très convaincant, commenta-t-elle. Mais pourquoi avez-vous été le premier à suggérer que c'était un faux ? »

Il ne sut que répondre et se caressa le menton.

« Ah ! je ne sais pas. Il faudra que j'y réfléchisse. » Il la regarda, plein d'espoir.

Flavia se frotta les yeux, se passa la main dans les cheveux et bâilla.

« Bien ! Ça suffit pour ce soir, vous me raconterez le reste plus tard. Vous feriez merveille en tant que votre propre procureur. Dommage que notre système ne l'autorise pas. Mais vous avez raison : vous êtes un suspect de choix. » Elle se leva pour l'accompagner jusqu'à la porte.

« Et je ne vois qu'une seule façon pour vous de quitter notre liste d'éventuels rôtisseurs de Raphaël, dit-elle au moment où il sortait de la pièce.

— C'est-à-dire ?

— Trouvez-nous-en un autre ! »

9

À sept heures, le lendemain matin, Flavia pénétra dans le bureau de Bottando pour voir ce qu'il y avait de neuf et organiser sans tarder l'interrogatoire de leurs suspects. Comme d'habitude, elle omit de frapper. Le général lui jeta un regard courroucé ; cela ne lui ressemblait pas.

« Fatigué et de mauvaise humeur, pas vrai ? » demanda-t-elle d'un ton léger.

Il répondit en lui tendant les dernières éditions des journaux du matin. Lorsqu'elle y eut jeté un coup d'œil, elle concéda en son for intérieur qu'il avait peut-être le droit d'être en colère.

« Oh ! je n'avais pas pensé à ça, dit-elle comme pour s'excuser.

— Moi, si, rétorqua-t-il d'un ton sec. Mais je ne m'attendais pas que ce soit aussi affreux. »

Elle parcourut à nouveau les quotidiens. La veille encore, le goût de Bottando pour la bonne chère le rendait sympathique à la presse. Aujourd'hui, elle le prenait à partie avec une certaine violence et un luxe de détails. En vérité, toute cette affaire le ridiculisait quelque peu. Le patron de la brigade chargée de la protection des œuvres d'art en train de sabler le champagne et de bien s'amuser pendant qu'un incendiaire fou détruisait le plus grand chef-d'œuvre du monde dans la pièce voisine.

« Il faut l'avouer, c'est drôle par certains côtés, commença-t-elle, tout en sachant que c'était juste ce qu'il ne fallait pas dire.

— Flavia..., dit Bottando d'un ton sévère.

— Oui, patron ?

— Taisez-vous, chère amie.

— D'accord. Pardon. »

Il s'appuya au dossier de son fauteuil et poussa un profond soupir.

« Ce n'est pas drôle du tout, grogna-t-il. On n'a pas beaucoup de temps. Ou on arrête vite quelqu'un, ou le service va passer un très mauvais quart d'heure. Nous sommes pris, fit-il observer d'un ton acide, entre l'enclume et le marteau.

— Vous voulez dire que, si vous annoncez que c'était un faux, Tommaso va vous mettre en pièces, et que, si vous vous taisez, c'est la presse qui le fera ? »

Bottando salua son résumé par un hochement de tête.

« Vous ne pourriez pas en informer seulement le ministre, en lui demandant de garder le secret ? »

Bottando éclata de rire.

« Un ministre ? Garder un secret ? Contradiction dans les termes. Autant s'offrir une pleine page de publicité dans la presse. » Il esquissa un geste vague en direction du journal le plus hostile. « Non, je crains qu'on n'ait pas le choix. Il va falloir obtenir de rapides résultats. De plus, notre dossier sur Morneau commence à montrer des signes de faiblesse.

— Comment ça ? »

Il lui passa une feuille de papier.

« Un télégramme de Janet. Il a extorqué le registre aux Suisses. »

Flavia le lut d'un air déçu. Le coffre de Morneau avait été ouvert pour la dernière fois en août par quelqu'un d'autre. Ils ne savaient pas qui. Mais c'était longtemps après que le tableau eut été révélé au public.

« Nom d'un chien ! s'exclama-t-elle. Mais ça ne veut pas forcément dire que les croquis y ont été placés à ce moment-là.

— Non, mais ça affaiblit un brin notre dossier. Cette preuve est désormais très peu concluante. Je suis sûr que vous saisissez aussi que, après ce qui s'est passé hier soir, on ne peut plus effectuer de tests sur le tableau pour voir s'il était vraiment authentique…

— Vous pourriez toujours arrêter quelqu'un. C'est le dernier refuge des incapables, je le sais, mais cela nous ferait gagner du temps. Ça fera de l'effet pendant quelques jours, même si ce n'est pas le vrai coupable.

— J'y ai pensé. Mettre Argyll au trou. Anglais fou. Espoirs frustrés. Ça marcherait à merveille. La presse pense que tous les Anglais sont fous. »

Flavia se rembrunit.

« Oh non ! Pas Jonathan. Ce n'est pas une très bonne idée. »

Bottando fronça les sourcils.

« Jonathan ? Jonathan ? Quoi, Jonathan ? »

Elle choisit de ne pas répondre.

« Si Byrnes n'a pas montré le tableau original, cela signifie que celui-ci se trouve ailleurs. Quelque part, un individu possède chez lui un Raphaël accroché au mur, même s'il n'en est pas conscient.

— Argyll, poursuivit-elle lentement, en pesant chaque mot, constitue sans doute notre meilleure chance de le retrouver. Après tout, si la chose existe, elle se trouve sous un Mantini, et Argyll est la seule personne qui saurait par où commencer la recherche. Si vous le mettez au bloc, il ne pourra plus nous aider.

— C'est vrai. Mais, si la presse découvre que nous nous faisons assister dans cette affaire par l'un de nos principaux suspects, ça n'arrangera pas les choses. Au contraire. »

Elle sourit.

« Ce n'est pas compliqué… Vous n'avez pas besoin de vous en mêler, je m'en charge. Comme je ne suis pas fonctionnaire de police, vous pouvez affirmer sans mentir que la *polizia* n'a aucun contact avec cet homme. Si on vous le demande. »

Bottando poussa un grognement.

« D'accord. Mais il va falloir le garder à l'œil. » Saisissant la feuille de papier qu'il avait déjà utilisée un peu plus tôt, il la fixa d'un air lugubre.

« On a pas mal de suspects à interroger aujourd'hui.

— Par exemple ?

— Tous ceux qui sont susceptibles d'avoir connu Morneau, c'est-à-dire, en théorie, presque l'ensemble du milieu de l'art. Ceux qui n'aimaient pas Tommaso, à nouveau le monde de l'art. Ceux qui voulaient faire fortune. Le milieu de l'art, une fois de plus. Motif universel, possibilités universelles.

— Sauf que la personne qui a fait cramer le tableau devait se trouver à cette soirée, fit-elle remarquer en s'asseyant et en mettant ses pieds sur la table basse.

— Ça ne nous laisse que l'embarras du choix. Mon Dieu, quel pétrin ! Et si l'on n'obtient pas très vite des résultats, on sera brûlés vifs nous aussi. »

Il se tourna vers elle.

« Il faut y aller maintenant, je suppose... Alors, ôtez vos pieds de ma table, nom de Dieu ! Et commencez à filer Argyll ! »

« Nous devons prouver que le tableau était un faux, ce qui est difficile à présent qu'il a été détruit. Les carnets sont utiles, mais ils n'apportent pas de preuve définitive. C'est pourquoi il nous faut trouver l'original originel, si j'ose dire. »

Flavia était assise dans la cuisine du nouvel appartement d'Argyll. Dès son arrivée, il lui avait expliqué qu'il avait accepté l'offre de son vieux copain, Rudolf Beckett, d'utiliser la chambre d'amis. Il avait l'air fatigué, car, vu les circonstances, il n'avait pas très bien dormi. Flavia aurait davantage compati si elle ne s'était pas inquiétée des possibles conséquences d'une cohabitation entre un journaliste et le suspect numéro un.

Argyll la rassura cependant. Son hôte se trouvait pour quelque temps en Sicile, où il s'était rendu pour écrire des articles sur la Mafia. Flavia se demanda si certains journalistes se rendaient en Sicile pour autre chose. Puisqu'il ne rentrerait pas avant au moins plusieurs jours, elle cessa de se tracasser et revint sur l'occasion qu'avait Argyll de se réhabiliter.

« Si les preuves indiquant qu'il s'agit d'un faux sont si faibles, pourquoi en êtes-vous à ce point persuadée ? »

Flavia leva la main et énuméra les raisons, une par une :

« Primo, je veux l'être, car j'ai horreur de l'idée qu'un authentique Raphaël a cramé. Secundo, parce que sinon, le coupable est un vrai cinglé, et je ne veux pas, non plus, croire que c'est le cas. Tertio, parce qu'on doit, de toute façon, explorer toutes les éventualités. Quarto, l'intuition. Quinto, je fais confiance à votre jugement. »

Argyll poussa un grognement d'impatience.

« Sexto, vous êtes cinglée vous aussi. Vous êtes sûrement la seule personne qui fasse confiance à mon jugement. Mais je ne suis qu'un étudiant de doctorat. Je ne me vois pas en train de partir à la recherche de faussaires.

— Bien sûr que non. Pourtant, personne ne connaît mieux que vous ce fichu Mantini. En matière d'art, c'est la coqueluche du mois. La solution à nos problèmes se trouve probablement quelque part dans vos fiches. »

Argyll se passa les doigts dans les cheveux, fredonna quelques notes, puis fit tourbillonner ses pouces, symptômes que Flavia avait appris à reconnaître chez lui comme des signes de malaise.

« D'accord. Parfait... Je serais heureux de rendre service. Pourtant, enfin, ça me gêne d'aborder ce genre de sujet, mais, voyez-vous...

— Pourquoi prendriez-vous cette peine alors que vous pourriez trouver vous-même et gagner une fortune ?

— Ce ne sont pas exactement les termes que j'allais employer...

— Mais j'ai exprimé le fond de votre pensée, pas vrai ?

— Plus ou moins.

— C'est assez simple, dit-elle avec douceur. Un écart de plus d'un centimètre, et Bottando vous arrête comme principal suspect et vous jette aux loups pour se débarrasser de la presse. J'ai eu beaucoup de mal ce matin, ajouta-t-elle en exagérant quelque peu, à le dissuader de vous boucler séance tenante. Il a trouvé très convaincante votre démonstration prouvant qu'il devrait le faire. Et, naturellement, si vous êtes innocent et que vous prêtiez votre concours, vous gagneriez la reconnaissance éternelle de presque tout le monde, du Premier ministre à moi-même. »

Argyll prit un toast, le beurra puis le recouvrit d'un bon demi-centimètre de la coûteuse marmelade d'orange de Beckett, importée d'Angleterre.

« Bon, d'accord..., fit-il à contrecœur. Vous savez

être persuasive. Mais je dois vous avertir que mes services inestimables n'apporteront pas nécessairement le succès.

— Il y a votre catalogue des tableaux de Mantini.

— Encore incomplet. Et qui répertorie seulement les peintures qui subsistent. Le nombre de celles qui ont dû être détruites, ou qui sont tombées dans l'oubli, est sans doute énorme.

— Faites de votre mieux. On pourra en reparler ce soir lorsque vous aurez réfléchi à la question. Il faut que j'aille faire mes courses.

— Il y a une chose que vous pouvez faire : pourriez-vous utiliser vos relations pour contacter toutes les salles de ventes et tous les marchands afin de connaître le moindre tableau acheté par Morneau ? Ou par quiconque se trouvant parmi vos suspects ?

— Où donc ?

— Dans toute l'Europe. Ou, en tout cas, dans les centres artistiques importants.

— Dans toute l'Europe et en ce qui concerne l'ensemble de nos suspects ? C'est bien tout ? »

Il opina du chef.

« Je suppose que c'est un travail considérable. Mais, si vous pouviez découvrir que l'un d'entre eux a acheté un tableau de la même taille que le Raphaël, ça aiderait.

— Je vois. Désirez-vous autre chose, par hasard ?

— Dites-moi juste ceci : est-ce que vous pensez que je suis mêlé à cette affaire ? »

Elle ramassa son sac et le lança sur son épaule, fronçant un instant les sourcils, le temps d'hésiter entre la sincérité et la crainte de le troubler par la mise en doute de son honnêteté.

« Joker », dit-elle finalement. Puis elle décampa avant qu'il puisse répondre.

Une fois que Flavia eut dévalé les escaliers pour se mettre en quête d'un taxi, Argyll déambula dans son nouvel appartement, faisant du rangement sans avoir le cœur à l'ouvrage, tout en se demandant quelle était la meilleure façon d'aborder sa nouvelle mission. Il avait du mal à se concentrer à cause de la menace qui pesait sur lui, croupir en prison le reste de sa vie, ou presque, s'il commettait le moindre faux pas. S'il concourait à la découverte de cette œuvre, ça risquait d'en être fait de lui. Mais, s'il refusait son aide, son sort était certain. Ce n'était pas ce qu'il avait en tête lorsqu'il avait pensé au plaisir de vivre à nouveau à Rome. Une chose était claire, cependant : il n'allait pas pouvoir se contenter de consulter ses fiches. Il lui faudrait s'activer davantage. Flavia, se dit-il, était fondamentalement bien disposée à son égard et peu encline à le croire responsable de toute cette histoire. Mais son patron paraissait d'un avis différent.

La tâche n'allait pas être facile. Il ne les avait jamais comptées, mais il calcula qu'il avait répertorié à peu près cinq cents œuvres de Mantini. Il savait qu'environ la moitié avaient été exécutées avant 1724, avant que le peintre recouvre le Raphaël. Toutes les autres avaient été peintes après, ou bien la date était incertaine. Il se dirigea vers la boîte à chaussures contenant ses fiches en carton blanc, résultat de ses trois dernières années de travail, et il les feuilleta. Après quelques minutes, il décida qu'il serait plus simple de les sortir ; il pourrait s'occuper plus tard de les reclasser. Aux grands maux les grands remèdes. Une heure de travail environ ne produisit qu'un résultat déprimant : même une fois mis de côté les tableaux restés dans la famille du premier propriétaire, la pile de ceux qu'il fallait prendre en considération mesurait encore environ cinq centimètres d'épaisseur – et il y avait à peu près vingt fiches par centimètre.

Se rappelant soudain la lettre de lady Arabella, il consulta de nouveau ses cartes, ne gardant que celles qui évoquaient des ruines, ou ce qui pouvait passer pour des ruines ; l'opération divisa le nombre par un peu plus de deux : seuls quarante-cinq tableaux étaient concernés désormais. Il s'installa, fixa son baladeur sur ses oreilles, glissa une cassette dans le lecteur et commença à dresser une liste. Non que c'était primordial, mais il ne savait plus quoi faire ; et il trouvait toujours très relaxant de faire des listes en écoutant de la musique.

Pour tous les acteurs du drame, le reste de la journée fut occupé par des tâches ingrates. Au musée, Tommaso et ses acolytes faisaient de leur mieux pour rattraper la situation en sortant communiqué de presse sur communiqué de presse. Bottando passa une partie de son temps de la même manière, mais il finit par abandonner un combat apparemment perdu d'avance pour se livrer à des activités plus urgentes.

De toute évidence, quelqu'un au musée – et ce ne pouvait être que Tommaso – faisait des pieds et des mains pour mettre sur la sellette la police, Spello et l'infortuné conseil de sécurité. Bottando maudit le jour où il avait entendu parler de cet infernal comité. Il n'en voulait pas vraiment à Tommaso, se dit-il dans un bref moment d'objectivité et de charité, l'homme tentait de survivre à un désastre dont il n'était pas responsable. C'était parfaitement compréhensible ; Bottando aurait juste souhaité que le directeur n'essayât pas de sauver sa tête en offrant la sienne à la place. Peut-être aurait-il réagi de même dans des circonstances similaires. Sans doute. Mais il était sûr qu'il aurait montré plus de tact et qu'il n'aurait pas tenté de torpiller la personne qui, entre-temps, se mettait en quatre pour dénicher le vrai coupable.

Ses rivaux dans les divers services de police s'étant lancés à fond dans une campagne contre lui, il était bien conscient que, pour les contrer, la seule action efficace était de procéder à une ou deux arrestations. C'est pourquoi il dicta une déclaration apaisante dans laquelle il affirmait suivre toutes les pistes possibles, qui aboutiraient, il en était certain, à une rapide arrestation – ce qui, en effet, était en son pouvoir, pensa-t-il sombrement, le seul ennui étant qu'il n'aurait pas la moindre certitude d'avoir mis la main au collet du vrai coupable.

Ensuite, il envoya ses équipes interroger les invités, tandis que lui-même se rendait au Musée national pour informer le directeur et parler aux principaux ennemis de celui-ci. Pas à tous. Il n'y avait pas assez d'heures dans une journée.

L'entrevue fut tendue, Tommaso feignant une politesse pleine de compassion, tandis que Bottando faisait semblant de ne s'apercevoir de rien ; aussi est-ce avec un grand soulagement qu'il passa aux divers témoins et autres suspects, qui, il le devinait, seraient d'un commerce plus agréable. Il commença par Manzoni, qu'il convoqua dans le bureau de Ferraro, dont il s'était approprié l'usage pour toute la durée des interrogatoires. Le restaurateur entra dans la pièce ; il se déplaçait avec peine et semblait dans un état lamentable. Bottando se demanda s'il était abattu à cause de ce qui était arrivé au tableau ou s'il avait la gueule de bois. Il ne posa pas la question.

Dans l'ensemble, l'interrogatoire suivit la procédure habituelle. Où se trouvait-il ? À qui avait-il parlé ? Ainsi de suite. Aucun trou dans son emploi du temps jusqu'au moment où il s'était éloigné de Bottando.

« Et ensuite ?

— Pour être absolument franc, je ne m'en souviens pas. Je n'ai pas la moindre idée des gens à qui j'ai parlé. Je me rappelle avoir fait un exposé à quelqu'un sur la restauration des gravures. Je le sais parce que je me suis dit qu'à jeun je me serais rendu compte que j'étais barbant au plus haut point. »

Bottando réfléchit à ces propos, et puis, d'un ton apparemment tranquille, il changea de sujet.

« Dites-moi, faites-vous partie des personnes qui ont pratiqué les tests sur le tableau ? J'ai consulté le rapport l'autre jour. Vous l'avez signé, n'est-ce pas ? »

Manzoni opina de la tête.

« En effet, j'étais en charge de l'opération. Les tests proprement dits ont été effectués par les spécialistes anglais auxquels Byrnes avait fait appel et qui connaissaient mieux les appareils.

— Je vois. Par conséquent, ce sont en fait les amis de Byrnes qui ont manipulé le tableau ? »

Manzoni hocha la tête.

« Et vous avez été entièrement satisfait ?

— Bien sûr », fit-il avec une certaine hauteur. La question avait manifestement piqué son amour-propre. « Sinon, je l'aurais dit. Ces personnes jouissaient de la plus haute réputation. Le tableau a passé sans problème tous les tests. Je n'ai pas eu le moindre doute. » Il s'arrêta, se mordilla l'ongle du pouce, avant de relever la tête. « En tout cas, jusqu'à il y a à peu près trente secondes.

— Que voulez-vous dire ? demanda Bottando, un peu gêné et conscient d'un certain manque de subtilité dans sa manière de conduire un interrogatoire.

— Tous les techniciens ne sont pas des imbéciles, vous savez », répondit le restaurateur. Loin de s'affaiblir, son air hautain s'affirmait peu à peu.

« La réputation de Tommaso reposait sur ce Raphaël. Mais, si quelque chose cloche dans le tableau, le crédit de Tommaso s'effondre, et c'est Spello qui prend sa place. On y a mis le feu, soit pour se venger de Tommaso, soit pour quelque autre motif. Sans raison apparente, vous passez pas mal de temps à lire des rapports techniques, alors qu'il est probable que vous avez des préoccupations plus pressantes. Ce qui me conduit à soupçonner…

— Ce qui vous conduit à ne rien soupçonner du tout. Mais vous ne manquez pas d'imagination. » Bottando se leva prestement pour mettre fin à l'entrevue, quelque peu inquiet de constater que la conversation lui avait échappé. Qu'il ait ou non la gueule de bois, ce jeune homme avait les yeux en face des trous. Cela ne lui plaisait pas.

Il raccompagna Manzoni jusqu'à la porte qui s'ouvrait sur la petite antichambre normalement occupée par la secrétaire. Le suspect suivant y était assis, attendant son tour.

« Je vois que vous allez être très occupé aujourd'hui, dit Manzoni en prenant congé, mais j'aimerais vous revoir, si ça ne vous dérange pas. Si vous le désirez, je peux relire le rapport pour vérifier qu'il n'y a pas de lacunes.

— Il pourrait y en avoir ?

— Je préférerais le relire, pour être sûr que je ne me trompe pas. Puis y réfléchir au calme. De plus, je ne veux pas bousculer votre emploi du temps. Peut-être pourrais-je repasser à votre bureau après le travail pour vous faire part de mes impressions ? Ce soir, vers dix-neuf heures ? »

Bottando acquiesça, le regarda s'éloigner, puis invita Spello à entrer dans le bureau. Un de fait ! Et il en reste encore quatre-vingts, se dit-il. Peut-être que Flavia pourra me donner un coup de main cet après-midi. Il regarda le spécialiste des Étrusques s'asseoir avec précaution dans le fauteuil, tout en réfléchissant à la meilleure façon de commencer l'interrogatoire.

Ce n'était pas la peine. Spello fit de but en blanc une déclaration sans ambiguïté :

« Vous m'interrogez parce que je suis l'un de vos incendiaires les plus intéressants ! lança-t-il. Frustré du poste qui m'était dû, celui de directeur, par les machinations de Tommaso.

— Donc, parce que vous êtes grillé, vous vous vengez en faisant griller son chef-d'œuvre ? »

Spello sourit.

« Et alors, d'un seul coup, je déclenche un scandale, j'enlève à Tommaso le pouvoir de recommander quelqu'un, et je m'assure ainsi du poste. Facile à faire ! D'autant que, puisque vous m'avez averti qu'il s'agissait d'un faux, ce n'est pas grave. Non. Je n'ai rien fait de tel, mais j'admets qu'il s'agit d'une hypothèse séduisante.

— Sauf que, bien sûr, notre principale preuve concernant l'escroquerie a été considérablement affaiblie. Il est fort possible que le tableau ait été authentique. »

Spello blêmit sous le choc. Tiens, pourquoi ? Simple émotion naturelle devant une telle perte ? Bottando était très gêné. Spello semblait vouloir à tout prix expliquer pourquoi il devait être arrêté sur-le-champ.

« Hier soir, vous êtes-vous retrouvé seul un moment ? Auriez-vous pu vous absenter sans qu'on s'en aperçoive ?

— Rien de plus simple. J'ai horreur de ces réceptions. Je suis obligé d'y assister, mais je trouve la chaleur, la conversation et les invités très pénibles. J'ai l'habitude de m'éclipser pour lire un livre ou autre chose afin de reprendre mes esprits, avant de refaire une apparition. Hier soir, je suis resté ici même pendant une heure environ. Absolument seul. Personne ne m'a vu ni monter, ni redescendre. »

Sincérité renversante... S'il avait voulu faciliter le travail de la police, il aurait dû fournir un alibi en béton ou bien un qui ne tenait pas. Avouer aussi franchement qu'il n'en avait pas compliquait beaucoup les choses.

« Lorsque j'ai mentionné une possible escroquerie, vous n'en avez parlé à personne... », reprit Bottando, en changeant d'approche. Il n'était pas content de lui. Jusqu'à présent, son comportement durant ces entretiens, qu'il était censé conduire de main de maître, laissait à désirer. Il avait perdu le contrôle de l'interrogatoire avec le restaurateur, et cela semblait se reproduire avec Spello. Peut-être la pression commençait-elle à l'affecter.

« Si vous aviez vraiment convoité le poste de directeur, vous auriez, sans aucun doute, essayé de répandre des rumeurs ?

— Pas nécessairement, répondit l'autre d'un ton neutre et posé. D'abord, on aurait pu en faire remonter l'origine jusqu'à moi. Ensuite, sans preuve, Tommaso aurait pu faire front et expliquer ces rumeurs par une campagne de diffamation lancée par des mécontents – ce qui aurait été le cas, en effet. Je ne suis toujours pas convaincu. Quoi qu'en pense Manzoni, je doute qu'il puisse prendre ces tests en défaut. »

Bottando grogna, puis fit une nouvelle tentative.

« L'alarme d'incendie, demanda-t-il, comment vous y êtes-vous pris ? » Il se rendit compte qu'il avait cessé d'utiliser le conditionnel. Spello le remarqua aussi, et pour la première fois le policier perçut un léger tressaillement sur le visage du vieil homme.

« Si c'est moi, bien sûr, rétorqua-t-il, j'ai fait précisément ce qui a été fait. J'ai retiré un fusible en excellent état et je l'ai remplacé par un qui avait grillé. Pour donner l'impression que les plombs avaient sauté tout seuls. »

Bottando se redressa sur son fauteuil.

« Comment savez-vous que c'est ce qui s'est passé ?

— J'ai parlé à l'électricien. C'est une vieille baderne comme moi. Lui aussi travaille ici depuis des lustres. On s'est toujours bien entendus. Ça l'a un peu remué de voir le fusible. Il dit qu'il est sûr de l'avoir remplacé récemment. Pas du tout comme celui, très abîmé, qu'on a trouvé dans le logement. J'ai pensé que c'était très clair : on les avait intervertis. Il y avait peu de risques qu'on s'en aperçoive, ou qu'on en tire des conclusions le cas échéant. »

Bottando réfléchit en silence. Le récit de Spello était absolument logique et avait au moins le mérite de résoudre la question de la méthode. Il conduisait aussi à faire porter les soupçons de façon plus nette sur Spello. Qui s'en rendait compte.

« Donc, vous voyez. Motif, occasion, et pas d'alibi. Assez pour m'arrêter, si c'est ce que vous souhaitez.

— Oui, acquiesça Bottando, avant de poursuivre d'un ton plus officiel. Pour le moment, cependant, nous n'arrêtons personne. Mais je dois vous avertir que vous ne devez pas quitter Rome durant les prochains jours. Tout écart envers cette règle sera considéré comme une tentative de fuite. Vous comprenez ?

— Parfaitement, mon général, répliqua Spello du même air guindé qui se changea ensuite en un sourire complice. Mais je peux vous dire que, si vous m'arrêtez pour de bon, vous commettrez une grave erreur. C'est tout ce dont Tommaso a besoin pour rétablir sa réputation. À cause de ce comité, vous coulerez avec moi. »

10

Il était sept heures et demie du soir. Assis à son bureau, Bottando guettait l'arrivée de Manzoni. S'il l'attendait avec impatience, c'était surtout parce que Manzoni l'avait appelé au début de l'après-midi pour lui annoncer qu'il avait trouvé quelque chose pouvant offrir un certain intérêt. Mais le restaurateur était en retard. Bien que ce fût souvent le cas avec ce genre de personne, cela ne laissait pas, malgré tout, d'agacer Bottando, qui gardait toujours vaguement quelque chose de sa formation militaire de jadis. La ponctualité était une vertu cardinale selon lui, même si rares étaient ses compatriotes qui étaient d'accord. Pour passer le temps, tout en essayant de maîtriser sa mauvaise humeur grandissante, il se mit à jour dans son travail.

Pendant qu'il grommelait sur l'impudence d'un jeune restaurateur irrespectueux qui se permettait de faire attendre un général, Flavia était arrivée chez Argyll afin d'évaluer les progrès qu'il avait accomplis pendant sa journée de travail. Aucune réponse. Malgré sa demande expresse, il était sorti. Le salaud ! Elle pensa un instant que la sonnette ne fonctionnait peut-être pas. Les immeubles de cette partie de la rue étant très vétustes, c'était tout à fait possible. Elle alla dans un café et téléphona. Pas plus de réponse.

Elle était hors d'elle ; son humeur se mit au diapason de celle de son patron, assis dans son bureau au même moment. Elle avait eu une rude journée et était contrariée d'avoir tant travaillé pour de si maigres résultats. Et se faire poser un lapin par quelqu'un qui devait s'estimer heureux de ne pas être en taule, c'en était trop !

Le point culminant – ou le nadir – de sa journée avait été sa visite à sir Edward Byrnes. À l'inverse de ce qui s'était passé pour Bottando, le suspect n'avait pas paru disposé à faire des aveux, et elle avait trouvé difficile de poser toutes les questions nécessaires sans évoquer leurs soupçons sur l'origine du tableau.

Il fallait que Byrnes croie qu'ils cherchaient seulement le possesseur de l'aérosol itinérant. Inutile d'abattre toutes les cartes, d'autant que, pour elle, cet Anglais riche et prospère précédait, et de beaucoup, tous les autres sur la liste des suspects.

Elle l'avait rencontré dans son hôtel. C'était un hôtel luxueux, mais, détail révélateur, pas l'un de ceux à l'opulence ostentatoire situés autour de la via Veneto. Au contraire, sa richesse doublée d'un goût exquis avait conduit Byrnes dans un palazzo près du Corso, totalement anonyme, mais très sélect et merveilleusement élégant, où les rares clients admis se reposaient comme s'ils se trouvaient chez eux, au milieu de leurs propres domestiques.

Dans le salon d'un rose et blanc délicat, quasi désert, Byrnes fit asseoir Flavia sur un sofa et s'installa en face d'elle dans un fauteuil tapissé, puis il esquissa un signe de la main pour appeler un serveur. Avec une déférence admirable, en l'espace de quelques secondes celui-ci se retrouva près d'eux.

« Quelque chose à boire, signorina ? demanda Byrnes dans un italien parfait. Ou allez-vous répondre "pas pendant le service" ? » Tandis qu'il parlait, derrière des verres aussi épais que des galets, ses yeux clignaient aimablement, tel un hibou. On pouvait interpréter ce regard de deux façons, se dit Flavia. D'une part, il pouvait s'agir du regard bienveillant de qui s'efforce de se rendre agréable ; d'autre part, cela pouvait indiquer la satisfaction de quelqu'un qui sait qu'il s'en est tiré.

« Pas moi, sir Edward. Je crois que cela ne vaut que pour la police anglaise. Et, de plus, je ne suis pas dans la police.

— Bien. Très sensé. » Elle ne savait pas à quelle partie de ses propos il se référait. Il commanda deux coupes de kir royal, sans lui demander son avis en la matière. « Bon. En quoi puis-je vous aider ? »

Il ne dit pas : « Que me voulez-vous ? » pensa Flavia. Il est décidé à avoir l'air plus accommodant que ça. Mais, attention ! ça ne veut pas dire qu'il sera plus bavard pour autant.

Elle lui sourit. D'habitude, ce n'était pas quelqu'un qui laissait parler les autres, et encore moins une femme.

« Comme vous vous en doutez, il s'agit du Raphaël et des événements d'hier soir…

— Et vous voulez savoir si je me promène d'habitude avec des aérosols d'essence dans la poche ? Ou si j'ai vu quelqu'un qui s'efforçait de passer inaperçu ?

— Quelque chose comme ça. Il ne s'agit que de l'interrogatoire habituel de toutes les personnes présentes dans le musée hier soir, vous comprenez.

— Surtout si, en fait, c'est grâce à elles que le tableau s'y trouvait », souligna-t-il en sortant une pipe courte et dodue qu'il bourra en puisant le tabac dans une blague en cuir. L'ennui avec tous les gens impliqués dans cette affaire, c'est qu'ils ont l'esprit trop vif, songea Flavia.

« J'aimerais pouvoir vous apporter quelques réflexions utiles sur ce sujet… Je suis, bien sûr, profondément affecté par toute cette histoire. Je m'étais beaucoup attaché à ce tableau et j'étais très fier du rôle que j'avais joué dans l'affaire. Je crois comprendre que les dégâts sont irréparables ? »

Si Byrnes n'était pas responsable du sinistre, il était normal qu'il veuille savoir si l'agression avait été couronnée de succès. Flavia hocha la tête et il l'imita en signe de résignation. Il continuait à bourrer sa pipe, opération technique manifestement fort complexe. La tête baissée, il faisait entrer dans le fourneau une considérable quantité de tabac, puis la tassait avec un petit instrument de métal destiné à cet usage. Pendant qu'il accomplissait ce rituel avec une immense concentration, elle avait un certain mal à voir son visage. Pour finir, il la regarda à nouveau, planta la pipe dans sa bouche et poursuivit, sans s'être aperçu de la plage de silence au milieu de leur conversation :

« On finit par s'y attacher lorsqu'on reste longtemps en leur compagnie, dit-il, l'air ailleurs. Celui-ci en particulier. Je l'ai surveillé de très près, dès que j'ai compris de quoi il s'agissait. L'apogée de ma carrière. Et voilà ce qui arrive ! Une vraie catastrophe ! Et, d'après ce que j'ai lu, ç'aurait été difficile à empêcher. Il semble que vous soyez à la recherche d'un fou, et il est impossible de se prémunir contre des actes imprévisibles. » Il se lança alors dans l'opération tout aussi compliquée qui consistait à transformer la pipe en une petite fournaise. Des nuages de fumée s'en échappaient à profusion, envahissant peu à peu la pièce d'un épais brouillard.

« Je suis certaine que vous comprenez que nous devons déterminer l'endroit où se tenait chaque personne pendant la soirée, déclara Flavia, en se forçant à détacher son regard de la pipe, afin de revenir au sujet.

— Bien sûr. C'est très simple, je suis arrivé à l'hôtel à six heures environ, j'ai pris ma chambre et je me suis rendu aussitôt au musée à pied. J'ai bavardé avec plusieurs personnes et j'étais encore là lorsqu'on a annoncé... euh... l'incident, vers huit heures. » Il débita une liste de noms, qu'elle nota rapidement.

« Et combien de temps avez-vous passé avec chacune de ces personnes ? Avec Argyll, par exemple », demanda-t-elle négligemment. Il ne tiqua pas.

« Avec lui, plus longtemps qu'avec les autres, je

suppose. Comme il vous l'a peut-être dit, c'est moi qui finance son séjour ici, et j'aime beaucoup parler avec lui. »

Elle hocha la tête.

« Puis-je vous demander pourquoi vous lui avez donné cet argent ?

— Un brin de culpabilité. De la compassion plutôt. Ou est-ce de l'empathie ? J'ai appris, après coup, que, comme mon commanditaire, il était sur la piste de ce tableau, mais que je l'avais devancé. Ça arrive tout le temps, bien sûr, et moi-même j'ai déjà été coiffé au poteau. D'ordinaire, je considère que ça fait partie du jeu. Sauf qu'il s'agissait cette fois-ci d'un très gros lot, et Argyll en avait clairement besoin pour ses recherches et non pas pour en tirer un profit financier… C'est pourquoi j'ai estimé que le moins que je pouvais faire pour lui était de lui offrir une sorte de compensation. D'ailleurs, il en est digne. Son travail vaut mieux qu'il le dit. Un certain manque de rigueur dans les détails… »

Ça, c'est vrai, pensa Flavia.

« … mais, dans l'ensemble, bien documenté et intéressant. Pas aussi limité que le sujet le laisserait penser. Donc, je n'aide pas un pauvre qui ne le mérite pas, conclut-il.

— Par conséquent, vous n'avez rien remarqué à cette soirée et vous n'êtes jamais resté seul ?

— Juste quand Argyll a disparu pour aller aux toilettes ou se chercher à boire, ou quelque chose comme ça. Il était très énervé pendant toute la soirée. Je crois qu'il était fou de joie d'être de retour à Rome. »

Peut-être bien… Elle changea de sujet une nouvelle fois.

« Vous avez parlé de votre commanditaire ? reprit-elle.

— C'est mon petit secret. La plupart de mes collègues et rivaux croient toujours que j'avais acheté le tableau pour mon propre compte, ce que je ne démens pas parce que ça les rend malades de jalousie. Je n'ai été qu'un intermédiaire : je l'ai réexpédié, envoyé aux restaurateurs, et j'ai organisé la vente.

— Pourquoi avez-vous choisi ces gens en particulier ?

— Aucune raison. Ils étaient disponibles : j'avais déjà travaillé avec eux et je savais qu'on pouvait compter sur eux. Ils ne tenaient plus en place. À partir de l'arrivée de la caisse, ils n'ont plus quitté le bureau ; on avait du mal à les éloigner du tableau.

— Pourriez-vous me donner leurs noms ?

— Avec plaisir. Je suis sûr qu'ils seraient ravis de parler avec vous. L'un d'entre eux m'a appelé ce matin, il était tout retourné. Ils étaient devenus très possessifs à son égard, répétant que j'avais beaucoup de chance d'en être propriétaire. Je n'avais pas le cœur de les détromper.

— Alors, qui en était le propriétaire ? » Flavia se pencha sur son fauteuil dans l'attente de la réponse. Il pouvait mentir. C'était pratiquement couru d'avance. Mais, dans ce cas, cela pourrait fournir un point de départ. Même mensongère, sa déclaration prouverait quelque chose.

« J'aimerais beaucoup le savoir. Un avocat luxembourgeois m'a envoyé des instructions par courrier. C'est un peu bizarre, je sais, mais ce genre de procédure n'est pas totalement inconnue. Il y a souvent une certaine dissimulation quand une famille riche désire sortir des fonds en toute discrétion. Il est moins courant d'acheter et de vendre un tableau sous couvert de l'anonymat, mais à l'époque je ne savais pas que le tableau possédait une valeur inhabituelle. C'est pourquoi je n'ai pas vu d'objection à cette mission.

— Mais n'avez-vous pas été tenté de garder le tableau quand vous avez appris ce que c'était ? »

Byrnes sourit.

« L'idée m'a traversé l'esprit, évidemment. Mais j'avais déjà signé un contrat en tant que mandataire. En outre, ce n'est pas ma manière d'agir. Comme vous le savez, le milieu des négociants en œuvres d'art ne passe pas pour être un modèle d'honnêteté... (Flavia fit un large sourire.) Mais même les larrons ont leurs principes, et ne pas faire main basse sur ce qu'un autre a découvert constitue l'un de ces principes. C'est pourquoi je me suis senti un tantinet coupable envers Argyll.

» Je n'avais aucune idée de l'identité des commanditaires. Ç'aurait aussi bien pu être le Vatican lui-même. En ce moment, il a toujours besoin d'argent frais, et cette procédure aurait pu être une manière de déjouer les objections à la vente, qui auraient été soulevées autrement. Ce n'est jamais une bonne idée d'offenser quelqu'un si on ne sait pas qui l'on offense. De plus, l'avance sur honoraires était déjà très généreuse.

— Vous n'avez jamais soupçonné qu'il pouvait y avoir quelque chose d'anormal ? demanda Flavia d'un air dubitatif.

— Bien sûr que si. Je n'évolue pas depuis un quart de siècle dans le milieu du commerce des objets d'art sans avoir appris à ne faire confiance à personne. Cependant, c'est moi qui ai choisi les personnes qui ont effectué les tests. Son authenticité ne faisait pour eux aucun doute, ni pour le Museo nazionale. Il n'y avait rien d'anormal, à mes yeux. Si j'avais eu le moindre doute, je n'aurais jamais accepté les clauses introduites par le musée dans le contrat de vente.

— C'est-à-dire ?

— Simplement que, si l'authenticité du tableau était contestée, ce serait à moi de rembourser l'argent en tant que représentant du propriétaire. Contrat très strict et établi avec grand soin. Les dirigeants du musée ont inclus cette clause, à mon avis, pour convaincre le ministère des Finances qu'ils ne gaspillaient pas l'argent du contribuable. De plus, Tommaso était l'un d'eux et nous ne nous sommes jamais entendus, lui et moi, même si nous faisons semblant d'être en bons termes. »

Flavia ne broncha pas, immobile sur son siège, dans l'espoir qu'il poursuivrait sans y être invité. Poussé par le désir de faire des révélations calculées ou par l'impérieux besoin de se confier, il continua :

« Voyez-vous, j'ai jadis vendu un Corrège à Tommaso. Son authenticité a été mise en doute et Tommaso m'a alors menacé en affirmant que, si je ne le reprenais pas, je ne vendrais plus jamais un tableau en

Italie. Rien dans le contrat ne m'obligeait à m'exécuter. Mais je l'ai fait, par fierté. Malgré ça, pendant les quinze années suivantes, il m'a rendu la vie absolument impossible. Aussi ce fut un véritable triomphe d'arriver à lui faire prendre ce Raphaël, même si les termes du contrat étaient très raides. Ça ne lui plaisait pas du tout, mais son envie d'acquérir ce tableau l'a emporté. »

Il haussa les épaules pour indiquer à quel point les voies du Seigneur et des hommes étaient pour lui impénétrables.

« Mais, bon ! Tout cela, c'est de l'histoire ancienne désormais. Les termes du contrat semblent ne plus avoir d'intérêt. Le tableau n'existe plus. » Il lui adressa un sourire aimable. « Je ne puis plus rien reprendre, même s'ils l'exigeaient, n'est-ce pas ? »

Cette entrevue avait formé la partie la plus intéressante de la journée ; le reste du temps, Flavia l'avait occupé à écouter des gens expliquer comment – et pourquoi – ils n'avaient rien vu de notable ni de significatif durant la réception. Elle calcula que, sur plus de quatre-vingts personnes, environ soixante-cinq auraient pu s'esquiver sans difficulté, monter à l'étage, mettre le feu au tableau et redescendre. Sur ces soixante-cinq, une cinquantaine étaient au courant de l'état du système d'alarme. Des quinze restantes, presque tous auraient pu aisément s'en enquérir.

Plus frustrant, et plus irritant sur le plan personnel, fut de s'apercevoir qu'elle trouvait Byrnes très sympathique et qu'elle était séduite – séduite n'était peut-être pas le mot exact – par son charme. Elle s'était rendue au rendez-vous bien décidée à être distante, froide et professionnelle, mais, en dépit de ces louables intentions, elle s'était surprise à goûter les charmes de sa conversation et à apprécier chez lui l'étrange mélange de propos vagues et de sens des affaires.

Et il avait tiré parti de la situation. Au moment où elle prenait congé, il avait laissé tomber, l'air de rien, qu'il rentrait à Londres ce soir-là : aurait-on encore besoin de lui pour l'enquête ? Évidemment, sacré nom d'un chien ! Mais elle n'avait pu trouver aucun prétexte pour le retenir. Il avait la claire intention de repartir, et on ne pouvait guère l'obliger à rester sans lui annoncer qu'il faisait partie des suspects. Mais à quel titre, si elle n'avait pas la possibilité de mentionner l'escroquerie ? De même, en lui demandant avec politesse la permission de quitter le pays, il avait évité d'être accusé de prendre la poudre d'escampette.

Elle put juste lui répondre piteusement que, bien sûr, il était libre de s'en aller. Il venait de lui exposer de long en large les raisons qu'il avait eues de détruire le tableau – vengeance, appât du gain, toute la panoplie –, et tout ce qu'elle avait réussi à faire pour conclure l'entretien, c'était de lui souhaiter un bon voyage de retour. Il l'avait remerciée sobrement et lui avait, à son tour, souhaité bonne chance dans son enquête. Se moquait-il d'elle ? Naturellement ! Mais le visage de marbre, adouci par les verres épais et les nuages de fumée, était resté indéchiffrable.

Ensuite, il y avait eu les interminables interrogatoires, où elle avait souvent marché sur les brisées de Bottando – ce qui avait eu le don de l'agacer –, et, pour couronner le tout, alors qu'elle avait la tête qui tournait et les oreilles qui bourdonnaient, sa visite infructueuse à l'appartement d'Argyll... À huit heures moins le quart, alors que, fatiguée et à bout de nerfs, elle ne désirait plus qu'une chose, rentrer chez elle pour prendre un bain et se coucher de bonne heure, elle se hissa jusqu'à l'étage de son bureau afin de rédiger quelques rapports. Elle se félicita de sa conscience professionnelle, mais cela ne lui remonta pas le moral pour autant. Elle avait le pressentiment qu'un malheur l'attendait au coin de la rue...

Elle avait tort, comme cela semblait souvent lui arriver ces jours-ci : le malheur se précipitait dans l'escalier d'un pas pesant, en la personne d'un Bottando en nage, essoufflé et visiblement bouleversé.

« Flavia. Bien. Venez avec moi. » Ce furent les seules paroles qu'il prononça en la croisant. Elle fit demi-tour et le suivit jusqu'à sa voiture garée sur la place. Il s'agissait manifestement de quelque chose de grave : il fallait davantage qu'une crise mineure pour que Bottando quitte son habituel train de sénateur. Ils montèrent tous les deux à l'arrière et le général donna au chauffeur une adresse dans le Trastevere en lui enjoignant de se dépêcher. Ce qu'il fit, toutes sirènes hurlantes, avec force coups de klaxon et crissements de pneus pour produire un effet dramatique.

« Bon ! Qu'est-ce qui se passe ? demanda-t-elle en reprenant l'équilibre après un virage sur les chapeaux de roue.

— Je vous ai parlé de Manzoni, le restaurateur ? » Elle opina de la tête. « Il était censé venir me voir à sept heures. Il n'est pas venu. La police du Trastevere vient d'appeler : s'il n'était pas au rendez-vous, c'est qu'il est mort. Apparemment, il a été assassiné. »

Flavia était abasourdie. Les choses allaient de mal en pis.

« Vous êtes certain qu'il s'agit d'un meurtre ?

— Un couteau planté dans le dos, répondit-il simplement.

— Grands dieux ! » Des complications, rien que des complications. Ça n'arrangerait pas la réputation de Bottando qu'un témoin ait été tué sous son nez. L'affaire s'en trouverait plus difficile à dénouer, et un meurtre engendrerait des querelles de territoire avec la brigade criminelle et d'autres services de police pour la gestion du dossier. L'enquête risquait de s'enliser et d'aboutir à l'une de ces situations à l'italienne où chacun passe son temps à combattre ses collègues pendant que rien n'avance. Elle connaissait la musique. À l'évidence, le général était en train de se dire la même chose.

« Écoutez, lui intima-t-il au moment où la voiture arrivait à destination, ici, laissez-moi prendre la parole. Dites-en le minimum, d'accord ? »

Marchant derrière lui à une distance respectueuse, comme il se devait de la part d'une adjointe qui accompagne son chef, elle gravit l'escalier et pénétra dans l'appartement de Manzoni. Il grouillait de policiers, de photographes, de techniciens relevant des empreintes, de voisins et de badauds. Le chaos habituel. Ayant reconnu Bottando, l'inspecteur de police du quartier s'approcha de lui et se présenta.

« Quand on a découvert qu'il travaillait au musée, j'ai pensé que ça pouvait vous intéresser et je vous ai téléphoné », expliqua-t-il, après avoir relaté la découverte du corps par une voisine qui avait jeté un coup d'œil par la porte ouverte au moment où elle passait sur le palier.

Bottando haussa les épaules et se dirigea vers le cadavre.

« Vous connaissez l'heure du crime ?

— Après cinq heures trente, heure à laquelle on l'a vu rentrer, et avant sept heures, quand le corps a été découvert. Pour le moment, nous ne pouvons pas être plus précis. Coup porté de la main droite dans le dos et ayant atteint le cœur. Couteau de cuisine.

— Personne n'a vu d'inconnus traîner dans les parages, je suppose ? »

L'inspecteur fit non de la tête.

« Vous avez une idée du mobile ? »

Bottando plissa les lèvres et secoua la tête lentement.

« Non, mentit-il. Ma première réaction, c'est de n'y voir qu'une coïncidence, même si j'évite d'y croire en général. Il ne représentait sûrement pas une grave menace pour notre incendiaire. Et, autant que je sache, il n'y avait pas non plus de lien entre lui et l'un de nos suspects. »

L'inspecteur avait l'air dépité. Il savait que Bottando ne répondait pas avec franchise, mais dans la police, où la hiérarchie compte beaucoup, contrer un général équivalait à courir le risque de s'attirer des ennuis. Il lui faudrait trouver quelqu'un d'un grade équivalent pour le faire à sa place.

Pendant ce bref entretien, tandis que son patron déambulait dans l'appartement, cherchant en vain des indices, appuyée contre le guéridon du salon, Flavia suivait le fil de ses pensées. Cela ne la menait nulle part, sinon à la conclusion déprimante que, alors que le matin ils avaient deux forfaits et quantité de suspects, désormais ils en avaient trois et pas moins de suspects. Ce n'était pas son idée d'une enquête qui progresse.

Ce fut ce qu'elle dit à Bottando une fois qu'ils eurent quitté l'appartement. Il renvoya la voiture en expliquant que la marche l'aidait à réfléchir. En outre, c'était l'une des rares activités auxquelles il prenait plaisir pour le moment. Réglant son allure sur celle de Bottando, Flavia commença à parler. Durant plusieurs minutes, l'air maussade, il marcha à son côté sans ouvrir la bouche.

« Donc, ce que vous dites, en gros, c'est que nous n'avons fait aucun progrès ? Et qu'en réalité nous y voyons moins clair que jamais ? commenta-t-il lorsqu'elle eut terminé son exposé.

— Eh bien, oui ! C'est ça, je suppose. Mais on pourrait essayer de préciser un petit peu. » Bottando émit un grognement, mais ne dit rien. Flavia portait un pantalon flottant et une veste ; elle fourra les mains dans ses poches pour mieux se concentrer. Ils traversèrent le Tibre entre chien et loup. Elle frissonnait dans la brise glaciale qui soufflait du fleuve.

« Bon, d'accord ! reprit-elle quelques instants plus tard. De deux choses l'une : ou le tableau était un faux ou il ne l'était pas. S'il ne l'était pas, alors on doit chercher soit un dément, soit un employé du musée. C'est logique, non ? » C'était une question toute rhétorique. Même si ça n'avait pas été logique, il n'y aurait probablement eu aucune réponse de la part de son compagnon, qui fixait le trottoir d'un air morose.

« Principaux suspects : Manzoni, décédé, et Spello. Tous les deux détestent Tommaso et l'annonce de son départ à la retraite les pousse à commettre un acte de désespoir.

— Qui a tué Manzoni ?

— Spello ! rétorqua-t-elle avec force. Il a compris que Manzoni avait saccagé le tableau. Il est fou de rage qu'il ait détruit un tel chef-d'œuvre. Ou bien il a compris que Manzoni savait que c'était *lui* qui avait mis le feu au tableau, et alors il l'a tué pour l'empêcher de parler.

— C'est ce qu'on appelle "préciser un petit peu", n'est-ce pas ? »

Elle passa outre.

« Autres candidats : Argyll, fou de dépit d'avoir raté une occasion… »

Elle n'alla pas plus loin dans ce qu'elle considérait comme une magistrale présentation des hypothèses.

« Flavia, chère amie, vous ne me remontez pas du

tout le moral. Avez-vous la moindre idée, en fait, de l'identité du coupable ?

— Eh bien, euh… non !

— C'est ce que je pensais. Bon… Et pourquoi à ce moment-là ?

— Que voulez-vous dire ?

— Je veux dire : pourquoi le tableau a-t-il été brûlé hier ? Après tout, on venait tout juste de découvrir la preuve que c'était un faux et on ne l'avait dit à personne. Et la preuve, semble-t-il, n'était pas aussi convaincante qu'on le croyait. Alors pourquoi le détruire ? »

Elle ne sut que répondre à cela. Bottando poursuivit sans attendre :

« Je pense, affirma-t-il en comptant mentalement, que vous venez de citer une dizaine de combinaisons possibles, sans avancer la plus petite preuve pour en étayer une seule. Ce qui tend à prouver que les déductions en chambre ne mènent à rien. Il nous faut des preuves concrètes. Il est grand temps que vous cessiez de cogiter et que vous vous lanciez dans une enquête sur le terrain, je crois.

— Quel terrain ?

— Partez pour Londres. Il semble que Manzoni ait découvert quelque chose, et on doit trouver ce que c'est. S'il existe une lacune dans les tests, vous ne pourrez le vérifier que là-bas. Allez voir les restaurateurs. Il se peut qu'ils nous apportent quelque chose. Pouvez-vous prendre l'avion dès demain ? »

Elle fit un signe de tête affirmatif.

« Du moment que quelqu'un peut garder un œil sur Argyll pendant mon absence, fit-elle. Peut-être, ajouta-t-elle, devrais-je filer voir s'il est rentré. On ne sait jamais, il est possible qu'il ouvre la porte couvert de sang.

— Et qu'il vous plante un couteau dans le corps par-dessus le marché.

— Ça ne lui ressemblerait pas. Mais cela ne ressemble à aucun d'entre eux… c'est ça l'ennui.

— Ne vous fiez pas trop à votre intuition. Sans la question de la chronologie des faits, il serait déjà inculpé. Alors, restez sur vos gardes. S'il ne vous donne pas une bonne raison pour expliquer sa conduite, faites-le-moi savoir et je le coffre…

» Quelque chose ne me plaît pas dans toute cette affaire. Un détail qui devrait me sauter aux yeux m'échappe. Un truc qui cloche et qui ne date pas d'hier. Au réveil, ce matin, il s'en est fallu d'un cheveu que je l'attrape. Peu à peu, cela me rend dingue. Avoir à accomplir une mission impossible, c'est déjà pénible, mais, lorsqu'on se doute que c'est à cause des défaillances de sa mémoire, ça devient insupportable. »

Ils se séparèrent au coin de la rue. Bottando se dirigea vers le nord, sans se presser, l'air distrait et morose ; Flavia s'éloigna du pas allègre de quelqu'un qui ne peut pas demeurer longtemps accablé par les soucis.

Cette fois-ci, Argyll était chez lui. Il la fit entrer et, durant les premières minutes, devisa avec entrain sur ses faits et gestes de la journée, sans laisser Flavia placer un mot. Tranquillement assise, elle attendit qu'il se taise.

« Rien de tel que la perspective de passer le reste de sa vie en prison pour vous donner des ailes, dit-il. Si seulement mon directeur d'études m'avait menacé de m'envoyer un an ou deux en taule, il y a belle lurette que j'aurais terminé ma thèse. »

Il fit un geste en direction d'un bureau recouvert de dossiers, de fiches, de tasses à café sales et de piles de feuillets.

« Vous voyez ? J'ai bossé toute la journée comme un forçat.

— Toute la journée ? demanda-t-elle sans élever le ton.

— Ouais ! Sans le moindre répit. J'étais comme possédé. J'ai réduit les possibilités à dix. Dans l'hypothèse, bien sûr, où le tableau existe vraiment. Mais, si je n'y croyais pas, je perdrais courage. Avec un peu de chance, je quitterai votre liste de taulards en puissance dans une semaine ou deux.

— Toute la journée ? répéta-t-elle. Même quand je suis passée à sept heures ? »

Il hésita.

« Oh ! J'avais oublié. Voilà ce qui arrive quand on est trop concentré. Vous deviez passer, n'est-ce pas ? »

Elle opina du chef.

« Et je l'ai fait. À sept heures. Et vous n'étiez pas là.

— Si. J'avais simplement oublié notre rendez-vous.

J'avais mon baladeur sur les oreilles et je n'ai pas dû entendre la sonnette.

— Est-ce qu'il y avait quelqu'un avec vous ? Une personne peut-elle vous fournir un alibi ? »

Il parut se troubler.

« Un alibi ? Dieu du ciel ! Bien sûr que non ! J'étais tout seul. Je sais que c'était très cavalier de ma part, je vous prie de m'excuser. Mais ça porte tant à conséquence ?

— Oui », répondit-elle. Et elle expliqua pourquoi. Il pâlissait à vue d'œil en l'écoutant.

« Donc, vous pensez que j'ai quitté mon appartement en douce, que je l'ai poignardé, puis que je suis revenu en faisant semblant de ne pas avoir quitté les lieux et de ne pas vous avoir entendue à cause de la musique ?

— Ça colle bien, non ?

— Oui, plutôt, reconnut-il, déconfit. Sauf que, naturellement, ça ne correspond pas à la réalité. J'étais ici. »

Il fouilla dans le placard où Beckett rangeait son alcool, en sortit une bouteille de grappa et s'en versa une généreuse rasade.

« Je ne crois pas qu'il me le reprocherait, vu les circonstances. »

Il en avala une bonne gorgée, toussota, puis lui proposa de l'accompagner. Elle déclina l'offre.

« Je suppose, reprit-il après quelque hésitation, en se grattant furieusement le crâne, signe extérieur d'une grande appréhension, que ce que j'avais projeté de faire maintenant ne réussira qu'à aggraver mon cas. »

Il se tut ; elle le scruta d'un air interrogateur.

« J'étais sur le point de vous dire, reprit-il, que pour terminer la recherche du tableau il faudrait que j'aille vérifier plusieurs choses à Londres. Je pensais partir demain. »

Il lui jeta un regard plein d'espoir.

« Ça tombe à pic ! s'exclama-t-elle avec ironie. D'autant plus que Byrnes, lui aussi, a pris ce soir même la destination de l'Angleterre. »

Ce n'était pas le feu vert qu'il attendait. En fait, la nouvelle le mit encore plus mal à l'aise.

« Donc, ça ferait meilleure impression si je ne bougeais pas ?

— Ça ferait meilleure impression, oui. Mais, en pratique, je suppose qu'il vaudrait peut-être mieux que vous partiez. Du moment que je vous accompagne et que vous me dites très précisément où vous vous trouvez à chaque minute de la journée. Un écart de plus et je vous coffre. Je ne plaisante pas. Selon ce qui va se passer, il est possible que je le fasse, de toute façon. On est d'accord ? »

Il acquiesça :

« Je pense que oui. Je vous remercie de me faire confiance.

— Pas d'ironie ! Je ne vous fais aucune confiance. Encore que, bien sûr, j'aie du mal à croire que quelqu'un ayant commis un pareil faux puisse se comporter de façon aussi stupide que vous. Pour l'instant, votre seul atout, c'est la bêtise. Vous avez de la veine de ne pas être déjà en cellule. »

On dit parfois ce qu'il ne faut pas. Il arrivait à Flavia

de manquer de doigté lorsqu'elle voulait jouer au plus fin au cours d'un entretien, cette caractéristique ayant tendance à se manifester quand elle était fatiguée ou contrariée. Ce soir-là, elle était les deux à la fois, et en outre elle était inquiète. Ce mélange rongeait la bienveillance naturelle qui masquait en général son ton brutal.

Argyll, cependant, ne tint pas compte de ces circonstances atténuantes. Il explosa.

« Je crois que nous devrions préciser quelques points ! commença-t-il avec froideur. Je n'ai jamais dit que le tableau était un Raphaël ; je suis juste venu à Rome pour le vérifier. J'ai agi avec les précautions d'usage, sans affirmer des choses que je ne pouvais pas prouver documents à l'appui. Ce qui est arrivé par la suite n'a pas été de mon fait. Souvenez-vous-en, je vous prie. Ensuite, c'est moi, et non vous, qui ai le premier suggéré qu'il pouvait s'agir d'un faux. Sans mes recherches, dont vous vous moquez tant, vous seriez en train de vous tordre les doigts de désespoir devant la perte d'un chef-d'œuvre. Enfin, vous n'avez absolument aucune preuve contre moi. Sinon, vous m'auriez déjà bouclé. Donc, ne faites pas comme si vous m'accordiez une faveur.

» Et, finalement, pour l'instant, vous avez davantage besoin de mes services que moi des vôtres. Si vous croyez pouvoir trouver ce tableau toute seule, allez-y ! Mais vous n'en êtes pas capable. Moi si, peut-être. Et je n'ai pas la moindre intention de vous aider si je dois tout le temps subir vos petites piques. Est-ce bien clair ? »

Dans l'ensemble, c'était une assez jolie tirade. Un peu plus tard, comme il y repensait dans son lit, tout en l'embellissant de-ci de-là pour la postérité, il fut frappé par la simplicité de son éloquence. Puissante, mais sans fioritures, en fait. Il était très content de lui. On a peu souvent l'occasion de s'indigner à juste titre, et d'habitude il ne trouvait la réponse cinglante et qui fait mouche qu'environ trois quarts d'heure plus tard.

Plus gratifiant encore, sa sortie avait cloué le bec à cette Italienne volubile. D'ordinaire, Argyll était un homme très doux ; sa colère s'exprimait surtout par un petit regard angoissé ou par une remarque de légère désapprobation marmonnée entre ses dents. La rhétorique n'était pas son fort, et la soudaineté de sa réplique, associée à la passion apparemment sincère du ton, prit Flavia de court. Elle le fixa avec surprise, et, renonçant à la tentation de lui renvoyer une volée d'injures, elle s'excusa.

« Désolée. J'ai eu une rude journée. On fait une trêve ? Plus de remarques jusqu'à ce que vous soyez disculpé ? »

Il arpenta la pièce, tira les rideaux, referma une porte de placard ou deux, pour se calmer, puis il opina du chef.

« Ou arrêté, je suppose, ajouta-t-il. Ça va. Marché conclu. Quand partons-nous ?

— Il y a un avion à sept heures trente. Je viens vous chercher ici à six heures trente.

Si tôt ? C'est affreux !

— Prenez-en l'habitude, répondit-elle en se préparant à partir. Dans les prisons italiennes, on vous réveille à cinq heures… Oh ! pardon ! Je n'aurais pas dû ! »

11

À peu près au moment où Flavia et Argyll montaient dans l'avion à destination de Londres, afin de ne pas travailler moins que sa collaboratrice, Bottando s'était installé à son bureau, un inévitable café devant lui. Dans la lumière blême de l'aube, il était loin d'être convaincu que c'était une bonne idée de les avoir laissés partir l'un et l'autre.

Mais il avait fini par céder devant les arguments de Flavia. Lesquels se résumaient essentiellement à la constatation qu'en l'état actuel des choses ils ne possédaient aucune véritable preuve sur rien, au fait que si Argyll était coupable il fallait lui donner assez de corde pour se pendre, et que, s'il était innocent, il devait soit trouver le tableau, soit prouver qu'il n'existait pas et que celui du musée était authentique. En outre, comme elle le fit remarquer avec un certain manque de tact, ils s'étaient déjà trompés tant de fois dans cette affaire qu'une erreur de plus ne changerait rien.

Cette remarque s'ajoutait aux attaques toujours aussi

féroces des journaux étalés devant lui. Ils avaient appris la nouvelle concernant Manzoni et brossaient un portrait effroyable de ce qu'ils surnommaient désormais le « musée du crime ». Tommaso ne s'était pas montré plus amical lorsqu'il lui avait fait part des derniers développements. Il avait été visiblement bouleversé par le décès du restaurateur, ayant sans doute abouti à la conclusion que, si toute cette affaire était un complot monté contre sa personne, le prochain coup de couteau dans le dos risquait d'être pour lui.

Bottando avait mal jugé l'homme, c'était clair. Dans les moments qui avaient suivi la réception, le directeur s'était montré humble, modeste, presque agréable, même s'il ne s'agissait que d'une réaction inhabituelle et passagère provoquée par le choc. Tommaso devenait aujourd'hui très nerveux, tendu et acariâtre, sans que cela empêche le politicien en lui d'opérer à toute vitesse. Il se mouvait avec toute la grâce d'un nageur de ballet aquatique, manœuvrant vivement et avec succès pour rejeter la responsabilité sur le comité, Spello et les services de Bottando. Déjà, des articles rédigés en ce sens avaient paru dans l'un des quotidiens.

Une chose était certaine : Bottando se trouvait désormais trop vieux pour ce genre de complication. Sans trop y croire, il passa en revue ses forces et évalua ses chances. Dans son camp, il avait le ministère de la Défense, sur le soutien duquel il pouvait compter. À son avis. Contre lui, il avait les journaux, le ministère des Arts, celui de l'Intérieur, et Tommaso. La position des

Finances était incertaine : cela dépendrait de leurs possibilités d'être remboursées.

Si la question se posait. Selon le service du contentieux du ministère des Arts, le contrat stipulait clairement que si le tableau était un faux, le vendeur – c'est-à-dire Edward Byrnes – devrait rendre l'argent. Toute perte d'un tableau original serait supportée par l'État. Si Byrnes disait la vérité, s'il n'avait pas été le propriétaire et n'avait pas empoché l'argent, ce serait quand même à lui de rembourser. Mais, comme Byrnes l'avait fait remarquer à Flavia, le tableau n'existait plus. Aussi, la seule façon de prouver qu'il s'agissait d'un faux était de retrouver l'original.

En fin de compte, l'avenir de son service et de sa carrière dépendait d'un étudiant de doctorat étranger qui avait déjà commis une erreur et qui pouvait se révéler incendiaire, faussaire, comploteur, assassin ; et à moitié cinglé, par-dessus le marché. Ces réflexions ne mirent pas du baume au cœur du général. Il commençait à soupçonner que, finalement, et après d'innombrables campagnes, il avait affaire à un ennemi supérieur en nombre, qu'il était cerné de toutes parts et avait trouvé des généraux plus forts que lui.

Et le sentiment d'un détail lui échappant le tourmentait encore. Il avait arpenté les rues, s'était vautré dans des fauteuils, tourné et retourné dans son lit. Sans le moindre résultat. Quelque chose lui échappait vraiment, et il n'était pas plus près de découvrir ce que c'était. Plus il se concentrait, plus le fragment de souvenir se dérobait. D'où les énormes piles de dossiers sur son bureau. Le fichier concernant le personnel du musée, recoupé avec tout ce qu'on savait sur Morneau, Byrnes, Argyll, et l'ensemble des individus impliqués dans l'affaire.

Il choisit le dossier de Tommaso. Autant commencer par le haut, se dit-il en l'ouvrant. Le *cavaliere* Marco Ottavio Mario di Bruno di Tommaso. Né le 3 mars 1938. Père, Giorgio Tommaso, décédé en 1948, à l'âge de quarante-deux ans. Mère, Elena Maria Marco, décédée en 1959, à l'âge de cinquante-sept ans. Il prit distraitement des notes sur son bloc en poussant de profonds soupirs.

Des pages et des pages du même acabit, symbole du zèle d'une bureaucratie pléthorique n'ayant rien de mieux à faire. Études, évolution de carrière, opinions, recommandations. Tout cela répété des centaines de fois et pour chaque individu. Et il allait examiner tous les dossiers, l'un après l'autre, à la recherche du renseignement qui ferait resurgir le souvenir.

Bottando venait d'expédier le département de l'art de la Renaissance lorsque l'avion atterrit ; il passait déjà à celui des peintures du haut Moyen Âge au moment où le taxi s'arrêta devant le Victoria & Albert Museum pour déposer Argyll.

Comme il l'avait promis à Flavia, il lui fournit un emploi du temps précis : deux heures dans ce musée, puis un court passage au Courtauld, à Portman Square, et peut-être un saut au British Museum, un peu plus tard. Elle lui donna rendez-vous pour six heures et conclut en lui rappelant les graves peines encourues s'il lui faisait à nouveau faux bond. Il lui sourit d'un air contraint avant de gravir les marches.

Il avait toujours détesté le V & A, et la bibliothèque en particulier, sa destination présente. Ce n'était pas seulement qu'on y gelait : presque toutes les bibliothèques où il avait travaillé étaient mal chauffées. Ce n'était pas vraiment non plus à cause du manque de fonds évident : cassettes destinées aux dons amorcées par des billets de cinq livres pour indiquer aux visiteurs ce qu'on attendait d'eux, mauvais éclairage, atmosphère des endroits laissés à l'abandon…

Il y entra, cependant, longea les couloirs sonores du musée, résista à l'envie d'acheter une brioche – trop chère – à la cafétéria, puis monta à la bibliothèque. Pendant dix minutes, il fouilla dans les fichiers, griffonnant de temps en temps des cotes sur des bouts de papier avant d'aller demander les ouvrages au guichet. Puis il céda à la tentation, prit son journal et descendit boire un café. Sa longue expérience lui avait appris qu'aucun livre n'arriverait avant trois quarts d'heure au moins.

Oppressé et ne se sentant pas dans l'ambiance du lieu, il alla s'asseoir, avec son café et son beignet mou, à l'autre bout de la salle, loin des autres étudiants et de divers touristes. Il se concentra sur son journal, s'efforçant, dans la mesure du possible, d'imaginer qu'il se trouvait ailleurs. Ses pensées furent interrompues par un bruit d'assiettes quand quelqu'un s'installa à sa table. Le nouveau venu extirpa aussitôt un paquet de Rothmans d'une poche de sa vieille veste déformée – laquelle, de toute évidence, avait jadis fait partie d'un costume – et alluma une cigarette.

« Merci, mon Dieu ! C'est la première de la journée. J'ai bien failli me ronger les doigts là-haut.

— Salut, Phil. Comment vas-tu ? »

Le jeune homme haussa les épaules.

« Comme d'habitude. » Il tirait furieusement sur sa cigarette. C'était l'un des plus vieux camarades d'Argyll. En tant que Philip Mortimer-Jones, c'était un fils de famille, élevé dans un collège privé, disposant de hautes relations grâce à son père, un gros bonnet du National Trust, la Caisse nationale des monuments historiques et des sites. En tant que Phil tout court, il était petit, trapu, le cheveu noir et gras, les yeux chassieux, affreusement mal fagoté ; il donnait toujours l'impression d'être sur le point de s'assoupir, ou d'avoir avalé quelque substance illégale. Depuis cinq ans qu'il le connaissait, Argyll n'avait pas réussi à se prononcer sur la question. Cependant, malgré son air de marmotte, Phil était un garçon très éveillé. Il était aussi plus au fait des moindres potins du milieu universitaire qu'aucune des autres connaissances d'Argyll. Il le confirma d'ailleurs sans tarder :

« Qu'est-ce que tu fabriques ici ? Je te croyais en train de pleurer sur ta grande déception italienne. »

Argyll poussa un grognement. Si Phil était au courant, alors tout le monde l'apprendrait.

« Qui te l'a dit ?

— Sais plus. J'en ai entendu parler quelque part. »

Mais comment donc était-ce possible ? Argyll était certain de n'avoir informé qu'une personne, son directeur de thèse, qui se montrait toujours si courtois et si discret. Ç'avait été un entretien pénible parce que la paresse d'Argyll l'avait finalement rattrapé. Son université s'était impatientée et avait menacé de le rayer des registres. On avait demandé à son directeur, le vieux Tramerton, de rédiger un avis dans un sens ou dans l'autre, et il avait prié Argyll d'apporter la preuve qu'il existait encore en lui une lueur d'activité mentale.

Il avait dû présenter rapidement quelque chose de convaincant. C'est pourquoi, en l'espace de quatre jours, il avait rassemblé les seuls documents à sa disposition, mis sur pied une bibliographie impressionnante, puis expédié en Italie ses conclusions provisoires concernant l'existence, sous le Mantini, d'un authentique Raphaël perdu.

Naturellement, il semblait désormais que ces conclusions étaient erronées, mais il refusait d'endosser la responsabilité de cette bévue. Si l'université n'avait pas été d'une exigence déraisonnable, le petit article n'aurait pas été écrit, et Byrnes ne se serait pas emparé du tableau avant lui. Bel enchaînement de circonstances, quand on y pensait ! Quoi qu'il en soit, Tramerton avait été convaincu – de ses efforts sinon de ses capacités de chercheur – et avait agi en conséquence. La menace ne fut pas mise à exécution et Argyll ne s'en était plus préoccupé.

Jusqu'à maintenant. Ou bien Tramerton avait passé l'article à quelqu'un, ou bien il en avait parlé à un tiers. Trouver cette personne, et le chemin menant à Byrnes s'ouvrirait comme par magie. Mais qui était-ce ? Son patron de thèse se trouvait hors circuit, en Italie, chez un collègue à l'ouest de Montepulciano, avait-il annoncé dans une lettre. Comment Byrnes était-il entré en contact avec lui, si loin ? Argyll allait écrire une lettre pour s'en enquérir. Peut-être cela produirait-il quelque chose d'utile.

Mais tout cela serait pour plus tard ; l'enceinte odorante de la bibliothèque l'attendait. Il arrêta son camarade au moment où celui-ci allait passer à la vitesse supérieure de la conversation et le stupéfia en lui faisant part de son envie irrésistible de retourner à sa table de travail. Il se hissa à nouveau jusqu'à la salle de lecture. La conversation avait été brève et nullement satisfaisante.

Travailler se révéla moins facile que prévu. L'excitation des deux jours précédents avait mis à mal ses facultés de concentration. Tout comme la pression qu'on lui imposait. Flavia le lui avait dit : qu'il trouve ce Raphaël et les choses iraient bien. Cependant, cette fois-ci, la sanction de l'échec ne serait pas juste un froncement de sourcils de la part de son directeur de thèse. Ce n'est pas en quoi est censée consister la recherche universitaire, pensait-il en feuilletant les livres qu'il avait demandés. Servir dans les marines serait moins dangereux, en l'occurrence. C'était bien beau d'ordonner : « Retrouvez-moi ce Raphaël ! »

Mais, si la tâche avait été aussi facile, on l'aurait trouvé depuis longtemps.

Bien sûr, il avait fait des progrès, seulement d'une façon négative, hélas. Ce qu'il savait mieux désormais, c'était où le tableau ne se trouvait pas. Cependant, ce n'était pas cela qui allait lui attirer de chaleureuses félicitations. En gros, des deux cents tableaux possibles du début, on était passé à quelques dizaines. Qu'attendait-on de lui ? Qu'il aille examiner chacun d'entre eux avec un couteau aiguisé et gratte un peu la surface ? Outre le fait que les propriétaires risquaient de protester, il y avait sans doute déjà quelqu'un sur la même piste. Si Byrnes avait détruit le tableau afin qu'on ne découvre pas qu'il s'agissait d'un faux, il était assez malin pour comprendre qu'il lui faudrait également se débarrasser de l'original, c'est-à-dire de la dernière preuve existante de son escroquerie initiale.

Cette hypothèse fit réfléchir Argyll ; il se détacha de ses livres et leva les yeux en direction du grillage tendu de part en part pour empêcher des fragments du plafond délabré de tomber sur les lecteurs. Soudain, les livres ne parurent plus aussi importants. Il pouvait fort bien accumuler des renseignements pendant des mois sans rien trouver de probant. Pour aboutir à un résultat, il lui faudrait se servir de ceux qu'il possédait déjà. Il devait trouver le tableau afin d'attraper un coupable. Mais s'il prenait le problème par l'autre bout ? C'était ce qu'on appelait la « pensée latérale ». Une fois qu'il eut adopté cette méthode, tout se mit à lui paraître d'une simplicité enfantine. Quelques heures plus tard, il commença même à subodorer l'endroit où se trouvait le tableau.

Dans la soirée il rencontra Flavia, à l'heure dite et au bon endroit ; ils se rendirent dans un bar à vin croquignolet, situé dans une rue parallèle à Wardour Street. Il s'appelait « The Cockroach and Cucumber [1] », ou quelque chose comme ça, ce qui poussa Argyll à faire quelques remarques désobligeantes.

« Il sera sans doute plein des frères aînés des étudiants qui travaillent au V & A », dit-il en ricanant à Flavia, qui, ne comprenant pas à quoi il faisait allusion, sourit poliment. Elle avait eu une journée fatigante, passée à s'entretenir avec les autres restaurateurs. Non que cela lui eût apporté grand-chose. Ces spécialistes s'étaient tous réfugiés dans des détails techniques et avaient refusé de sortir de leur coquille. C'était maintenant sa dernière chance de rendre le voyage profitable. Elle était donc très déterminée et son sens de l'humour s'était émoussé.

De la clientèle du bar émanait une atmosphère de joyeuse assurance et de gaieté forcée qui enveloppa Argyll comme un brouillard épais et suffocant. Il se sentit tout de suite mal à l'aise.

« Ce n'est pas l'endroit rêvé pour avoir un tranquille entretien confidentiel, hurla-t-il dans l'oreille gauche de Flavia.

1. Le Cancrelat et le Concombre.

— Quoi ? cria-t-elle à son tour, avant de repérer le restaurateur de la Tate Gallery. Aucune importance, vous me direz plus tard. » Elle se fraya un chemin jusqu'au bar. Anderson, sa cible, se tenait devant le comptoir et agitait avec espoir un billet de cinq livres. Flavia lui donna une tape ferme sur l'épaule, juste au moment où sa longue attente était récompensée, la serveuse se dirigeant vers lui. Il se tourna vers l'Italienne pour la saluer, perdit son contact visuel avec l'autre bout du bar, et la femme s'éloigna pour servir un autre client.

« Nom d'un chien ! s'exclama-t-il. Je l'ai encore ratée ! Ça ne fait rien. Allons dans la pièce d'à côté, c'est plus calme. On peut s'y faire servir à table. »

Comme ils traversaient la salle, Flavia présenta Argyll. Anderson eut l'air déçu.

« Oh ! je pensais que vous seriez seule… » Cela vexa aussitôt Argyll, qui se mit à détester cet homme de tout son cœur. Ils s'installèrent à l'une des rares tables inoccupées et commandèrent une bouteille de vin blanc d'origine incertaine. « Vous voyez, c'est beaucoup plus tranquille ici. C'est un endroit sympa, non ? »

Argyll sourit et opina du chef.

« C'est magnifique ! "Sympa" est trop faible… » Depuis des lustres il cherchait à caser cette réplique. Flavia lui sourit, en lui enfonçant son talon dans les orteils. On ne les appelait pas « talons aiguilles » pour rien. La douleur lui fit monter les larmes aux yeux.

Puis elle se mit en devoir de rattraper la conversation,

débitant des explications, en grande partie mensongères, à propos de sa présence à Londres.

« Et vous désirez que je vous aide. Avec plaisir. Si, bien sûr, vous m'expliquez pourquoi.

— Enquête de routine, comme vous dites ici, je crois.

— Allons donc ! Tout ce que je peux vous dire ne vous sera utile que s'il y a autre chose. La seule information que j'avais sur le tableau, c'est que j'avais été appelé par sir Edward Byrnes pour le nettoyer et le restaurer. À part les incursions, de temps en temps, des caméras de télévision, j'ai travaillé seulement en compagnie des autres restaurateurs. Pourquoi envoyer quelqu'un depuis Rome rien que pour apprendre ça ?

» Et, bien sûr, vous emmenez M. Argyll… (Sans qu'il sût exactement pourquoi, ce "monsieur" déplut à Argyll) qui, comme me l'a dit un jour sir Edward, est très fâché de toute cette affaire. Pourquoi chercher des mobiles si vous promenez avec vous le suspect numéro un ? Sauf si, bien sûr, il y a autre chose. À la vôtre ! » Il leva son verre en l'honneur de sa propre perspicacité et fit une grimace exagérée pour simuler un affreux dégoût.

« Je ne me rendais pas compte que j'étais si célèbre, déclara Argyll, incapable de dire si la grotesque pantomime d'Anderson se référait au vin ou à lui.

— Ne vous en faites pas, ce n'est pas le cas. Byrnes n'a cité votre nom qu'une seule fois, mais j'ai une excellente mémoire pour les infimes détails. »

Argyll décida de rester le plus possible en dehors de

la conversation. Des détails infimes, vraiment… Il s'appuya au dossier de sa chaise, son verre de vin à la main, s'efforçant d'avoir l'air décontracté. Sans le travail accompli l'après-midi, il aurait été de mauvaise humeur. Mais ce qu'il avait à annoncer à Flavia le faisait se sentir supérieur. Ce serait agréable d'être en position de force pour une fois.

« Me donnez-vous votre parole que cet entretien restera confidentiel ? demanda Flavia.

— Je peux vous donner ma parole, et c'est à vous de décider si elle possède la moindre valeur. » Flavia réfléchit un instant. Non seulement elle avait besoin de renseignements, mais ce serait un vrai plaisir de déstabiliser ce freluquet. Lui suggérer qu'il avait peut-être été la première victime d'une escroquerie pourrait le remettre un tant soit peu à sa place. En outre, elle n'avait pas apprécié cette pique contre Argyll : il avait sans doute été un peu déplaisant, mais elle était assez d'accord avec lui. Ce qui l'inquiétait d'ailleurs : lorsqu'elle devenait protectrice, c'était toujours mauvais signe.

« C'était un faux », annonça-t-elle de but en blanc.

Cette sortie fit merveille. Anderson ne blêmit pas à proprement parler, mais il était décontenancé.

« Oh ! merde ! s'exclama-t-il, détachant ses mots avec lenteur. Vous en êtes sûre ? »

Elle haussa les épaules et lui décocha un charmant sourire, sans répondre.

« Et puis-je savoir ce qui vous fait dire ça ? »

Elle secoua la tête.

« Non, je crains que ce soit impossible. Considérez juste que nous avons raison. » C'était une exagération excessive, et déraisonnable, mais Bottando lui avait toujours appris que, dans le travail policier, la règle d'or était de ne jamais, au grand jamais, paraître douter de ce qu'on avançait. En outre, elle se disait que plus Anderson serait déconcerté, plus il parlerait. Changeant de tactique, elle se fit attentionnée et empressée.

« Il me semble que je devrais vous inviter à manger quelque chose ici. J'ai plutôt faim. »

C'était aussi le cas d'Argyll. Et il comprenait que ce petit geste était peut-être une bonne façon d'établir un meilleur rapport avec Anderson. Celui-ci était le genre de personne sans gêne qui ne sait pas résister à l'offre d'un repas gratuit, et à qui, en outre, les mauvaises nouvelles donnent faim. Durant l'heure suivante, il dévora à belles dents une grande assiette de bouquets, une grosse portion de tourte au poisson, deux assiettes de légumes, un dessert censé être une tarte aux noix de pécan, mais qui, apparemment, n'était pas réussie ; tout en buvant plus que sa part d'une seconde bouteille de vin, ainsi que deux tasses de café. Flavia avait presque un aussi bon coup de fourchette que lui. Comme la première fois qu'il avait assisté à ses prouesses en ce domaine, Argyll se demanda comment diable un corps aussi joliment svelte pouvait emmagasiner une telle quantité de nourriture.

Afin de mettre Anderson dans la bonne direction, Flavia commença par lui parler de l'examen scientifique du tableau. L'homme de science l'arrêta d'un geste.

« Je suis au courant de tout ça. C'est moi qui m'en occupais.

— Je croyais que c'était Manzoni ?

— Lui ? rétorqua Anderson avec mépris. Pas le moins du monde ! Il n'a fait que lire le rapport après coup. Il a affirmé être sûr qu'on avait fait un travail sérieux, et il l'a signé. Il n'a pas levé le petit doigt, ou si peu. »

Flavia était, sans raison apparente, agacée par les attaques lancées contre son compatriote par cet Anglais corpulent et insolent. Ses remarques relevaient trop, à son goût, du préjugé anti-italien. En outre, cela signifiait que l'une de ses théories favorites perdait de sa valeur. Si Manzoni n'avait pas supervisé les tests, il n'avait pas pu les trafiquer non plus. Elle revint à Anderson, qui dissertait à qui mieux mieux, sans remarquer qu'elle ne lui avait pas prêté attention.

« ... C'est pourquoi j'aimerais connaître vos preuves. Je ne vois vraiment pas de quelle manière ce tableau pourrait être un faux. Il avait l'air authentique et les tests ont montré qu'il l'était. Il faudrait que les preuves soient accablantes pour que je change d'avis », conclut-il.

Une fois de plus, elle répondit en biaisant.

« Dites-moi un peu, comment faudrait-il s'y prendre pour fabriquer un tel faux ?

— En théorie, c'est facile. C'est quand on passe à la pratique que les difficultés surgissent. D'après ce que je me rappelle du rapport, le faussaire aurait dû se procurer tout d'abord une toile du XVIe ou de la fin du

XVe siècle. Une toile de la même taille que le tableau final pour qu'il n'y ait pas de nouvelles marques de tension dues à la forme du nouveau châssis. On enlève une partie, mais pas la totalité, de la peinture originale. Ensuite, on peint son tableau en utilisant les mêmes techniques et les mêmes procédés de peinture que l'artiste original. »

Flavia hocha la tête. Jusqu'à présent, ce qu'il disait collait bien avec les notes des carnets de croquis suisses.

« Une fois qu'on l'a peint, il faut le sécher et le vieillir artificiellement. Une peinture à l'huile met des années à sécher complètement, parfois jusqu'à un demi-siècle. Rien ne vous trahit davantage qu'un tableau de la Renaissance encore humide. Entre parenthèses, c'est comme ça que Wacker, l'auteur des faux Van Gogh, s'est fait pincer dans les années trente.

» On peut pratiquer le séchage de plusieurs manières, poursuivit-il. La méthode traditionnelle consiste à chauffer la peinture au four – la température choisie varie selon le faussaire –, puis à la rouler dans tous les sens pour craqueler la surface, et ensuite à la plonger dans une solution d'encre pour noircir les craquelures et les encrasser. En tout cas, c'était la méthode de Van Meegeren, et c'était l'un des plus grands. Nul en tant que peintre, mais merveilleux faussaire !

» Naturellement, il y a des procédés pour déceler tout ça. On a analysé l'Elisabetta pour déterminer la méthode de séchage, le sens et le type des craquelures ont été étudiés, des fragments de peinture ont été prélevés et testés d'une dizaine de façons différentes, la crasse bouillie et analysée chimiquement. Tout était parfait, je le répète.

— Bien. Vous nous avez expliqué comment se faire pincer. Et que doit-on faire pour ne pas se faire prendre ? s'enquit Argyll.

— Il y a certains procédés, je suppose, répondit Anderson avec réticence. En ce qui concerne le séchage, on peut, peut-être, essayer un four à micro-ondes à basse tension. Cela produirait une méthode de séchage différente. Ce n'est pas infaillible, loin s'en faut, mais ça ne donnerait pas les signes révélateurs qui indiquent le chauffage au four normal. Pratiquer des craquelures est aussi assez simple si on prend soin de préserver le réseau qu'elles forment dans le tableau sur lequel on effectue le repeint. C'est un travail incroyablement difficile, mais c'est possible.

» Dans le cas du Raphaël, on aurait pu dissoudre la crasse de la peinture originelle dans une solution d'alcool et l'étaler sur la surface. Le jour où on la testerait, on conclurait qu'il s'agit d'un mélange de diverses substances, comme il se doit. L'alcool apparaîtrait aussi, mais alors on pourrait le confondre avec les produits qu'on a utilisés pour faire le nettoyage.

» Cependant, c'est la peinture elle-même qui est déterminante. Il est difficile de ruser là-dessus, et nous l'avons testée et retestée sans relâche. Au spectroscope, au microscope électronique, selon des dizaines de procédés différents. Il ne peut subsister aucun doute. Il s'agissait bien d'un tableau datant du XVIe siècle, italien, et peint selon la technique de Raphaël. Peinture authentiquement ancienne. Pas seulement de la peinture actuelle mélangée selon des recettes d'époque. De la peinture d'époque. Tout s'est révélé impeccable. C'est pourquoi j'ai du mal à croire que c'était un faux.

— Je sais comment on s'y est pris, déclara Argyll posément. (Ils le regardèrent tous les deux.) Je viens d'y penser. Flavia, vous m'avez dit que les tests ont été pratiqués sur la peinture à partir d'une longue et fine bande prélevée sur le côté gauche du tableau ? » Elle opina de la tête.

« Aussi pourquoi le peintre n'aurait-il pas laissé cette partie du tableau original du XVIe siècle ? Il suffit de peindre sur la partie centrale et de mettre en harmonie l'arrière-plan et le portrait. Alors on peut tester à qui mieux mieux… Les tests seront positifs à chaque fois.

— Est-ce possible ? » demanda Flavia à Anderson.

Il réfléchit à la question.

« Techniquement, je suppose que oui. Bien sûr, ce serait un peu difficile de cacher les raccords aux rayons X, mais c'est faisable si l'on ajoute une pincée de sel métallique pour brouiller le cliché. Autant qu'il m'en souvienne, il y a bien eu un certain brouillage, mais nous étions pressés et on utilisait un nouvel appareil, alors on a tous cru qu'il s'agissait juste d'un incident technique. Le seul problème dans cette interprétation, c'est de déterminer comment le faussaire a pu deviner quel serait le fragment testé.

— Il n'y a eu aucun problème. On vous a dit, en fait,

quel fragment tester, n'est-ce pas ? Et qui vous l'a indiqué, hein ?

— C'est le musée.

— Vous avez parlé vous-même au musée ? Il vous l'a indiqué par écrit ?

— Non. C'est sir Edward qui l'a fait. Il a dit que le musée ne voulait pas qu'il y ait le moindre dégât…

— Ha, ha ! » Argyll se rejeta en arrière, croisa les bras et fit un signe de tête à Flavia.

« Et voilà ! Le problème est résolu. Contente de m'avoir emmené, maintenant ? »

Le lendemain, Argyll se sentait d'excellente humeur pendant qu'il courait de boutique en bibliothèque, rassemblant les divers éléments qui lui manquaient encore. En vérité, la soirée avait été un triomphe. Non seulement il avait remis à sa place l'insupportable restaurateur et trouvé une idée astucieuse pour prouver la culpabilité de Byrnes, mais, sur le chemin de l'hôtel où Flavia avait choisi de descendre, il avait ajouté la touche finale en lui faisant part d'une nouvelle renversante. Il avait, lui dit-il, découvert le tableau.

Elle fut impressionnée. Ça, c'était certain. Naturellement, elle avait posé, avec insistance, des questions gênantes : où se trouvait-il ? Comment l'avait-il identifié ? Etc. Mais il avait réussi à ne pas répondre, déclarant d'un air mystérieux qu'elle devrait patienter. Cela l'agaça, mais il n'en démordit pas. Après tout, il n'était pas aussi sûr de lui qu'il l'avait fait croire.

C'est ainsi que, tout en sifflotant, l'air heureux, Argyll passait d'une boutique de fournitures pour peintre à une autre, accumulant les achats ; il se rendit également dans les sections de la Bibliothèque de Londres consacrées à l'histoire, au tourisme et aux mémoires littéraires, rassemblant un butin impressionnant dans un sac en plastique.

Un coup d'œil à sa montre. Onze heures. Dans dix minutes, rapide visite à Byrnes, avec qui il avait pris rendez-vous un peu plus tôt, et puis retour à Rome par le vol de quatorze heures. Parcours sans faute. Il commençait à croire qu'il était assez fort dans ce genre de situation.

Une fois dans la Byrnes Gallery, il donna son nom à l'employé, signala qu'il était attendu, et patienta en regardant les tableaux. Cinq minutes plus tard, on le fit entrer dans la tanière de Byrnes. On le pria de s'asseoir. Il déclina l'offre d'une tasse de café.

« Jonathan… Je ne savais pas que vous étiez déjà de retour à Londres. En quoi puis-je vous être utile ? » Byrnes souriait avec amabilité par-dessus les demi-lunes qu'il utilisait pour lire. Argyll en avait horreur : ça donnait toujours à celui qui les portait l'occasion de vous fixer comme s'il étudiait quelque spécimen d'anatomie. Et cela faisait très affecté.

« En rien de spécial, répondit-il. Comme j'étais de passage, j'ai pensé vous rendre une petite visite. Histoire de vous informer de mon bref séjour. » Il sourit d'un air benêt. On lui avait toujours reproché d'exagérer cet air idiot, mais cette fois-ci il était bigrement utile.

« Et comment se fait-il que vous soyez de passage ? Je vous croyais à Rome, en plein travail. À moins qu'on ne vous ait, vous aussi, embarqué dans cette affaire Raphaël ? »

Argyll secoua la tête d'un air exaspéré, espérait-il.

« Oui. Quelle plaie ! Je maudis le jour où j'ai eu cette idée. La police me soupçonne, bien sûr, comme vous, et à peu près tout le monde. C'est pourquoi je suis ici pour tenter de me remettre dans ses bonnes grâces… en trouvant le vrai tableau. » Il lâcha cette déclaration d'un ton léger, puis observa un silence significatif, les yeux fixés sur le plafond de plâtre.

Byrnes haussa brusquement le sourcil gauche en une mimique simulant plutôt bien la surprise. Tout à fait convaincant. Argyll était plein d'admiration.

« Le vrai tableau ? Mais de quoi parlez-vous donc ?

— La police ne vous l'a pas dit ? demanda Argyll, feignant d'être étonné. Le tableau était un faux. Un authentique Jean-Luc Morneau, paix à son âme ! Cela créera un énorme scandale quand l'affaire va éclater. Si elle éclate, évidemment. » Ils échangèrent un regard où se lisait une lueur de compréhension mutuelle.

« Si… ?

— Aucune preuve, voyez-vous. Sauf le tableau, qui n'est plus là. Il se peut que Manzoni ait su quelque chose…

— Mais quelqu'un l'a poignardé, paraît-il », continua Byrnes. Il s'appuyait à présent sur son bureau, ayant abandonné l'air détendu avec lequel il avait accueilli Argyll.

« Je vois.

— Par conséquent, désormais, reprit Argyll en gagnant le cœur du sujet par un chemin détourné – méthode justifiée, dans l'ensemble, vu les résultats obtenus –, c'est à moi de jouer. On m'a demandé, ordonné serait peut-être plus exact, de retrouver l'original. Pour prouver que le premier était un faux. La police pense que cela la mènera au faussaire, ainsi qu'au meurtrier de Manzoni. Simple comme bonjour.

— Si vous y parvenez, souligna Byrnes.

— C'est déjà fait, répondit-il d'un air fat.

— Où est-il ? »

Argyll observa un nouveau silence. C'était là la question primordiale. Il n'était pas censé en parler à quiconque. Si Flavia découvrait, ou ne faisait que soupçonner, qu'il en avait touché un mot à Byrnes, elle l'enverrait en taule sans l'ombre d'une hésitation. Avoir seulement fait allusion au faux tableau était déjà une erreur. Cependant, Argyll devait chercher à sauver sa peau. Trouver un accord prudent avec Byrnes à propos de la suite des événements paraissait la meilleure manière d'y parvenir. Il prit une profonde inspiration et se jeta à l'eau.

« À Sienne, dit-il. Mais on m'a enjoint de ne pas entrer dans les détails.

— Bien sûr, bien sûr, répliqua Byrnes d'un ton apaisant. C'est tout à fait normal. »

Il n'y avait aucun besoin d'entrer dans les détails,

naturellement. Argyll le comprenait grâce au regard pensif de son interlocuteur. Il en avait assez dit. C'était désormais à Byrnes de jouer.

La conversation traîna encore quelques minutes, puis, prétextant une course urgente, Argyll se leva, prit congé et quitta les lieux.

12

Bottando poussa un grognement agacé lorsque le téléphone sonna une nouvelle fois. La matinée avait été horrible. Sa secrétaire, choisie avec soin parce qu'elle savait décourager les importuns, était malade. Le don de faire barrage dont il se plaignait chez la secrétaire de Tommaso, il l'appréciait beaucoup chez la sienne. Pendant son absence, tous les appels aboutissaient directement à son poste. Il ne s'était jamais rendu compte qu'il y en avait autant ; il n'avait presque rien pu faire de la matinée. Au début, il avait tenté de laisser sonner l'appareil pour donner l'impression qu'il était sorti, mais il ne supportait pas l'idée de rater quelque chose d'important. Certains appels, d'ailleurs, avaient justifié son manque de volonté.

En fait, il n'avait pas été oisif, même si ses collègues ne pouvaient guère deviner à quoi il s'était occupé. Il relisait les dossiers concernant des affaires qu'il avait traitées par le passé ; ceux-ci se trouvaient dans une chemise hermétiquement close qui renfermait des coupures de journaux relatant ses réussites. Les échecs, il les écartait. Des tas de policiers gardent ce genre de documents ; lors des promotions, cela produit de vrais miracles de présenter – en passant, bien sûr – des comptes rendus soulignant vos exploits, votre conscience professionnelle et votre efficacité. Même s'il ne s'agit que d'opinions de journalistes, l'effet est garanti.

C'est pourquoi il conservait ces dossiers, qu'il sortait de temps en temps pour les feuilleter, par nostalgie, et qui lui mettaient du baume au cœur quand les choses n'allaient pas pour le mieux. Regarde ! lui disait le dossier, ne t'en fais pas, rappelle-toi ce que tu as accompli dans le passé… Il relisait un compte rendu de sa brillante réussite lors du scandale financier de Milan. Cela lui redonnait confiance en lui prouvant qu'il n'avait pas perdu la main.

Le téléphone se remit à sonner.

« *ProntoBottando*, dit-il d'un ton las et en un seul mot.

— Mon général, Ferraro à l'appareil. Je voulais savoir où en est l'enquête. »

Bottando étouffa un soupir du mieux qu'il put. L'homme était devenu aussi casse-pieds que Tommaso. Si l'un était nerveux et irritable, l'autre montrait des symptômes de dépression. En deux jours, ils l'avaient appelé une dizaine de fois. Aucune réponse évasive, aucun barrage, ni même l'impolitesse caractérisée ne semblaient décourager les deux hommes. Désormais, ils étaient obsédés par le Raphaël, par son authenticité, et ils ne cessaient d'exiger que le coupable soit démasqué. Ils jouaient gros tous les deux. Cette fois-ci, au moins, Bottando avait des nouvelles.

« L'enquête fait de grands progrès, répondit-il. Ma collaboratrice vient de m'appeler pour m'annoncer qu'elle rentre à Rome cet après-midi et qu'elle ramène avec elle le dénommé Argyll. Il a l'air de croire qu'il avance dans sa recherche de l'objet manquant.

— Excellent. Et où se trouve cet objet ?

— Ça, je crains de ne pouvoir vous le dire. Argyll possède un sens démesuré du suspense. Flavia affirme qu'il tient à ce que ce soit une surprise.

— Ah ! Eh bien, du moment qu'il ne se trompe pas cette fois-ci. Après tout, ses exploits dans ce domaine ne sont guère brillants. » La voix à l'autre bout du fil semblait déçue.

« Je comprends votre inquiétude. Nous faisons aussi des progrès dans d'autres domaines. Excusez-moi, là-dessus non plus je ne peux guère vous dire grand-chose. Ou, plutôt, je préférerais me taire.

— Fort bien, je vois. Ce qui m'intéresse, c'est le Raphaël. L'enquête criminelle, c'est votre affaire, je suppose. Mais, rappelez-vous, je vous prie, que je souhaite être tenu informé.

— Comment pourrais-je l'oublier ? Ne vous en faites pas ! Je vais passer au musée tout à l'heure pour vous présenter, à vous et au directeur, un rapport complet. »

Il pouvait toujours faire cette promesse afin de prévenir de nouveaux coups de téléphone. Quel casse-pieds ! En tout cas, Tommaso était hors de cause :

il avait un alibi en béton pour le meurtre de Manzoni : une invitation à dîner chez le Premier ministre est une preuve relativement convaincante. Dieu seul savait de quoi ils avaient bien pu parler ! La pensée le fit frissonner. Ferraro avait travaillé tard au musée, et on l'avait vu quitter les lieux à neuf heures, ce qui semblait le blanchir lui aussi.

Bottando essaya d'accomplir les menues tâches de routine ; c'était indispensable pour que ses supérieurs lui fichent la paix, mais il laissa tomber après une heure de travail. Le téléphone continuait à sonner et sa tête se mettait à bourdonner à l'unisson. Son estomac aussi : il n'avait pas encore déjeuné, et il était déjà trois heures et demie.

Il se dirigea vers l'étagère, y saisit un épais volume et sortit du bureau. S'il devait lire, il le ferait au restaurant, devant une assiette de pâtes, le livre dressé contre un petit pain. Là, pendant une heure entière, il ne serait plus dérangé par la sonnerie du téléphone.

Ils traversaient la place en taxi lorsqu'ils l'aperçurent, toujours attablé sur la piazza del Collegio romano. C'était un itinéraire illogique entre l'aéroport et le bureau, mais le chauffeur avait insisté pour faire ce détour, expliquant qu'une marche de protestation se déroulait au bout du Corso et que la route directe était totalement bloquée par une masse de manifestants hurlants.

Dès qu'elle vit Bottando, Flavia cria au chauffeur de

s'arrêter. Ils réglèrent la course et allèrent le rejoindre. Le général était un habitué du restaurant, car c'était l'un des seuls qui acceptaient de servir un repas à cette heure tardive. Ailleurs, les clients avaient, le plus souvent, déjà été poussés vers la sortie, les nappes, secouées et les portes, refermées. Pour les touristes, qui formaient la plus grande partie de la clientèle à cette époque de l'année, il n'y avait pas grand-chose à fabriquer ensuite, sinon rentrer à l'hôtel, s'asseoir sur la margelle d'une fontaine ou se faire quelques ampoules de plus en arpentant les durs pavés, à la recherche de nouvelles délices artistiques.

Bottando s'empressa auprès d'eux, insistant pour appeler le serveur afin qu'il leur apporte quelque chose à manger.

« Vous devez avoir une faim de loup. Un bon repas vous remettra tout à fait d'aplomb. Je n'ai pas oublié ce que valent les restaurants de Londres. » Il prit un air bienveillant et adressa un radieux sourire à Argyll, lequel était un tantinet surpris de cet aimable accueil.

« Monsieur Argyll, je suis ravi de faire enfin votre connaissance. Je crois comprendre que vous avez accompli une nouvelle grande découverte. J'espère que, cette fois-ci, vous avez raison. »

Argyll haussa les épaules.

« Je le crois. Grâce au processus d'élimination, je suis bien obligé d'y parvenir tôt ou tard.

— C'est le côté élimination qui me tracasse. Faut-il le prendre à ce point au pied de la lettre ? »

Argyll eut un petit rire gêné, et, par politesse, Bottando cessa de parler pendant qu'ils déjeunaient.

« Qu'est-ce que c'est que ça ? demanda Flavia.

— Ça ? C'est la Bible. » Il leur lut le titre du livre : « *Le Who's who du monde de l'art*. Un véritable trésor de renseignements utiles. Plein de détails insoupçonnés sur nos amis, collègues et ennemis. » Il feuilleta rapidement quelques pages. « Prenez, par exemple, mon cher ami Spello. À le voir, on ne se douterait jamais qu'il a occupé les fonctions de conseiller principal auprès du Vatican, dans les années quarante, n'est-ce pas ? Il est si mal fagoté... Alors qu'au Vatican ils sont si coquets ! Il devait être très jeune. J'imagine qu'il se voyait déjà faire une grande carrière au lieu de ce poste subalterne, oublié au milieu des statues étrusques... Ou que notre ministre bien-aimé, ce gros balourd d'allure militaire, apparemment dépourvu de toute délicatesse, nourrit une passion pour la culture des bonsaïs. Ou encore que l'ambition secrète de Tommaso, c'est de peindre ?

— C'est écrit là-dedans ?

— Pas exactement. Mais il m'a confié qu'il avait l'intention de se retirer dans sa villa et de peindre, et il est dit ici qu'il a jadis suivi des cours dans une école des beaux-arts. Et pas n'importe où ! À Lyon... D'où je conclus que son premier amour était la peinture. Des preuves à l'appui d'un raisonnement logique. Voilà en quoi consiste le travail du détective.

— Et j'imagine que vous allez nous expliquer à

présent qu'il était passé maître en ce domaine et qu'il avait tout particulièrement étudié Raphaël ?

— Non, Flavia, non. J'aimerais bien que ce soit aussi simple et aussi facile. Hélas ! je crains que le pauvre homme n'y ait pas brillé du tout ; il a eu le bon sens de s'occuper des tableaux des autres au lieu d'en peindre lui-même. De plus, l'une des rares choses dont nous soyons certains, c'est que, s'il s'agissait d'un faux, le faussaire était Morneau. Ce qu'il nous faut, maintenant, c'est trouver une preuve tangible. Mission que vous semblez avoir assumée. Alors, dites-moi : où est-il ?

— À Sienne », lâcha Argyll. Bottando eut l'air surpris.

« Vous êtes sûr ? Comment parvenez-vous à cette conclusion ?

— Parce que c'est celle qui s'impose. Il ne se trouvait pas dans la collection Clomorton, ni dans la collection di Parma, et il a disparu. Par conséquent...

— Par conséquent... ? » souffla Bottando.

Argyll prit un air supérieur.

« Je n'ai pas envie de vous le dire. Il se peut que je me trompe une nouvelle fois. De toute façon, vous êtes en possession des faits. À vous de déduire le reste. Des preuves à l'appui d'un raisonnement logique, mon général : voilà en quoi consiste le travail du détective.

— Très drôle. Quoi qu'il en soit, tant que je sais où vous allez et du moment que vous trouvez l'objet, je suppose que les détails peuvent attendre. Vous vous rendez là-bas ?

— Demain matin. Je ne pense pas qu'il soit nécessaire de s'y précipiter séance tenante. Je crois qu'il se trouve en parfaite sécurité pour le moment », répondit Flavia, en s'interrompant pour commander un café. Cela jouerait des tours à ses sucs gastriques, mais il lui fallait quelque chose à siroter.

« L'objet est peut-être en sécurité, lui, mais vous, c'est moins sûr. Il sera sans doute sage de vous donner une protection pendant le voyage », estima Bottando.

Flavia secoua la tête.

« Non. Si nous filons sur l'*autostrada* au milieu d'une flotte pétaradante de voitures bourrées de policiers en armes, ça fera un épouvantable vacarme. Il vaut bien mieux s'y rendre d'abord en douce pour vérifier les faits. Ensuite, libre à vous de nous entourer d'autant de gardes du corps en armes que vous le souhaitez. Plus il y en aura, mieux ça vaudra, en fait. Mais, si nous passons à l'action avec nos gros sabots, quelqu'un vendra la mèche. Et ça fera la manchette des journaux dès demain matin. N'en parlez surtout à personne !

— D'accord. Vous avez raison. À quelle heure partez-vous ?

— À la première heure. Avant, il faut que je retire un peu d'argent, que je remplisse les feuilles de frais avant la date limite pour être remboursée avec le prochain traitement, que je prenne une bonne douche et que j'aille chercher des vêtements chez le teinturier.

— Dites-moi où je peux vous trouver. Au fait, ça risque de vous intéresser… » Bottando plongea la main dans sa poche et en sortit une feuille de papier.

« Un télex de Janet. Le pauvre se plaint qu'on lui donne beaucoup de boulot. Mais ne vous en faites pas trop ! Je suis sûr qu'il s'en décharge sur quelqu'un d'autre. Il a remonté la piste des achats de tableaux. Résultats des courses : Byrnes, trois ; Morneau, six ; tous les autres, zéro.

— Vous permettez ? » demanda Argyll en étendant la main. Il déplia le feuillet et lut le texte lentement.

« C'est ça ! Ce doit être ça ! » Après quelques instants, il désigna une ligne. « "Portrait d'une dame, copie d'après Fra Bartolomeo." Trois mille francs belges, à Jean-Luc Morneau. Soixante-dix centimètres par cent quarante. C'est la bonne taille, plus ou moins, et la bonne ancienneté. Style adéquat. Ç'aurait été parfait. Votre collègue ne vous a pas envoyé aussi une photo, par hasard ? » interrogea-t-il avec espoir.

Bottando fouilla de nouveau dans sa poche.

« Si, dit-il en lui tendant une autre feuille de papier. Ce n'est pas très bon, hélas ! Ce n'est qu'une photocopie du catalogue des ventes. Le service n'est pas mauvais, quand même, vous ne trouvez pas ? »

Argyll était trop occupé à regarder la photo pour répondre. Il la passa à Flavia, l'air très satisfait. Elle parut déçue. En vérité, ce n'était guère convaincant : le cliché, très charbonneux, représentait le portrait de trois quarts d'une grosse femme d'un certain âge avec un début de double menton, ainsi que quelques évidents appas supplémentaires. Vêtue d'une robe sombre à manches longues. Brune, autant qu'on pouvait le deviner malgré les traces noires, et couverte de bijoux vulgaires : tiare, énorme collier et grosse bague au dessin compliqué.

« Ce n'est pas une grande perte si on s'en est servi. Le portrait d'Elisabetta qu'il avait peint par-dessus était bien plus beau, commenta Flavia.

— C'est vrai. Mais regardez la fenêtre et le paysage, dans la partie gauche de l'arrière-plan. Ils ressemblent beaucoup au faux Raphaël, et c'est précisément à cet endroit qu'on a pratiqué les tests. Pour ma part, je crois que c'est assez concluant. »

Bottando opina du bonnet.

« Rien ne vous échappe, fit-il. Je l'avais remarqué moi aussi, mais grâce à une photo du Raphaël.

— Ce qui prouve que Morneau l'a peint et ce qui disculpe Spello, par la même occasion, renchérit Flavia avec satisfaction.

— Hélas ! non. Morneau a été, lui aussi, conseiller du Vatican dans les années quarante, et il a dû connaître Spello à cette époque. Voilà le genre de service que peut rendre ce Bottin. »

Il se leva et fit tomber des miettes de son pantalon.

« Il est temps de retourner au bureau. J'ai du travail, à l'inverse de vous deux… »

Ils se séparèrent, Flavia et Argyll se dirigeant vers l'est, tandis que Bottando retournait à pied à son bureau. Il était soucieux. Il n'en avait pas parlé à Flavia, non seulement à cause de la présence d'Argyll, mais aussi parce qu'il ne voulait pas l'inquiéter plus que nécessaire. Pourtant il savait qu'il était sur le point de leur faire courir d'énormes risques. Et cela l'angoissait terriblement.

Après avoir fait leur toilette, s'être occupés du linge sale et avoir accompli d'autres tâches domestiques, moins soucieux que Bottando, Flavia et Argyll passèrent une délicieuse soirée. Flavia avait mis la machine à laver en route, ouvert son courrier et fait un brin de ménage dans l'appartement, tandis qu'Argyll lisait quelques-uns des livres qu'il avait rapportés avec lui.

Une jambe calée sur le bras du seul fauteuil confortable de Flavia, il lisait à haute voix des extraits des ouvrages qu'il consultait, ce qui changeait du trajet de retour en avion, pendant lequel il était resté plongé dans sa lecture sans pratiquement desserrer les lèvres. Flavia avait remarqué que l'un de ces ouvrages était un guide du Palazzo pubblico de Sienne.

Il éclata de rire.

« Écoutez ça ! C'est une lettre du vicomte Perceval à propos de lady Arabella. Quel grand mémorialiste et chroniqueur du Londres du XVIIIe que cet homme ! Chaque fois que je la rencontre, elle est encore plus extraordinaire. Ce n'était pas seulement le mari numéro deux qui courait la prétentaine. Le numéro un avait aussi les mains baladeuses. À cause d'une de ses incartades, elle lui a cassé un violoncelle sur la tête, au cours d'une réception à la cour. Puis elle a essayé de lui flanquer des coups de poing. En public. Ça a dû jeter un froid, ce soir-là ! »

Et un peu plus tard :

« Autre extrait. Clomorton a dit à la duchesse d'Albemarle qu'il était amoureux d'une "beauté brune". Quelle erreur, le pauvre idiot ! Il devait bien savoir que c'était la pire commère de Londres. Perceval dit qu'elle écrivit aussitôt à lady Arabella. C'est de ça qu'elle devait parler dans la lettre que je vous ai lue à Londres. Pensez à l'accueil que le pauvre type aurait reçu ! Heureusement pour lui, il est tombé raide mort avant…

— Pourquoi lisez-vous ça ? Quelque chose à voir avec Sienne ?

— Non. Je cherchais seulement s'il y avait une allusion à Sam Paris, à Raphaël ou à quelqu'un d'autre. Il était fort esthète, ce Perceval, et c'était un fin observateur de la vie londonienne. Rien ne se passe sans qu'il le remarque et le note dans son journal intime. Un Raphaël sur le marché ou un scandale à propos de ce tableau apparaîtraient ici quelque part. Or ce n'est pas le cas, ce qui apporte de l'eau à mon moulin.

— Allez-vous me dire de quoi il s'agit ? Ou bien vais-je être traitée comme le général ? »

Il lui saisit la main, y posa un baiser distrait, mais la relâcha lorsqu'il se rendit compte de son geste.

« Ne dites pas de bêtises ! Bien sûr que non ! Ce soir, après dîner, vous serez mise au courant de tout. »

Ils avaient fini la soirée par une agréable promenade digestive. Flavia montrait à Argyll ses bâtiments et ses coins préférés ; ils avaient déambulé dans l'ancien ghetto, regardant affectueusement les immeubles délabrés, les ruines impériales, ainsi que les belles piazzas tranquilles qui surgissent soudain au détour d'une rue sans intérêt. Argyll fit un exposé impromptu sur les beautés du palais Farnèse. Flavia ne fut pas tout à fait convaincue, mais elle appréciait son ton passionné. Elle avait dû fouiller dans ses souvenirs universitaires pour identifier tous les gros médaillons du palazzo Spada, un peu plus loin.

« Je suis capable d'en faire autant, affirma Argyll. Suivez-moi ! » Il lui saisit la main et lui fit traverser la piazza Farnèse, avant d'emprunter la via Giulia et de tourner à gauche dans une petite rue. Il désigna un blason au-dessus de l'un des vastes portails en bois qui dérobent la cour intérieure aux regards indiscrets.

« Là-haut. Deux pélicans entrelacés, surmontés par une couronne et le symbole d'un château. Qui en est le titulaire ? »

Flavia se mordit la lèvre un instant.

« Je donne ma langue au chat. C'est qui ?

— C'est le blason des di Parma. C'était leur palais romain. »

Elle fit un large sourire.

« C'est donc ici que tout a commencé. Je savais que le palais se trouvait dans les parages, mais je n'ai jamais pris la peine de le chercher. Qui l'occupe aujourd'hui ?

— Ce sont juste des appartements, j'imagine... Ça a l'air très délabré. L'intérêt, cependant, c'est que Mantini a vécu là, ce qui explique, en premier lieu, pourquoi on a pensé à lui pour ce travail. » Il désignait une porte, de l'autre côté de la rue, à quelques mètres de là.

« Quant au tableau, poursuivit-il, les di Parma ne l'avaient pas, ni les Clomorton, ni le marchand Sam Paris. Parmi les personnes impliquées dans l'affaire, il ne restait plus que Mantini. Il avait une excellente raison d'accepter, vu qu'il était toujours fauché. Ou peut-être l'amour du tableau a-t-il prévalu, et il ne voulait pas qu'il quitte l'Italie et soit acheté par un crétin comme Clomorton. C'est pourquoi il peint par-dessus le Raphaël, exécute une copie du même tableau, qu'il donne au marchand, et garde pour lui l'original.

» Il ne pouvait pas non plus le nettoyer, car il habitait à deux pas des di Parma, qui auraient pu s'offusquer. Mais rien ne pressait s'il voulait la peinture pour elle-même et non pas pour l'argent qu'elle pouvait rapporter. Aussi pouvait-elle demeurer là en attendant le jour où il retournerait dans sa ville natale, ou quelque chose comme ça.

» Mais il n'est pas parvenu à l'âge de la retraite. Il a une attaque et meurt en 1727, à cinquante-deux ans. Un après-midi, alors qu'il semble en pleine forme, il tombe raide mort dans la rue. Pas le temps, voyez-vous, de faire des confidences sur son lit de mort ou de donner des instructions secrètes à propos du tableau. Sa fille hérite de sa petite fortune et des tableaux qui restent. Elle rentre dans le *paese* natal de son père, où elle épouse un orfèvre.

— À Sienne.

— Exactement. Et celui-ci, à l'époque les orfèvres

étaient des notables, devient conseiller municipal et meurt en 1782, riche et très respecté. Il laisse à la ville deux tableaux : un portrait de lui-même, cela va sans dire, et l'autre est un souvenir du grand peintre siennois, son beau-père, le magistral Carlo Mantini.

— Parfait. Mais comment savez-vous que c'est le bon ?

— Parce qu'il ne peut pas en être autrement. Processus d'élimination. Il représente des ruines, en accord avec les témoignages à notre disposition, et c'est le seul tableau qui aurait pu cacher le Raphaël. »

C'était là le point faible d'une argumentation par ailleurs convaincante, la partie sur laquelle aurait sauté son directeur de thèse s'il avait été présent. Mais il ne l'était pas, et Flavia ne dit rien ; il se dépêcha donc de poursuivre.

« J'ai accompli presque un mois de travail en un jour et demi. Pas mal de raccourcis, je l'avoue. Mais, si personne ne le possède, et c'est apparemment le cas, c'est la seule autre possibilité. J'espère que vous êtes fière de moi. »

Elle lui donna une petite tape dans le dos.

« Bravo ! Maintenant, il ne nous reste plus qu'à nous rendre là-bas pour vérifier que vous avez raison. Bon ! on rentre ! »

13

À huit heures précises, le lendemain matin, Flavia et Argyll partirent pour Sienne. Argyll occupait le siège du passager, tandis qu'au volant de son Alfa Spider – d'un modèle ancien mais soigneusement entretenu – Flavia roulait comme une folle. Dans un bref moment de déférence féminine, elle avait proposé le volant à Argyll. Suivant une longue tradition de couardise anglaise, il avait décliné l'offre. Rien, affirma-t-il tandis qu'ils s'inséraient à l'esbroufe dans le flot des voitures de la principale artère du nord, ne le forcerait à conduire dans Rome. Pas après ce qui s'était passé la dernière fois.

C'était une sage décision. Flavia conduisait bien, avec habileté et détermination. Argyll, lui, aurait piloté sans oser ouvrir les yeux. Cependant, la circulation insensée du début de matinée se calma assez vite, et ils progressèrent rapidement en direction du nord.

Il faut cinq heures pour parcourir le long trajet jusqu'à Sienne, même si, comme Flavia, on fait des excès de vitesse sur l'autoroute. Mais c'est aussi un beau voyage. L'*autostrada*, l'une des meilleures du pays et l'une des plus longues d'Europe, commence juste après Reggio de Calabre, à l'extrême pointe sud-ouest de la péninsule. Elle s'enroule autour des collines brûlées du sud, jusqu'à Naples, puis remonte, à travers les campagnes pauvres du Latium, jusqu'à Rome. Ensuite elle se dirige vers Florence, vire vers l'est, franchit les Apennins grâce à une série de tunnels gigantesques et de montées vertigineuses avant d'atteindre Bologne. Là, elle se divise en deux, une branche allant jusqu'à Venise, tandis que l'autre mène à Milan.

Même sur le segment relativement court entre Rome et Sienne, elle conduit le voyageur à deux pas de quelques-uns des endroits les plus merveilleux du monde : Orvieto, Montefiascone, Pienza et Montepulciano ; les villes des collines de l'Ombrie : Assise, Pérouse, Todi, Gubbio. Les collines où s'étagent les vignes et les pâturages de plaines pour les chèvres et les moutons s'accordent parfaitement avec les fleuves, les pentes abruptes et les dizaines de villes fortifiées souvent délaissées, perchées au sommet de leurs buttes protectrices, comme si les Médicis régnaient toujours en maîtres.

Quelle splendeur ! Argyll parcourait l'Italie en tout sens depuis des années ; à de nombreuses reprises il avait visité presque tous les sites principaux, mais il ne se lassait jamais de les revoir. Pendant un bref interlude, il oublia ses malheurs, jouit du paysage, s'efforçant de ne pas se soucier des manœuvres de Flavia.

Cinq heures plus tard, presque à la minute près, ils quittèrent l'autoroute, réglèrent le péage, puis descendirent la route en lacet qui menait à Sienne en passant par Rapolano, goûtant leur voyage dans une atmosphère d'autosatisfaction et d'optimisme. Autosatisfaction chez Argyll, optimisme chez Flavia. Puis Argyll demanda : « Comment allons-nous nous y prendre pour mener à bien cette petite expédition ? Après tout, on peut difficilement entrer dans le palazzo, enlever le tableau du mur et l'attaquer avec un couteau. Les conservateurs de musée n'aiment pas trop, cela les indispose.

— Ne vous inquiétez pas ! J'y ai réfléchi cette nuit. On va juste aller vérifier qu'il se trouve toujours là, et demain nous ferons une visite officielle. »

Ils mirent un certain temps à gagner leur hôtel. Sienne est une ville où, les rues n'ayant pas changé depuis le XIIIe siècle, afin de régler la circulation moderne les autorités ont conçu l'un des systèmes de sens uniques les plus impitoyablement complexes du monde. Une seule erreur, à n'importe quel endroit, et vous voilà embarqué dans la mauvaise direction sans la moindre chance de pouvoir remédier à la situation. Ils étaient déjà passés deux fois devant la cathédrale – de manière tout à fait illégale, car il s'agit d'une zone piétonnière – avant que Flavia enfile une ruelle en marche arrière et trouve au bout la rue qu'elle cherchait.

Comme centre d'opérations temporaire, elle avait choisi un hôtel confortable, élégant et très cher. On y dégustait un déjeuner divin, ce qui, soupçonna Argyll, avait dû faire fortement pencher la balance en faveur du lieu. Lorsqu'ils prirent l'apéritif, Argyll se cala dans son fauteuil pour admirer les collines toscanes par la fenêtre.

« C'est merveilleux ! s'exclama-t-il. La police italienne ne lésine pas sur les moyens… »

Flavia haussa les épaules.

« La dernière chose que m'a dite le général, c'est que nous devions prendre bien soin de nous.

— Je ne suis pas sûr que cela corresponde tout à fait à ce qu'il voulait dire. »

Elle écarta les mains en un geste très large, typiquement italien.

« Sait-on jamais ? Retrouvons ce tableau et personne ne dira rien. De plus, j'ai toujours voulu descendre dans cet hôtel. Et mes dépenses à Londres ont été dérisoires. Cela compensera un peu. J'ai réservé pour le week-end. On peut repérer le tableau, puis on aura deux jours pour se détendre. Ça ne vous dérange pas ?

— Est-ce que je me plains ? À cette même heure, la semaine dernière, je me trouvais à Londres, en train de manger un sandwich au fromage et aux cornichons dans une cafétéria. Cet arrangement me paraît un rien préférable, malgré les affreuses conséquences qu'entraînerait un échec.

— Vous avez peur ?

— De l'échec ou des conséquences ? Oui et non. Je pense que vous aurez votre preuve dès demain, quoi qu'il arrive. Au fait, vous portez une arme ? »

Flavia fronça les sourcils. Étrange coq-à-l'âne… Elle essaya de deviner comment son compagnon avait sauté d'une idée à l'autre.

« Non, répondit-elle, abandonnant la partie. N'oubliez pas que je ne suis pas fonctionnaire de police. Pourquoi cette question ? »

Il secoua la tête et lui adressa un sourire rassurant.

« Aucune raison particulière. Je m'interrogeais. Ce tableau n'a pas porté bonheur. »

Pour revenir à un sujet plus agréable, Flavia annonça qu'ils avaient amplement le temps de déjeuner et que, en ce qui la concernait, elle avait un petit creux. Après le repas ils visitèrent l'église du coin, calmes et sereins, avant de gagner le centre de la ville, tout aussi tranquillement. Ce fut un peu fatigant de grimper la côte ; Argyll n'ayant guère fait d'exercice depuis des mois, le plaisir de la promenade était gâché par ses efforts pour ne pas avoir l'air trop essoufflé. Flavia, elle, ne paraissait pas du tout peiner.

Ils parvinrent à la place du Campo à quatre heures, après une brève pause pendant laquelle Flavia effectua quelques achats. Qu'elle puisse avoir envie de faire des emplettes à un pareil moment le dépassait, mais il mit cela sur le compte de la différence culturelle. Certains font des choses bizarres pour diminuer leur tension, et malgré l'atmosphère détendue du début du voyage il se rendait bien compte qu'ils commençaient tous les deux à se sentir un peu nerveux.

La place vers laquelle ils se dirigeaient possède une forme bizarre : elle ressemble à une coupe dont la courbe part du haut de la place et se termine en bas par une partie plate. Le côté plat est presque entièrement occupé par le palais : c'était le centre administratif, à l'époque lointaine où Sienne était une importante cité dont le pouvoir rivalisa brièvement avec Florence elle-même.

L'époque de sa splendeur est révolue depuis longtemps, cependant. Deux ou trois décisions malheureuses au XVIe siècle à propos d'un choix d'ennemis, une guerre éclair, et Sienne s'installa dans le rôle de ville de province mineure. Depuis le XVIIe, où un bourgeois avisé eut la brillante idée d'inventer le Palio – la course de chevaux annuelle autour du Campo –, la ville a survécu surtout grâce aux ressources du tourisme.

Le contingent de touristes de cette année-là commençait à affluer gentiment. Les nombreux cafés qui longent les bords incurvés de la partie supérieure du Campo avaient sorti chaises, tables et parasols, et les garçons passaient d'un pas vif d'une table à l'autre pour servir pastis, cafés, eau minérale, ainsi que les inévitables Coca-Cola. De petites bandes de touristes s'arrêtaient afin d'admirer le site ou se dirigeaient vers l'entrée du palais.

Eux n'avaient plus guère le temps d'admirer la place. Flavia entraîna Argyll vers la porte du palazzo, paya les deux mille cinq cents lires et perdit quelques minutes à se plaindre au caissier du prix éhonté du billet d'entrée. Ces préliminaires terminés, ils traversèrent la cour d'honneur et se mirent à jouer les touristes. Ils avaient fort bien calculé leur coup. La plupart des musées italiens cessant d'admettre les visiteurs environ vingt-cinq minutes avant la fermeture, ils avaient acheté leurs billets cinq minutes plus tôt que l'heure fatidique.

Dans la salle du rez-de-chaussée où sont présentées les grandes fresques du Sodoma, ils se séparèrent. Flavia alla inspecter les portes et les fenêtres, Argyll partit repérer le Mantini. Un choc désagréable l'attendait à son arrivée dans le salon du premier. Selon la photo du guide, édition de 1975, le tableau aurait dû être accroché dans un coin sombre, tout au fond, au-dessus d'une vitrine contenant divers objets Renaissance en argent et juste à gauche d'une immense peinture du XIXe représentant Victor-Emmanuel, l'unificateur de l'Italie, prenant une pose héroïque sur son cheval.

Il n'y était pas. À la place se trouvait un groupe de conseillers municipaux du début du XXe siècle, exécuté dans le style dégénéré du portrait qui prouve que l'Italie, en ce qui concerne la peinture, n'est plus depuis longtemps au mieux de sa forme. Argyll se sentit défaillir. Après avoir été certain que son plan se déroulerait sans encombre, il allait lui falloir s'expliquer. Flavia aurait beaucoup de mal à avaler ça. Déjà, il imaginait son air de reproche et craignait de perdre son estime quand il lui apprendrait la nouvelle.

Il se dirigea vers le gardien qui surveillait la salle, sortit son guide et planta son doigt sur la photo.

« Vous voyez ce tableau ? Où se trouve-t-il ? Je viens exprès d'Angleterre pour le voir et il n'est plus là ! »

Le gardien le regarda avec commisération.

« Vous êtes venu d'Angleterre pour voir *ça* ?

Écoutez ! Suivez mon conseil. Descendez au rez-de-chaussée pour voir le *Mappamondo*. C'est bien mieux, c'est l'un des plus beaux objets de Sienne.

— Je sais ! rétorqua Argyll avec humeur, car il avait l'impression qu'on mettait en cause ses goûts artistiques, mais je veux voir ce tableau ! Où est-il passé ? »

Le gardien haussa les épaules.

« Comment est-ce que je le saurais ? Il n'y a que quelques semaines que je travaille ici. Je ne connais que ce qu'il y a dans cette pièce. Allez le demander à Enrico dans la salle à côté. »

Il suivit le conseil et trouva Enrico, homme d'au moins soixante ans, affalé sur une chaise de bois près de la porte, et qui, l'air absent, contemplait le va-et-vient des touristes. Il n'avait pas l'air d'un employé passionné par son travail… Argyll lui expliqua qu'il venait de la part de Giulio : savait-il où se trouvait ceci ? Enrico regarda la photo.

« Oh ! ça… Oui, c'est parti depuis des années. Le conservateur a trouvé qu'il encombrait la pièce. On l'a décroché lorsque la salle a été restaurée. Il ne voulait rien garder qui date d'avant 1850. »

Argyll était dépité.

« On l'a décroché, mais on a laissé cette horreur de Victor-Emmanuel ! C'est une honte !

— C'est différent. Il date d'après 1850. De plus, c'est si grand que ça ne peut aller nulle part ailleurs. » À nouveau, le gardien haussa les épaules. Il ne semblait pas concerné par les petites lubies des conservateurs.

« Et alors, où se trouve-t-il à présent ? »

Le gardien regarda une nouvelle fois la photo et fronça les sourcils.

« Dans la salle de la Tour, répondit-il. Sais pas pourquoi tout le monde s'y intéresse tant d'un seul coup. Pendant des années, pas un chat et puis... Écoutez ! Pourquoi ne redescendez-vous pas voir le *Mappamondo* ? C'est l'un des plus beaux...

— "Tout le monde" ? Que voulez-vous dire ? Quelqu'un d'autre vous en a parlé ? Quand ? » Pris de panique, Argyll avait brusquement interrompu le boniment de camelot.

« Il y a une heure environ. Un homme est venu poser la même question que vous. Je l'ai envoyé dans la tour, lui aussi.

— Qui était-ce ?

— Vous croyez que j'appelle tous les visiteurs par leur petit nom ? Je ne sais pas. » Le gardien se mit à invectiver des Allemands qui se trouvaient à l'autre bout de la salle et s'éloigna. Ils ne faisaient rien de mal, mais les gardiens des musées italiens ne semblent pas beaucoup aimer les Allemands. En outre, c'était un bon prétexte pour mettre fin à une conversation qu'il trouvait manifestement ennuyeuse.

Dieu du ciel ! Pourquoi ne me l'a-t-il pas dit tout de suite ? pensa Argyll tout en montant quatre à quatre les deux étages de l'escalier à vis, en pierre, qui menait à la tour. C'était très haut, et la salle située au sommet de la tour était la dernière avant le magnifique campanile qui domine le Campo et toute la ville de Sienne. Hors d'haleine, il arriva dans une petite pièce nue dont les murs étaient encombrés de gravures encrassées, aux couleurs passées, et de toutes sortes de tableaux. Un guéridon en marqueterie trônait au milieu. Il s'agissait de l'endroit où le musée reléguait les tableaux auxquels personne, à son avis, ne s'intéressait. La plupart des visiteurs devaient traverser la pièce sans s'arrêter pour gagner la terrasse tout en haut, à cent mètres au-dessus de la place du Campo.

Son angoisse s'apaisa un peu. Le tableau était toujours là, en tout cas. Argyll n'avait pas encore été devancé. Dans un coin, au milieu d'anciennes cartes de Sienne sous verre, on apercevait un authentique, un original Carlo Mantini. C'était un paysage peu habile. Le truc habituel : cours d'eau au centre de l'arrière-plan et quelques taches de peinture pour suggérer des paysans en train de garder des moutons ou des chèvres. Pour sa part, il ne l'aurait pas considéré comme un paysage avec ruines. Un tertre à droite, cependant, supportait un château en ruine, ce qui ranima quelque peu son assurance défaillante. Le ciel était dégagé et, s'il n'avait pas été aussi encrassé, il aurait été d'un bleu pâle. Tous les ciels de Mantini étaient bleu pâle. Il ne savait pas les peindre autrement.

Argyll contempla le tableau avec adoration. Le voici donc ! Quelle beauté ! Quel trésor ! Quel chef-d'œuvre ! Il plissa les yeux. La toile avait l'air un peu plus petite que prévu, mais cela pouvait venir du cadre. Dommage, il allait falloir l'abîmer un tantinet, mais Argyll était sûr que Mantini aurait été d'accord en apprenant l'effet que cela allait produire sur la carrière de son unique biographe. Et le tableau allait devenir célèbre si les choses se passaient sans anicroche.

Il fixait toujours l'œuvre lorsque retentit une sirène assourdissante. « Seigneur Dieu, je vous en supplie, pas d'incendie ! » Telle fut sa première réaction. Puis il se dit que ce devait être la sonnerie avertissant les visiteurs de la fermeture. Il redescendit l'escalier à toute vitesse – plus facile que la montée – et partit à la recherche de Flavia. Elle se tenait dans la salle principale du Conseil.

« Où étiez-vous passé ? Cela fait des heures que je vous attends.

— Ne dites pas de bêtises ! On est arrivés il y a juste vingt minutes. Je cherchais le tableau. Ils l'ont transporté là-haut. Écoutez, l'homme est ici. Il nous a suivis. Le gardien m'a dit que quelqu'un avait demandé où se trouvait le tableau. Alors qu'est-ce qu'on fait ? »

Elle eut l'air très inquiète en entendant sa voix angoissée.

« Qui est ici ?

— Byrnes.

— Le tableau n'a pas été touché ? » Il secoua la tête. « Bien. » Elle tournait sur elle-même en se frottant le menton d'un air pensif. « Nous n'avons pas le choix, reprit-elle après quelques instants, l'air déterminé. Il nous faut passer à l'action dès maintenant. C'est trop risqué de ressortir et d'attendre jusqu'à demain. Allons-y ! » Elle s'éloigna.

« Où va-t-on ? lui cria-t-il.

— Aux toilettes. Ne vous en faites pas ! »

La jambe d'Argyll était depuis longtemps engourdie. Il bougeait avec maladresse, essayant de trouver une position confortable.

« Vous n'avez rien trouvé de mieux ? » demanda-t-il d'un ton grincheux.

Flavia était assise sur ses genoux.

« Taisez-vous ! Je crois que tout va pour le mieux. Ils ont déjà inspecté l'endroit. Ils ne reviendront pas. On n'a plus qu'à rester cachés là pendant à peu près trois heures.

— Trois heures ? On est là depuis un temps fou. Vous, vous n'avez pas à vous plaindre ! Vous êtes assise sur mes genoux douillets. C'est moi qui suis coincé sur ce foutu siège. Et si seulement vous m'aviez prévenu, j'aurais mangé davantage au déjeuner. Je crève de faim !

— Arrêtez de vous plaindre ! Vous aviez plein de secrets ! Alors pourquoi pas moi ? D'ailleurs, je vous avais conseillé de bien manger. Tenez ! J'ai acheté ça, tout à l'heure. »

Elle abaissa le bras d'un côté de la cuvette, ramassa son sac et en extirpa une tablette de chocolat.

« Pourquoi êtes-vous si sûr que l'alarme ne va pas sonner ? Si on est arrêtés, on va se faire mal voir. Est-ce qu'il n'aurait pas été plus simple de montrer votre carte professionnelle et de demander à examiner le tableau ?

— Pour que tout le monde soit au courant en quelques heures ? Vous savez aussi bien que moi que dans le milieu de l'art les gens sont incapables de se taire. De plus, si on attend, il risque de ne plus être là demain. De toute façon, on ne se fera pas pincer. Les gardiens ne vont revenir qu'une seule fois : j'ai vérifié le tableau de service à l'entrée. Et il n'y a des signaux d'alarme qu'aux entrées et aux sorties. À l'évidence, ils croient que les voleurs essaient toujours de s'échapper. Pas nous. Nous ne faisons qu'examiner le tableau, nous attendons le matin, nous ressortons avec les premiers visiteurs, nous appelons Bottando, c'est tout. Comme rien ne manquera, personne ne s'en apercevra.

— On va devoir passer la nuit ici ? s'écria-t-il d'un ton aigu, pris de panique. Dans les toilettes des dames ? Pourquoi pas dans celles des hommes, au moins ?

— Berk ! Quelle horrible idée ! Les hommes sont des animaux répugnants... »

Argyll mangea son chocolat d'un air morose.

« Et si on oubliait tout simplement le Mantini ? demanda-t-il dans l'espoir de remettre son propre projet sur les rails. Après tout, Byrnes étant ici, ça suffit. Je pense qu'on devrait filer à l'hôtel, appeler Bottando, faire arrêter Byrnes et revenir demain matin. » Il termina le chocolat et s'aperçut qu'il avait omis d'en offrir un morceau à Flavia.

« Qu'est-ce qui vous fait croire que c'est Byrnes ? Le gardien ne l'a pas décrit...

— Eh bien, dit Argyll sans grande conviction, ça ne peut être que lui, non ? Enfin, ça paraît évident...

— Pas le moins du monde. Tout ce qu'on sait, c'est que quelqu'un a demandé ce tableau. Il n'y a absolument aucun risque que ce soit Byrnes, aucune possibilité qu'il ait découvert où on est. »

Pendant qu'elle parlait, Argyll s'agitait sur le siège.

Elle le fixa d'un air sévère, envahie soudain par un désagréable pressentiment.

« Jonathan ? Qu'avez-vous fait, nom d'un chien ?

— C'est seulement que j'ai cru, bon... Je le lui ai dit ; un point, c'est tout. »

Flavia ne répondit rien, se contentant d'appuyer son front contre les carreaux blancs du cabinet.

« Pourquoi avez-vous fait ça ? » demanda-t-elle d'une voix faible lorsqu'elle eut repris ses esprits.

— Ça me semblait une bonne idée, expliqua-t-il piteusement. Voyez-vous, même si on trouvait le tableau, rien ne nous indiquerait qui est le responsable. Aussi, je me suis dit que, si j'en parlais à Byrnes, il serait bien obligé de passer à l'action. Il filerait à Sienne et la police pourrait l'arrêter dès qu'il pénétrerait dans la ville.

— Et vous n'avez pas pensé que ça valait la peine de me mettre au courant ? Juste un petit oubli ? Rien qu'un petit détail sans la moindre importance que vous avez omis de mentionner ? Espèce d'imbécile !

— Bien sûr que je n'ai pas oublié, protesta-t-il, sa voix montant de plusieurs tons lorsqu'il découvrit que son coup de maître ne recevait pas les éloges mérités.

— Inutile de glapir comme ça !

— Et pourquoi pas ? J'en ai marre de cette histoire, continua-t-il. (Autant se soulager maintenant !) Tout ce que j'ai fait jusqu'à présent, vous l'avez considéré comme une preuve de culpabilité. Vous êtes impolie, désobligeante, et votre intelligence vous perdra. Évidemment que je ne pouvais pas vous informer de mes projets… Vous m'auriez fait coffrer. Et si on est maintenant dans le pétrin, c'est autant votre faute que la mienne. Si vous n'aviez pas toujours eu cette attitude supérieure et si vous m'aviez fait un peu plus confiance, j'aurais été plus franc. Au surplus…

— Oh ! non ! Pas cette formule. Ça m'agace quand vous dites ça. Au surplus quoi ? »

Argyll se contorsionna, dans la mesure où cela est possible quand on est coincé entre un siège de toilettes et un membre quasi officiel de la police. Il n'aurait pas dû employer ce mot. Sa tirade indignée avait été magistrale et voilà qu'il en avait gâté l'effet.

« Au surplus, reprit-il à contrecœur, je ne suis pas entièrement persuadé d'avoir trouvé le bon tableau. Je crois que oui, s'empressa-t-il d'ajouter avant qu'elle ne l'interrompe, mais je vous ai prévenue que j'avais dû emprunter des raccourcis.

— Dieu me préserve ! murmura Flavia. Nous sommes peut-être là pour des prunes. Bottando dort à poings fermés à Rome et ne sait rien. Vous semblez être parvenu à attirer ici un assassin sans prendre la peine de prévoir la moindre protection, ni pour nous, ni pour le tableau. Bravo ! Quelle belle réussite !

— Je vous protégerai, moi ! s'écria vaillamment Argyll, dans l'espoir de se rattraper.

— Ouf ! Merci mille fois, monsieur. Je me sens déjà beaucoup mieux… » Elle aurait pu continuer dans cette veine, mais ce n'était pas la peine de gaspiller son souffle.

Argyll était retombé dans un silence boudeur. Il continua à manger tout ce que contenait le sac de Flavia ; elle y avait emmagasiné assez de nourriture pour soutenir un siège. Il avait terriblement envie de fumer une cigarette.

Flavia avait perdu ses dons de brillante causeuse. Il ne serait guère facile de raccommoder leur relation, jadis si prometteuse, tant qu'elle n'aurait pas vu le tableau. Peut-être qu'alors tout serait oublié et pardonné. Jugeant toujours que c'était un bon plan, il était un peu vexé qu'elle ait si mal réagi. Était-elle jalouse qu'il y ait pensé le premier ?

Une fois que Flavia eut décidé que, tout danger étant écarté, il était temps d'agir, il mit environ dix minutes pour redonner vie à sa jambe. Quand il se releva, celle-ci se déroba sous lui ; il s'écroula, renversant un grand seau qui contenait un balai à cabinet. Le seau heurta le sol avec un bruit de métal qui résonna dans toute la pièce. Ils le regardèrent rouler lentement avant de s'arrêter dans un coin.

« Ne faites pas tant de bruit, Dieu du ciel ! hurla-t-elle, terrorisée.

— Vous en faites autant que moi. Moi, au moins, je ne crie pas à tue-tête, rétorqua-t-il entre ses dents.

— Je ne veux pas qu'on se fasse pincer maintenant. Ce serait très gênant. »

Il sourit pour se montrer quelque peu conciliant.

« Je suis désolé. Je n'ai pas l'habitude de ce genre d'escapade. Ce n'est pas au programme de la première année du doctorat en histoire de l'art. »

Elle lui lança un regard noir, pas encore disposée à pardonner.

« Ne faites pas de bruit ! D'accord ? Bon, allons-y ! »

Elle passa la tête dans l'entrebâillement de la porte, puis disparut dans le couloir, tout en l'invitant d'un geste à la suivre. Ils traversèrent la salle principale et, avec mille précautions, se dirigèrent sur la pointe des pieds vers la porte donnant accès à l'escalier. Le battant s'ouvrit. Pas de signal d'alarme. Déjà un souci de moins...

Une fois parvenue au dernier étage, Flavia alluma la petite lampe électrique qu'elle avait achetée à la boutique.

« Ne me dites pas que je ne pense pas à tout », lui murmura-t-elle, chemin faisant. Elle avançait d'un pas léger et silencieux. Chaussé, comme d'habitude, de ses gros souliers ferrés, Argyll la suivait en cliquetant, malgré tous ses efforts pour ne pas faire de bruit. Si elle lui avait annoncé qu'ils allaient jouer les monte-en-l'air amateurs, il se serait vêtu en conséquence.

La pièce était telle qu'il l'avait laissée six heures plus tôt. Flavia la traversa, rabattit doucement les lourds volets de bois, abaissant la clenche de métal pour les fixer. Puis elle referma la porte et alluma.

« Voilà ! Il n'est pas interdit de voir ce qu'on va faire. Personne ne passera par ici avant une heure au moins. Combien de temps est-ce que ça va vous prendre ?

— Très peu, répondit-il au moment où ils commençaient à décrocher délicatement le tableau du mur, avant de souffler dessus pour y enlever la fine couche de poussière. Il faudra que je fasse attention, mais pas plus de cinq minutes, je dirais. »

Il avait emprunté à la bibliothèque un livre sur la restauration et le nettoyage des tableaux et avait potassé le sujet dans l'avion. En principe, c'était simple. On avait juste besoin d'un solvant quelconque et d'un chiffon ; puis il n'y avait qu'à frotter jusqu'à ce qu'on ait enlevé la quantité voulue de crasse ou de peinture.

Il sortit de sa poche les instruments qu'il avait achetés à Londres dans le magasin de fournitures pour peintre. Un couteau minuscule, mais très aiguisé, un gros paquet de ouate, ainsi qu'un petit aérosol.

« Mélange d'acide et d'alcool. Le vendeur m'a dit que c'est ce qu'on fait de mieux. » Il lui adressa un large sourire. « Je pense à tout, voyez-vous. » Elle ne répondit rien.

Comme c'est souvent le cas, la pratique se révéla plus complexe que la théorie. Argyll voulait infliger le minimum de dégâts au tableau ; après tout, il n'était pas restaurateur et n'avait qu'une très vague idée de ce qu'il était censé faire. C'est pourquoi il se concentra sur un minuscule fragment en bas à gauche de la toile. Cela signifiait donc qu'il ne pouvait appliquer qu'un tout petit jet de produit à la fois, de peur qu'il ne se répande trop.

Il se mit à vaporiser et à frotter alternativement, n'enlevant chaque fois qu'une infime quantité de crasse, de vernis et de peinture. Cette tâche difficile requérait effort et concentration. Chaque fois qu'il passait la ouate sur la toile, il espérait découvrir les signes annonciateurs de la présence d'un chef-d'œuvre caché.

« Où en êtes-vous ? Voilà près de vingt minutes que vous travaillez… » Elle parlait d'un ton calme mais pressant, appuyée contre une table à quelques pas d'Argyll pour ne pas lui faire d'ombre. Elle se frictionna les bras. « Il fait un froid de canard ici ! »

Il continua à frotter pendant cinq minutes encore, le tas de morceaux de ouate grossissant à vue d'œil. Puis, comme il faisait glisser doucement une nouvelle boule de ouate sur la peinture, il s'arrêta, le regard fixe, n'en croyant pas ses yeux.

« Qu'est-ce qu'il y a ? Vous l'avez trouvé ? » Elle parlait d'un ton fébrile, penchée en avant pour mieux voir.

« De la peinture. De la peinture verte en dessous… Flavia, rallumez la lumière ! Mais qu'est-ce que vous fabriquez ? »

Flavia n'entendit pas le reste de la phrase. La pièce fut plongée dans le noir. S'ils ne s'étaient pas tant concentrés sur le tableau, l'un et l'autre, ils auraient pu remarquer que la porte s'était ouverte. Mais ce fut uniquement lorsqu'elle sentit qu'on la frappait sur le côté de la tête avec une grosse barre de bois que Flavia s'aperçut que quelque chose clochait. Elle tomba par terre sans un cri, tandis que du sang s'échappait à flots d'une profonde entaille dans le crâne.

Argyll se retourna en percevant le bruit : il vit Flavia s'écrouler et une vague silhouette s'avancer vers lui.

« Oh ! mon Dieu… », souffla-t-il, mais il n'eut pas le

temps de finir. N'ayant jamais reçu de coup de pied dans le ventre, en tout cas pas de coup violent, il n'avait jamais imaginé que ça pouvait faire aussi mal.

Le souffle coupé, il se plia en deux, agrippant son ventre, comme si ce geste pouvait faire diminuer la souffrance. Écarté sans ménagement du tableau, il tomba telle une masse sur le sol. Plus tard, il se plut à penser qu'il avait poussé de faibles plaintes. En vérité, ses grognements étaient bien plus sonores. Il n'y prêtait guère attention, la douleur dans son estomac l'occupant tout entier ; mais il étendit la main pour toucher Flavia, craignant de découvrir le pire.

« Ne me claquez pas entre les doigts ! Tenez bon, ou je vous tue », lui chuchota-t-il à l'oreille. Il chercha son pouls, mais en vain. D'ailleurs, il n'avait jamais réussi à trouver le sien non plus. Il tendit la main vers la tête, effleura les cheveux et perçut le léger souffle sortant de la bouche et du nez. Elle était toujours vivante. Mais, s'il ne se dépêchait pas, elle ne le serait plus longtemps. Ni lui, d'ailleurs. « On dirait que ni vous ni moi n'avions pensé à tout… », lui murmura-t-il avec tristesse.

Malgré ses efforts, il ne parvenait pas à bouger. La douleur était trop forte. Il ne pouvait que regarder la silhouette sombre de l'homme qui lui avait infligé une telle torture sortir un petit couteau manifestement très aiguisé et, d'un geste rapide et sans effort, détacher la peinture du cadre, en la découpant par-derrière. En tout cas, il crut deviner que c'était ce qui se passait. Tout ce qu'il apercevait, c'était l'éclat intermittent du métal. L'aspect de ce couteau ne lui plaisait pas : c'était un instrument polyvalent qu'on pouvait utiliser de multiples façons. Tandis qu'assis par terre il ahanait, l'homme roulait la toile, la plaçait dans un tube en carton qu'il referma hermétiquement. Avec méthode et sans se presser le moins du monde.

Quand il eut terminé, il reprit son couteau. « Dieu du ciel ! se dit Argyll. Ça y est ! » Il se releva le plus vite possible, se rua contre la poitrine de l'homme et, par un vrai coup de chance, lui fit perdre l'équilibre. Ce geste épuisa tout ce qui lui restait d'énergie et de volonté. Et même davantage, d'ailleurs. Les hommes armés de couteaux savent tirer le meilleur de vous.

Mais il devint tout de suite évident que le meilleur d'Argyll ne suffisait pas. Son adversaire tomba à la renverse, mais Argyll ne possédait pas les ressources nécessaires pour faire ce qui s'imposait : lui défoncer la tête en lui sautant dessus à pieds joints avec ses lourdes chaussures ferrées. Au lieu de ça, il demeura simplement là, à moitié courbé en deux, pendant que son assaillant roulait sur le sol, ramassait son couteau et revenait vers lui.

Il ne lui restait qu'une solution. Dans l'obscurité, il pouvait à peine voir que la créature infernale se trouvait entre lui et la porte qui s'ouvrait sur l'escalier menant vers le bas. Alors il se précipita vers l'autre porte et commença à gravir les marches. C'était ce qu'il pouvait faire de mieux pour tenir sa promesse de protéger Flavia, même si elle avait clairement décliné son offre. Avec un peu de chance son agresseur le suivrait, permettant ainsi à Flavia de reprendre ses esprits et de donner l'alarme.

Pourvu qu'il m'emboîte le pas ! se disait-il tandis qu'il escaladait les marches en suffoquant. Mais s'il faisait du mal à Flavia d'abord ? Peut-être que j'aurais dû rester en bas avec elle ?

C'était une noble pensée, mais qu'elle fût irréaliste ne l'aida pas à se sentir moins mal. Il aurait été tué et Flavia aurait subi peu après le même sort. Ce qui peut encore arriver de toute façon, pensa-t-il.

Il montait, courant à l'aveuglette dans le noir absolu, trébuchant, ratant les marches, mais grimpant aussi vite que possible. C'était de plus en plus pénible. L'après-midi, rien que gravir la côte lui avait fait perdre haleine ; vu son état actuel, son poursuivant n'aurait même pas besoin de lui planter un couteau dans le corps. Voilà ce qui arrivait quand on passait son temps assis dans les bibliothèques au lieu de s'adonner au jogging et de soulever des haltères. S'il survivait à cela, se promit-il, il achèterait un rameur. La prochaine fois qu'un ténébreux faussaire de haute taille tenterait de le poignarder en pleine nuit, au sommet d'une tour de Sienne, il serait prêt. Il filerait dans l'escalier, aussi léger que le vent.

À cause de la peur, de la douleur et des crampes, ses idées se brouillaient. À un moment, il dut interrompre son ascension. Il en éprouva une frousse bleue, mais était tout bonnement incapable de faire un pas de plus. Il tendit l'oreille pour écouter par-dessus le sifflement rauque de son souffle : le bruit des pas était faible, à peine audible. Argyll avait de l'avance et son poursuivant ne paraissait pas se presser. Après tout, il n'y a pas urgence, se dit-il dans un fulgurant accès de désespoir ; ce n'est pas comme si je pouvais m'échapper. Peut-être est-il aussi peu en forme que moi…

L'image de son assaillant succombant à une attaque cardiaque à mi-course le ragaillardit un instant, mais s'évanouit dès qu'il comprit que c'était peu probable. En tout cas, le possesseur du vigoureux coup de pied n'était pas sir Edward Byrnes, homme d'un certain âge qui, quelles que soient les circonstances, n'était pas du genre à flanquer des ruades dans le ventre des gens. Il pouvait, à la rigueur, imaginer Byrnes en train de poignarder quelqu'un, mais les agressions à coups de botte, à la matraque et au couteau ne semblaient pas son style.

Argyll se remit à gravir les marches. Il montait avec lenteur, mais il progressait. L'inévitabilité manifeste de la mort ne signifie pas qu'on ne tente rien pour la retarder aussi longtemps que possible. Il continuait avec acharnement son ascension vers le sommet de la tour. Dans d'autres circonstances, il aurait eu le temps d'admirer la vue depuis le parapet : plié en deux au-dessus du garde-fou, hoquetant pour essayer de faire entrer l'air dans ses malheureux poumons qui n'en pouvaient mais, il contemplait tout Sienne, pareil à un décor de conte de fées. Un croissant de lune éclairait le Campo et le désordre des constructions médiévales tout autour. Il illuminait les rayures de marbre blanc et noir du clocher de la cathédrale. Les lumières clignotantes de dizaines de fenêtres indiquaient les lieux où les citadins veillaient encore, occupés à regarder la télévision, à boire du vin, à bavarder avec des amis. Il soufflait une brise légère, tiède et vivifiante. Beauté, sécurité, normalité.

Mais Argyll n'était pas d'humeur à s'attarder sur le panorama ni sur son triste sort. Je pourrais hurler, crier à l'assassin sur les toits, se dit-il. Mais il n'en fit rien. Personne ne pourrait déterminer à temps l'endroit d'où venaient les appels. Et, de toute façon, dans l'état où il se trouvait, il doutait de pouvoir pousser beaucoup plus qu'un petit vagissement.

Le grincement de la porte le fit se retourner. Silencieux et immobile, l'homme se tenait dans l'encadrement, réfléchissant à la meilleure façon d'agir. Quand Argyll avait vu Flavia s'écrouler, couverte de sang, il avait été d'abord furieux, puis le désarroi l'avait jeté dans l'escalier. Maintenant toutes ces émotions avaient disparu ; il ne ressentait plus que de l'effroi.

Va-t-il me poignarder, me pousser dans le vide, ou les deux ? se demanda Argyll. Il n'a que l'embarras du choix. Il va sans doute me faire passer par-dessus le parapet, décida-t-il. C'est plus ambigu.

Un bras enserra son cou et le plia en arrière jusqu'à ce que sa tête repose sur le rebord du parapet. Il aperçut l'éclat de la lame dans le clair de lune. Il étouffait. Il saisit le poignet juste en dessous du couteau, sans que cela eût de résultat apparent. La résistance préméditée se révéla inutile ; la réaction spontanée fut plus efficace : un réflexe propulsa son genou dans l'entrejambe de l'autre si brusquement, si fort que le genou en fut endolori. Argyll fut un peu surpris que l'emprise se relâche, son agresseur agrippant la partie blessée de son anatomie en poussant un hurlement de douleur qui le combla d'aise.

Mais le répit fut bref. Son assaillant n'avait pas lâché le couteau et restait bien trop près. Argyll serra le poing et le frappa. C'était la première fois qu'il frappait quelqu'un, ayant eu une enfance calme et plutôt renfermée dans un milieu qui désapprouvait les manifestations de mauvaise humeur chez les jeunes. Il aurait dû être plus bagarreur quand il était gosse. Son poing lui parut étrangement frêle et ses doigts lui firent très mal lorsqu'il atteignit l'homme dans la région du menton. Il donna encore quelques petits coups au hasard, puis s'arrêta, épuisé ; de toute façon, continuer ne paraissait pas apporter grand-chose de plus. Son agresseur, quant à lui, ne semblait pas avoir beaucoup apprécié son bref contact avec le genou d'Argyll. Ils s'arrêtèrent tous les deux, hors d'haleine, leurs regards, séparés par moins de trente centimètres, rivés l'un à l'autre. Dans le clair-obscur, Argyll vit nettement le visage pour la première fois, et ce qu'il découvrit lui coupa un instant ses moyens.

Puis le couteau fut brandi à nouveau ; alors Argyll fouilla dans sa poche pour saisir sa dernière arme. Dommage qu'il n'y eût pas pensé plus tôt ! Il dirigea l'aérosol contre son agresseur et appuya.

Il y eut un cri de douleur aiguë, et le couteau résonna contre les dalles de pierre. Argyll était atterré. Il n'avait même pas réfléchi à ce qu'il faisait, s'étant rabattu dès qu'il y avait pensé sur son ultime et faible espoir. Il recula et s'immobilisa, contemplant, hébété, la torture qu'il venait d'infliger.

D'une main, son assaillant se frottait les yeux pour tenter d'essuyer l'acide, fouillant désespérément de l'autre dans la poche d'une grosse veste bleue.

Oh ! Seigneur Dieu, pas un revolver ! pria Argyll. Cet homme est un arsenal ambulant, nom d'un chien ! Cela ne valait même pas la peine d'imaginer une nouvelle bagarre pour essayer de le désarmer. Il n'avait plus la force de recommencer. Avec l'énergie du désespoir, Argyll se jeta en avant une dernière fois et, en un ultime sursaut de volonté, poussa de toutes ses forces.

Sans un cri, sans un soupir, sans émettre le moindre son, Antonio Ferraro, le directeur adjoint du Musée national italien, disparut par-dessus le parapet et tomba en chute libre, avant de s'écraser sur le sol cent mètres plus bas.

14

Il resta assis là pendant une vingtaine de minutes, peut-être plus. Il était trop fatigué et avait trop mal pour bouger. Son organisme ayant été vidé de son adrénaline, Argyll était réduit à l'état d'épave. Tout était très calme maintenant. Le dos appuyé contre le parapet, il leva les yeux, fixant les étoiles au-delà du haut clocher qui se dressait au milieu du campanile. Ce n'était pas vraiment la réaction appropriée, mais il était trop épuisé pour faire autre chose. Dans le meilleur des cas, Flavia était grièvement blessée, et il n'était pas exclu qu'elle gise en bas, la gorge tranchée. De plus, il venait de tuer quelqu'un qui, vu sa chance actuelle, était sans doute innocent. Et tout ça pour ce tableau idiot et inutile… Cette idée le retourna. Il aurait mieux valu qu'il n'ait jamais entendu parler de ce foutu Mantini.

Bravo ! Excellente soirée ! Pourquoi ne peux-tu pas agir à bon escient pour une fois ? se demanda-t-il, amer. Voilà ce qui arrive quand on essaie de jouer au plus fin.

Va falloir se lancer dans de sacrées explications, cette fois-ci. Et la police ne va pas tarder à envahir les lieux.

C'était déjà le cas. Des voitures entraient sur le Campo, toutes sirènes hurlantes. On criait des ordres. Il y avait des bruits de pas dans les escaliers. Eh bien, se dit-il, blasé, ça y est !

Ce qui se passa ensuite ne l'intéressa guère ; son corps était toujours endolori, et c'était ce qui le préoccupait surtout. Il ne quitta même pas le ciel des yeux quand deux personnes débouchèrent sur la terrasse et s'avancèrent vers lui.

Il fut aveuglé par la lumière d'une lampe de poche. Il ferma les yeux et entendit la voix du général Bottando qui disait : « C'est Argyll. Il est vivant. »

Le reste de la nuit se passa dans un brouillard. Dès qu'il comprit qu'on n'allait pas l'embarquer sur-le-champ en direction du poste le plus proche, il piqua une crise, refusant de laisser un médecin s'approcher de lui tant qu'on ne lui aurait pas donné des nouvelles de Flavia. On lui affirma qu'elle allait bien, mais il refusait de le croire.

Finalement, deux policiers durent le transporter en bas pour qu'il puisse le constater de ses propres yeux. Ce ne fut pas facile et, tout en poussant maints jurons, ils s'efforcèrent de l'aider à descendre l'escalier sans le laisser tomber. Leurs efforts furent récompensés : Argyll eut le grand plaisir de voir Flavia, assise contre le mur, enveloppée dans une couverture, un gros pansement autour de la tête. On apercevait seulement une petite tache rouge sur la tempe gauche. Elle était consciente, se plaignait d'avoir mal au crâne et réclamait à manger. À l'évidence, elle n'avait rien de grave. Argyll était si content, si soulagé et si vidé qu'il ne parvenait qu'à lui tapoter la main sans la quitter des yeux. Bottando se tenait devant elle, les bras croisés et l'air contrarié.

« Général, où est le tableau ? Est-il en sécurité ? » demanda-t-elle d'une voix endormie. On lui avait donné un somnifère, qui commençait à faire son effet.

Il hocha la tête.

« Ouais… Découpé et sorti de son cadre, endommagé, mais fondamentalement toujours en bon état. Il sera restauré avec facilité. »

Rassurée, elle s'assoupit. Argyll aurait dû intervenir à ce moment-là, mais il n'en prit pas la peine. Cela attendrait bien le lendemain.

« Jeune homme, elle dort à poings fermés. Si vous vouliez bien lui lâcher la main et cesser de la regarder avec ces yeux de merlan frit, on pourrait peut-être vous bander le bras. »

Argyll ne l'avait même pas remarqué, mais, en montant l'escalier, il avait dû s'écorcher le bras sur la pierre grossière et rugueuse. Maintenant qu'il en était conscient, ça faisait horriblement mal. Il tendit son coude et le médecin se mit en devoir de le laver et de le panser.

« Que s'est-il donc passé là-haut ? Comment est-il tombé ? s'enquit Bottando.

— Je l'ai poussé. Mais ce n'était pas vraiment ma faute.

— Oui, oui, ça, on le sait ! s'exclama Bottando avec impatience. Pourquoi l'avez-vous poussé ?

— Il a attaqué Flavia et m'a pourchassé. Il a sorti un revolver. Je n'avais pas le choix.

— Je vois. Et il est resté là, à attendre que vous le poussiez dans le vide ? » Argyll n'apprécia pas le ton de Bottando, qui ne semblait pas tout à fait amical.

« Je doute qu'il m'ait vu venir. » Argyll tira le petit aérosol de sa poche. « Je lui ai aspergé le visage avec ça pendant qu'on se battait. C'est un produit pour nettoyer les tableaux.

— Ah ! C'est sans doute l'explication. Il a dû devoir pas mal se frotter les yeux. Je comprends votre prudence, mais il n'a pas sorti de revolver. » Bottando le regarda avec un pâle sourire. « Il n'en avait pas. Je crains que vous l'ayez jeté du haut d'une tour de cent mètres pour la simple raison qu'il prenait un mouchoir dans sa poche. »

Cette précision ébranla fortement Argyll, mais pas très longtemps. On lui fit une piqûre à lui aussi, et il glissa dans le sommeil en se disant que Flavia était vraiment merveilleuse. Il se trouva très grand seigneur, vu la manière dont elle l'avait traité. Comme tous les autres. Que le monde était injuste et cruel, alors qu'il cherchait juste à se rendre utile !

Ils dormirent tous les deux du sommeil du juste à

l'arrière de deux voitures de police filant sur l'*autostrada* en direction de Rome. Ils ne se réveillèrent même pas quand on les transporta à bras-le-corps, comme des sacs de pommes de terre, depuis les voitures jusqu'à l'étage où était situé l'appartement de Flavia.

Bottando supervisa la manœuvre, s'occupant d'eux avec beaucoup d'attention. Flavia n'ayant qu'un lit, il se demanda un instant où déposer Argyll. Mais il n'y avait pas d'autre solution : passant outre ses préjugés, il fit allonger l'Anglais élégamment à côté d'elle ; il espérait qu'elle comprendrait qu'il s'agissait d'un cas de force majeure et qu'elle ne rouspéterait pas trop le lendemain. Ensuite, il donna comme instructions au policier, qui allait s'installer dans le fauteuil de Flavia, de demeurer là jusqu'à leur réveil, puis de les amener au bureau le plus vite possible.

Flavia se réveilla la première, sortant de son abrutissement de façon si progressive qu'elle n'en était même pas consciente. Argyll, couché en chien de fusil à côté d'elle, lui tenait le bras d'une main. Elle lui caressa distraitement les cheveux, tout en se demandant où elle avait mis l'aspirine.

Puis sa mémoire revint et, soudain agacée par sa présence, elle interrompit son geste affectueux pour lui donner un violent coup sur le bras.

« Qu'est-ce que vous faites là ?

— Seigneur Dieu ! Faites attention ! C'est à vif… » Il se réveilla en sursaut, referma les yeux, avant de les rouvrir et de promener son regard dans la pièce.

« C'est votre lit, non ?

— Oui. Je vais faire du café. Ensuite, on essaiera de comprendre pourquoi on est couchés dedans. » Elle s'extirpa du lit avec difficulté et quitta la chambre en direction de la cuisine, puis revint aussitôt et s'empara de sa robe de chambre. « Il y a un flic à côté », dit-elle. Lorsqu'elle entra une seconde fois dans la pièce, elle salua le policier d'un signe de tête et, d'un geste, lui intima l'ordre de se taire quand il commença à expliquer les raisons de sa présence. « Pas maintenant. Je n'ai pas le courage ! »

Elle s'affala sur le comptoir de la cuisine en attendant que l'espresso passe dans la machine. Ses souvenirs des événements de la veille étaient brumeux, mais assez clairs, cependant, pour qu'elle se rende compte qu'il s'agissait d'un succès mitigé. Argyll avait joué son rôle en trouvant le tableau, ce qui réparait quelque peu le dommage causé par son comportement plutôt étrange à Londres. Et puis il avait tout gâché en poussant quelqu'un par-dessus le parapet. Elle aurait dû lui en être reconnaissante, assurément, et pourtant elle aurait préféré qu'il se fût abstenu.

Lorsque Argyll émergea de la chambre, il n'était pas d'humeur plus joyeuse. Il avait mal au bras, à l'estomac, à la poitrine et aux jambes. Il n'était pas non plus fier de ses exploits. Tous ces risques, cet atroce danger, et pourquoi ? Flavia aurait pu être enveloppée dans un sac en plastique avec une étiquette attachée au gros orteil. Lui aussi, d'ailleurs. Et, tout grand peintre qu'il était, même Raphaël ne valait pas ça. Trop pressé. Vite ! vite !

vite ! Ç'avait toujours été son principal problème. Pas assez d'attention accordée aux détails.

Ils restèrent donc assis, partageant leur tristesse, jusqu'au moment où le policier – un tout jeune homme qui, venant d'entrer dans la police, ne connaissait pas la procédure à suivre en pareil cas – interrompit leur tête-à-tête et, obéissant aux ordres, tenta de les conduire au bureau. Flavia l'ayant envoyé paître, il repartit tout seul, porteur d'un message selon lequel ils seraient là dans une heure.

Ils mirent à profit ce laps de temps pour se doucher, prendre le petit déjeuner, discuter des événements de la nuit et regarder par la fenêtre. Et, s'il y avait eu la moindre chance que Flavia trouve une bonne raison d'être de bonne humeur, cette chance s'évapora peu à peu. Pour finir, elle se leva, empila la vaisselle sale dans l'évier, puis s'adressa à Argyll :

« On ne peut pas différer plus longtemps, il me semble. Autant en terminer tout de suite ! »

Ils se mirent donc en route, marchant aussi lentement que possible en direction du bureau.

« La perspective ne me réjouit guère, dit Argyll, chemin faisant.

— Que craignez-vous ? Tout ce que vous risquez, vous, c'est une engueulade. Moi, il va me virer. » C'était un argument valable.

« Mais c'est moi qui perds la bourse », répliqua-t-il. Il n'avait pas tort non plus.

L'accueil de Bottando les surprit agréablement.

« Entrez, entrez donc ! lança-t-il en réponse aux

petits coups discrets frappés contre sa porte. Merci d'être venus si vite. » Il était un peu plus de midi. Flavia se demanda s'il faisait de l'ironie.

« J'ai passé une nuit affreuse. Vous ne devriez pas me faire faire tant de mauvais sang. Est-ce que vous imaginez à quel point j'aurais été malheureux si vous aviez été tués ? Sans compter la difficulté d'expliquer la situation au ministre et de trouver une bonne remplaçante.

— Écoutez, général, je suis désolée… »

Il repoussa ses excuses d'un geste.

« Ne vous excusez pas. Je me sens déjà assez coupable. Ce genre de chose arrive. Évidemment, Argyll, cette histoire de la tour est ennuyeuse. Mais je suis sûr que vous n'aviez guère le choix. Il n'était pas du tout beau à voir… Ça m'étonne un peu, malgré tout, que l'on ne vous ait pas retrouvé en petits morceaux éparpillés sur tout le Campo. Il était beaucoup plus costaud que vous. »

Argyll avoua que lui aussi était surpris.

« Bon ! Je ne pense pas que ça fasse la moindre différence sur le long terme. Comment allez-vous tous les deux ? Vous vous sentez déjà mieux ? »

Flavia répondit par l'affirmative. Bottando paraissait d'une humeur particulièrement joyeuse. Mais il est vrai qu'il n'était pas encore au courant de tout.

« Très bien ! poursuivit-il d'un ton enjoué, sans prêter la moindre attention à l'état d'abattement dans lequel se trouvait sa collaboratrice. Je suis ravi de l'apprendre. Dans ce cas, vous pouvez m'accompagner :

je dois faire mon rapport au directeur. Je lui ai donné un compte rendu abrégé, mais il veut des détails. Je crains qu'il n'apprécie guère ce qui est arrivé à Ferraro – le taux de mortalité au musée est un tantinet élevé en ce moment. Enfin, c'est son problème… »

Il mena la marche vers sa voiture de fonction et ils s'entassèrent tous trois à l'arrière. Argyll se sentait très mal à l'aise.

« Êtes-vous certain que vous voulez que je vienne, moi aussi ? Après tout, il m'est difficile de croire que Tommaso va m'accueillir à bras ouverts…

— En effet. Sûrement pas. Vous êtes responsable de la plupart de ses ennuis, je suppose. Si vous n'aviez pas tiré des conclusions hâtives dès le début, rien de cela ne serait arrivé. Mais ne vous en faites pas, je vais vous protéger ! »

Le long du Corso, en direction du musée, ils gardèrent le silence, sauf Bottando, qui marmonnait entre ses dents : « Un autre Raphaël, *Dio mio* ! Quelle belle réussite…

— Merci… », commença Argyll.

Bottando leva la main.

« Je vous en prie ! On fêtera ça plus tard… Pour l'instant, on doit se concentrer sur le tableau final. »

Pendant le reste du parcours dans les rues encombrées de Rome, Bottando se tut, mais, grâce au reflet dans la vitre, Flavia voyait qu'il souriait de temps en temps, tout en regardant les passants d'un air absent.

« Général, et Ferraro ? Enfin, je ne comprends pas comment il s'y est pris. »

Bottando lui donna de petites tapes paternelles.

« Vous vous agitez trop et ne réfléchissez pas assez, voilà votre problème à vous les jeunes. Je vous le dirai quand nous verrons le directeur. »

Lorsqu'ils arrivèrent au musée, le chauffeur descendit leur ouvrir la portière et salua tandis qu'ils gravissaient le vaste escalier menant à l'entrée. Ils traversèrent les galeries à vive allure, enfilèrent un escalier tout au fond du musée et parvinrent au bureau communiquant avec celui du directeur.

« Je crains que vous ne puissiez voir le directeur. Il est occupé. »

Bottando composa sa mine la plus féroce.

« Femme, ne dites pas de bêtises ! lança-t-il à la secrétaire. Bien sûr qu'il veut me voir.

— Mais c'est une réunion très importante… », protesta-t-elle comme il lui passait devant pour ouvrir la porte.

Même quelqu'un comme Argyll – qui n'était en général pas sensible aux subtilités telles que les fines nuances d'une atmosphère – se rendit compte que l'ambiance de la pièce n'était pas particulièrement sereine. Qu'elle était, en fait, très tendue. Ce qui n'était pas vraiment surprenant, puisque les seuls occupants, assis en silence autour d'un feu de charbon éteint, en étaient le directeur, Enrico Spello et sir Edward Byrnes. À l'évidence, leur intrusion n'interrompait pas une conversation animée.

« Messieurs… Bonjour… Je suis si content que vous soyez tous réunis ici pour passer un bon moment. »

Bottando se frottait les mains, sa gaieté pas même entamée par l'ambiance plutôt froide. Avec un soin exagéré, il présenta chacun, bien que tous se fussent déjà rencontrés. Il s'assit et adressa un sourire radieux au groupe.

« Eh bien, monsieur le directeur, nous devons passer en revue un grand nombre de détails. D'abord, vous n'êtes pas sans savoir que le musée possède désormais un Raphaël de substitution et que nous sommes en droit d'appeler officiellement le premier un faux. »

Tommaso opina du bonnet.

« C'est une consolation. Un véritable scandale ! Ferraro ! Qui aurait pu imaginer ça ? » Il secoua la tête d'un air plus chagrin que courroucé.

« En effet. Une malheureuse affaire. Comme l'autre tâche dont je suis obligé de m'acquitter.

— C'est-à-dire ? » demanda Tommaso.

Bottando fouilla dans sa poche et en sortit un morceau de papier, regardant tour à tour les cinq personnes présentes.

« Rien qu'un petit mandat d'arrêt », commença-t-il d'un ton d'excuse, alors qu'il était manifestement ravi. Il s'éclaircit la voix afin de ne pas buter sur les mots en prononçant les termes juridiques. Il tenait toujours à célébrer ces petits rituels selon les normes.

« *Cavaliere* Marco di Tommaso, j'ai ici un mandat d'arrêt vous concernant, avec les chefs d'accusation suivants : prévarication, complicité de faux et d'entrave à la justice, ainsi que tentative de fraude fiscale. »

15

Ils buvaient du café dans le bureau de Bottando. Byrnes et Spello ayant pris les seuls sièges confortables, Flavia et Argyll s'étaient juchés sur deux perchoirs tubulaires en métal, apportés pour l'occasion. Bottando était assis à son bureau, l'air radieux et satisfait, Byrnes et Spello avaient le visage impassible, tandis qu'Argyll et Flavia fermaient la marche, leur mine encore vaguement inquiète se teintant peu à peu d'un certain soulagement.

« Bien, bien… Quelle histoire ! La tête qu'a faite le directeur quand j'ai lu le mandat d'amener était impayable… Je n'aurais jamais cru que quelqu'un puisse autant bafouiller ! s'exclama Bottando, un sourire ravi aux lèvres. Ça n'aurait pas pu mieux se passer. Je suis particulièrement fier de l'avoir coincé sur ses impôts. Je vais prendre un grand plaisir à lire les journaux demain. Un mois avant la date limite pour soumettre les propositions de budget pour l'année prochaine. Je pense que je vais saisir l'occasion pour ajouter vingt pour cent aux salaires et réclamer cinq collaborateurs supplémentaires. Maintenant, je vais sans doute les obtenir.

— J'ai trouvé tout ça plutôt angoissant, dit Argyll. Je suppose que vous bluffiez. Mais qu'auriez-vous fait s'il ne s'était pas mis à table ? Vous auriez alors été dans de beaux draps !

— Dieu du ciel ! Jeune homme, pour qui me prenez-vous ? Ce n'est pas parce que, avec mes quelques kilos de trop, je ne peux pas sillonner l'Europe dans tous les sens comme un train fou que je suis sénile, vous savez. Non, je ne bluffais pas : j'aurais été bien plus circonspect si vous n'aviez pas si brillamment retrouvé ce tableau. Sans ça, nous n'aurions rien pu prouver. »

Il sourit au jeune Anglais, qui rougissait de confusion.

« Il était évident que c'était lui. Mais vous étiez si désireux de faire coffrer ce pauvre sir Edward que vous aviez négligé les preuves. Alors que moi, bien tranquillement assis dans mon bureau, je pouvais prendre du recul et dominer la situation.

— Est-ce qu'on vous a déjà fait remarquer que vous êtes vraiment agaçant lorsque vous jouez les hommes supérieurs ? demanda Argyll.

— Je sais. Mais je ne passe pas souvent d'aussi bonnes journées. Veuillez m'excuser, je vous prie.

— Vous alliez expliquer pourquoi c'était évident.

— En effet. D'abord, il y avait la question de savoir qui connaissait l'existence du tableau avant le violent éclat d'Argyll ici après son arrestation. Vous avez dit que vous en aviez informé seulement votre directeur de thèse et que, de toute façon, il était en congé sabbatique en Toscane. D'accord ? Et qu'il vous avait écrit une lettre pour vous dire qu'il avait lu votre essai et envoyé une lettre de recommandation vous permettant de rester à l'université. Il résidait chez un ami, à l'est de Montepulciano. Intéressant, hein ? »

Flavia et Argyll s'appuyèrent au dossier de leur chaise, croisant les bras en même temps, exaspérés.

« Bon. Et vous vous rappelez que je vous ai dit – en tout cas, je l'ai dit à Flavia – avoir été surpris que Tommaso annonce qu'il allait prendre sa retraite en Toscane, l'année prochaine. Dans une villa aux abords de Pienza, en fait. Vous y avez déjà été ? Non ? Vous devriez, réellement. Jolie ville. Un vrai petit joyau. Très facile d'accès : allez jusqu'à Montepulciano, puis continuez pendant quelques kilomètres encore en direction de l'est, et vous y êtes.

» Et il paraissait peu probable, poursuivit Bottando en fixant le plafond, que deux sommités artistiques se trouvent à deux pas l'une de l'autre sans se rencontrer. Un simple coup de téléphone l'a confirmé. Votre patron de thèse séjournait chez Tommaso pendant qu'il lisait votre essai.

» Voilà pour le premier élément. Tommaso avait l'occasion, à tout le moins, de connaître l'existence de ce tableau assez longtemps à l'avance pour faire fabriquer un faux. Je n'ai pas réussi à trouver comment sir Edward aurait pu le savoir, lui. Tommaso fait une enquête et découvre que vous vous trompez. Mais il examine les documents et en conclut que, bien qu'il n'y ait rien sous celui-là, il aurait dû y avoir quelque chose.

C'est ce que vous avez dit vous-même. Si quelqu'un nettoyait la peinture et découvrait un tableau ressemblant à un Raphaël, on serait disposé à croire qu'il était authentique.

» Mais ce n'est pas un imbécile. On ne peut pas présenter n'importe quel vieux machin en espérant que ça passera. Il avait besoin d'un expert. Et à qui pense-t-il ? Eh bien, à ce brave Pr Morneau, qui lui a tout appris sur la peinture quand il étudiait aux beaux-arts à Lyon. Il s'était adressé à l'homme idoine : Morneau était vraiment excellent. Il a acheté ce vieux tableau et a utilisé les autres pour s'exercer. Ensuite il a nettoyé la partie centrale et a peint un Raphaël en suivant votre description. Il a mis le faux Mantini par-dessus, l'a encrassé et vieilli, puis a permuté les tableaux quand personne ne regardait. *Exit* Morneau.

» Bien sûr, de toute façon, j'avais toujours un peu soupçonné Tommaso, mais je ne pouvais pas oublier que Byrnes était le bénéficiaire le plus probable et que le directeur avait un alibi en béton pour tout. Le point de vue de Flavia selon lequel Byrnes travaillait pour son propre compte semblait très plausible.

» Les choses commencèrent à se mettre en place lorsque Byrnes m'a appelé au téléphone, assez énervé, Argyll l'ayant effectivement informé que nous savions que le tableau était un faux et qu'il allait devoir rembourser tout l'argent. » Il s'interrompit et se tourna vers le jeune Anglais : « Au fait, pourquoi avez-vous fait ça ? »

Flavia jeta à Argyll un regard désapprobateur et il prit à nouveau un air penaud.

« Comme je l'ai dit à Flavia, sur le moment ça m'avait semblé une bonne idée. Mon calcul, c'était que sir Edward allait se précipiter à Sienne pour tenter de détruire le tableau et qu'on l'arrêterait. Je suppose que je vous dois des excuses, fit-il à Byrnes, qui les accepta avec grâce.

— Très bonne idée, approuva Bottando, ce qui surprit presque autant Flavia qu'Argyll. Erreur sur la personne, mais l'hypothèse était correcte. Comme vous le savez, ça ressemblait au plan que j'ai moi-même adopté.

» En fait, ajouta-t-il, reprenant son monologue, heureusement que vous êtes passé le voir. C'est lui qui m'a indiqué que Tommaso avait été l'élève de Morneau. Jusqu'alors la seule personne que je voyais capable de brûler le tableau et de tuer Manzoni était Argyll, ce qui impliquait Byrnes, car je ne croyais pas Argyll capable de penser à l'escroquerie tout seul.

— Merci beaucoup ! s'exclama Argyll.

— Ne le prenez pas mal. Je faisais juste référence à votre manque d'expérience. Mais vous étiez capable de tuer quelqu'un ; j'avais du mal à imaginer l'un de ces esthètes un petit peu empâtés – mes excuses, messieurs – en train de se bagarrer avec Manzoni. J'ai donc abouti à une impasse. »

Bottando dévissa le bouchon d'une bouteille d'eau minérale gazeuse, s'en versa un verre, puis en offrit à tout son auditoire.

« Donc, Byrnes est mandaté : il achète le tableau, le rapporte chez lui et l'escroquerie est prête à fonctionner. Tommaso avait préparé le terrain de son côté, en persuadant le ministre que, si l'occasion se présentait, ils devraient intervenir sans délai afin de sauver le patrimoine italien.

» Le musée achète le tableau et Tommaso a ainsi l'occasion de faire pratiquer les tests sur la zone qui les supportera. Il appelle Byrnes et donne ses directives, selon lesquelles seul le côté gauche du tableau doit être examiné. Malheureusement, sa secrétaire a entendu la conversation et me l'a racontée, hier matin, pendant que je faisais le pied de grue dans l'antichambre de son bureau. C'est le prix à payer quand on fait attendre ses visiteurs.

» Ensuite, Flavia se rend en Angleterre et Argyll lui signale ses éléments de preuve. J'informe le directeur des soupçons d'Argyll, ce qui le met hors de lui. Mais il ne fait rien. C'est seulement quand j'essaie de ne pas assister à cette fameuse soirée en disant à Ferraro que je me rends en Suisse à la recherche de certaines icônes que le tableau est détruit. C'est à ce moment-là que Tommaso perd la maîtrise des événements.

» Autre bizarrerie qui prend tout son sens lorsqu'on commence à imaginer Tommaso en instigateur éventuel. Soudain, il nomme Ferraro comme successeur et annonce qu'il prend sa retraite. C'est étrange, ça, d'accorder une telle faveur à quelqu'un qu'on déteste si manifestement. Je soupçonne que Ferraro a découvert le pot aux roses pendant qu'il dirigeait le musée en l'absence de Tommaso et de Spello. Le directeur a affirmé que c'est à ce moment que Ferraro avait vraiment décroché le poste. J'avais cru que c'était grâce à son efficacité, mais il est plus probable que c'est parce qu'il tenait Tommaso.

» Ferraro va le prévenir que je suis sur le point de prouver que le tableau est un faux. Il dicte ses conditions pour régler le problème et pour s'abstenir d'informer la police. Tommaso n'a pas le choix. Il les accepte, et Ferraro, homme bien plus impitoyable, passe à l'action.

» Ferraro se trouvait dans une situation inconfortable. Si le faux restait là et était découvert, la réputation de Tommaso et ses propres chances de devenir directeur seraient menacées. Mais s'il était détruit et que personne ne prouvait que c'était un faux, Tommaso serait tout aussi menacé à cause de son impuissance à protéger un chef-d'œuvre.

» Sauf si, bien sûr, on pouvait faire endosser la culpabilité à quelqu'un d'autre. À n'en pas douter, c'était un homme prévoyant. D'où la parution immédiate dans les journaux d'articles sur les négligences du comité de sécurité. Cela a poussé Spello sous le feu des projecteurs en tant que suspect et fait de moi un bouc émissaire potentiel. Dès que j'ai cessé de considérer tout ça comme autant de menées politiciennes de la part de bureaucrates et que j'y ai vu un aspect du dossier, le brouillard a commencé à se lever un peu.

» Il restait deux points faibles dans leur défense. D'abord, quelqu'un va découvrir la manière dont le faux a été fabriqué. C'est Manzoni qui le devine. Il en informe Ferraro dans l'espoir de garder son poste au musée. Ferraro quitte discrètement le bureau, l'assassine et revient au travail tout aussi discrètement ; il repart tard dans la soirée en s'assurant bien que le portier le voit sortir. Le dernier détail, c'est la destruction du tableau original, et c'est là, par chance, qu'il a commis un faux pas.

» Maintenant que nous savons tous ce qui s'est passé, bien sûr, il est facile de voir où nous avons fait une erreur. Nous avons eu tendance à considérer que l'incendie du tableau et l'assassinat de Manzoni avaient été perpétrés par la personne qui avait organisé l'escroquerie. Et, comme Tommaso possédait un alibi parfait aussi bien pour l'assassinat que pour l'incendie, je ne voyais pas comment il pouvait être responsable. »

Flavia émit alors une objection :

« Mais Ferraro possédait, lui aussi, un alibi pour l'incendie du tableau. C'est vous-même qui me l'avez dit.

— C'est vrai. Tommaso le lui a fourni, et les Américains ont fourni un alibi à Tommaso. Ce qu'on ne possédait pas, c'est un alibi américain pour Ferraro. Jusqu'à hier, lorsque je les ai rappelés et qu'ils m'ont appris qu'il avait quitté le bureau du directeur au milieu de leur réunion à propos du don. J'aurais dû aussi y penser, étant donné que je l'ai vu à la soirée dix minutes avant la réapparition de Tommaso. »

Il se tut quelques instants avant de reprendre son monologue où il l'avait laissé :

« Mais cela s'est produit il y a seulement deux jours. Je suis un peu long à la détente. Après l'appel de Byrnes et lorsque le puzzle a commencé à se reconstituer, j'ai passé une journée horrible. Je savais, mais je n'avais aucune preuve. C'est pourquoi j'ai dû me résoudre à prendre une décision risquée. Vous alliez à Sienne. Bon ! Est-ce moi qui en ai informé Ferraro ? Si je ne le faisais pas, nous aurions la preuve de l'escroquerie, mais pas celle de l'identité de l'instigateur, ni du meurtrier.

» Mais, si je le faisais, Ferraro ne manquerait pas de s'y rendre afin d'essayer de détruire les preuves, une fois pour toutes. Et, comme ça risquait de vous concerner, vous deux, autant que le tableau, j'étais vraiment très inquiet.

» C'était extrêmement angoissant. Mais sir Edward m'a persuadé que, si nous saturions Sienne de policiers en civil, nous pourrions vous protéger. Par conséquent, j'ai adopté le même plan qu'Argyll, mais avec une cible différente. Je suis parti en hélicoptère pour diriger les opérations ; j'ai établi mon quartier général dans un hôtel – pas du tout aussi luxueux que le palace que vous avez choisi, mais moi je ne suis qu'un humble policier – et nous sommes passés à l'action.

» Et on aurait pu vous protéger si vous n'aviez eu l'idée saugrenue de vous cacher dans les toilettes. Original, mais ridicule. On était convaincus que vous étiez sortis du musée et qu'on avait perdu votre trace. Panique générale. On a disséminé nos forces et ratissé les rues. Et tous les restaurants, bien sûr. Rien. J'étais persuadé que vous gisiez, la gorge tranchée, dans quelque ruelle sombre. L'inquiétude a bien failli rouvrir mon ulcère.

» On vous a retrouvés, mais juste au moment où Ferraro est tombé de la tour. Il s'est écrasé à quelques pas d'un policier posté sur le Campo et chargé de noter tout comportement suspect : ayant jugé que c'en était un, il m'a appelé.

» Personne ne l'avait vu frapper à une porte de derrière, là où se tient le veilleur de nuit, assommer celui-ci et pénétrer dans le bâtiment. C'est parce qu'on était si occupés à vous chercher. Voilà donc l'histoire. Ferraro est heureusement hors jeu pour toujours et Tommaso se trouve sous les verrous.

— Et que va-t-il se passer à présent ? s'enquit Argyll. Quel est le chef d'inculpation ?

— Oh ! ça ne fonctionne pas du tout comme ça. D'abord, détention préventive. Pour l'empêcher de filer en Argentine, comme tous les autres mafiosi. Il va être emprisonné, disons, dix-huit mois pendant que le juge d'instruction préparera son dossier. Ensuite, il aura un procès équitable et sera déclaré coupable. Dieu seul sait pourquoi ça prend si longtemps. Ce sera un beau procès. »

Argyll leva le doigt en hésitant, comme un écolier qui veut sortir pour aller aux toilettes, mais il n'eut pas la possibilité de s'exprimer, Flavia lui ayant ravi la priorité.

« Je ne comprends toujours pas pourquoi il a eu besoin de faire ça. Après tout, il était très riche, exerçait un merveilleux métier ; il était très envié et admiré. Pourquoi se lancer dans une opération aussi risquée ?

— Eh bien, c'est justement ce qui m'a mis la puce à l'oreille. Depuis environ six mois, tout le monde me répète qu'il est riche comme Crésus. Mais, en y réfléchissant, je me suis rendu compte que c'était la première fois que j'entendais parler de cette fabuleuse fortune. Et, à mon avis, Tommaso n'était pas homme à faire mystère de ce genre de chose.

» Alors, j'ai passé un certain temps à consulter les dossiers et les fichiers des affaires que j'avais traitées. Exercice très fructueux. J'ai découvert qu'il avait, comme c'est souvent le cas, reçu pour prénom le nom de jeune fille de sa mère : Marco. La famille a été impliquée dans un scandale financier que j'ai aidé à mettre au jour dans ma jeunesse et qui a provoqué sa faillite. Le jeune Tommaso est passé brusquement de l'immense fortune à la misère totale, ce qui a pu engendrer l'appât du gain et le désir de revanche. Il n'avait pas un sou. Pas, en tout cas, jusqu'à ce qu'il s'empare des profits dégagés par cette opération. Ce n'est qu'à partir de ce moment-là qu'on s'est mis à parler de sa richesse. »

Byrnes s'agita dans son fauteuil près de la cheminée et prit la parole pour la première fois.

« J'ai aussi joué un rôle dans cette affaire, commença-t-il. J'imagine qu'il serait de toute façon passé à l'action, mais le fait qu'il a réussi à m'attirer dans ses filets a parachevé son triomphe. Il savait que je serais le principal suspect.

» Je vous ai parlé de l'affaire du Corrège. J'ai repris le

tableau, ce qui, je suppose, m'a rendu encore plus suspect. Mais je l'ai repris sans y être forcé parce que j'étais convaincu de son authenticité. J'ai fait des recherches, j'ai prouvé que j'avais raison, et à la fin je l'ai vendu pour une plus forte somme que celle qu'avait payée Tommaso. S'il a démissionné de son poste à Trévise, c'est uniquement à cause des critiques et des doutes de quelques connaisseurs.

» Il gardait ça sur le cœur, et je dois dire que je le comprends. Je l'agaçais aussi parce que je l'avais pris deux fois en défaut. Lorsque l'occasion s'est présentée, il l'a saisie. Cette fois-ci, il voulait ridiculiser tous les collègues qui l'avaient méprisé. Plus la supercherie durerait, plus on écrirait des articles et des livres, et plus les spécialistes s'engageraient. Et pour finir, dans son testament, peut-être, afin de ne pas avoir à rendre l'argent, il révélerait toute l'affaire, ce qui les ridiculiserait aux yeux de tous.

» Mais voilà qu'apparaît cette nouvelle preuve, en grande partie parce que Argyll a semé les premières graines du doute, Morneau meurt subitement, et Ferraro lui fait perdre la maîtrise des événements. La plaisanterie ingénieuse et bien conçue tourne à l'aigre. Dommage ! En un certain sens, j'aurais assez aimé qu'il s'en tire. Toutefois, maintenant, on a au moins un vrai Raphaël. »

Argyll secoua la tête.

« Ah ! eh bien… Bon… Je crains que non. C'est ce que j'essaie de vous dire depuis qu'on est là. Je crois que j'ai encore fait une bourde… »

Il y eut un silence, suivi d'un faible grognement poussé par les autres occupants de la pièce lorsqu'ils finirent par comprendre ce qu'Argyll venait de dire. Seule Flavia, qui avait attendu ce moment tout l'après-midi, parut soulagée qu'il ait fini par se décider.

« Encore ? » Bottando leva les sourcils. « Une deuxième fois ? Une nouvelle erreur ? Mais Flavia a dit que vous l'aviez trouvé. Vous lui avez affirmé qu'il y avait une peinture en dessous. »

Argyll sourit d'un air un peu contrit. « "De la peinture", pas "une peinture". C'est vrai. Du vert. De la peinture vert clair. C'est ce que je lui ai dit. Mais au moment où elle a reçu un gnon sur la tête j'étais sur le point de lui expliquer que c'était, hélas ! mauvais signe. Tous les peintres appliquent sur la toile une première couche préparatoire ; en général une sorte de blanc cassé. Mais Mantini utilisait du vert pâle. C'est ce que je tentais de lui démontrer. Il s'agit, de fond en comble, d'un authentique Mantini. Il n'y a absolument rien dessous. Je me suis trompé de tableau. »

L'espace d'un instant, tout le monde le regarda d'un air chagrin. Argyll aurait voulu disparaître dans un trou de souris.

« Vous êtes d'une désinvolture ! s'écria Bottando avec force. Je me suis rendu chez Tommaso parce que je croyais que nous détenions enfin la preuve infaillible que le premier tableau était un faux. Imaginez ce qui se serait passé s'il avait tout nié en bloc. On n'aurait rien pu lui faire. En l'espace d'une année, vous avez identifié à tort deux Raphaël. C'est sans doute un record.

— Je sais, répondit piteusement Argyll. Et j'en suis si désolé ! Tout ce que je puis dire, c'est que celui-ci aurait dû être le bon, les deux, en fait, auraient dû l'être. Je n'y comprends rien. Quelque chose a dû m'échapper. La troisième fois sera la bonne, vous ne croyez pas ?

— Non. Surtout pas. Laissez tomber ! Même si vous trouviez le bon, personne ne vous croirait plus. Contentez-vous de vous occuper de Mantini : ça, ça ne tire pas à conséquence. Et, à l'avenir, tâchez d'être un peu plus modeste. »

Durant les mois qui suivirent, Argyll suivit le conseil du général et progressa dans ses efforts pour rendre à Carlo Mantini la place qui lui revenait au panthéon de l'art. Son zèle, aussi soudain qu'exceptionnel, n'était pas uniquement dû à son goût pour la recherche, cependant. Si Byrnes lui avait pardonné de l'avoir pris pour un assassin, il le poussait avec discrétion à présenter quelque chose justifiant la bourse. Il lui avait aussi fait une vague proposition concernant un travail dans sa galerie romaine, une fois la thèse terminée.

La perspective d'un séjour permanent en Italie représentant une bonne motivation, Argyll bûcha à la Hertziana, la bibliothèque des arts allemande, située en haut de l'escalier de la Trinité des Monts. Entouré des livres dont il avait besoin et mû par une excellente raison de travailler, il n'avait guère d'excuse pour se laisser aller. En outre, Flavia le harcelait sans trêve, lui rappelant sans relâche que c'était pour son bien. Comme il était en gros d'accord, cela ne gâta pas la relation très amicale qui, malgé leur différence de caractère, grandissait peu à peu entre eux.

Son travail n'était sans doute pas très passionnant, mais il n'était pas prenant, non plus. Argyll lui consacrait quelques heures le matin, déjeunait sans se hâter au club de la presse, puis rentrait chez lui et s'échinait sur sa machine. Rien ne venait facilement et, les yeux fixés sur le mur, il passait de nombreuses heures à chercher l'inspiration ou, à défaut, le courage de poursuivre la rédaction. Il avait fixé une photo du faux Raphaël en face de sa table de travail : quelle qu'en soit l'origine, il trouvait toujours que c'était un merveilleux tableau. À côté, il épingla la copie ancienne que Morneau avait utilisée comme base. La belle et la bête : elles lui rappelaient toute l'affaire. En y repensant, il se disait que ç'avait été une époque plutôt agréable.

Il avança peu à peu mais sans faillir, avant de s'embourber dans le chapitre central – qui traitait de l'escroquerie – lorsqu'il essaya de trouver quelque chose de nouveau à dire. En outre, il avait accepté de faire une communication à un colloque d'histoire de l'art en janvier – ce qui allait le retarder encore plus, d'autant qu'il ne voyait pas de quoi il allait bien pouvoir parler. Il serait obligé de se rendre en Angleterre au pire moment de l'année, mais il n'y avait pas moyen de se décommander maintenant.

Ainsi pensait Argyll, pendant une pause, couché sur son lit, les yeux fixés sur le mur, une cigarette entre les doigts. Taper donne mal au dos. Il regarda une fois de plus ses deux tableaux. La copie était réellement atroce. Qui aurait pu porter des bijoux aussi grossiers et tapageurs, même au XVIe siècle ? Et ce bizarre dessin ! Une bague faite d'oiseaux morts, quelle idée !

Perdu dans ses pensées, il se mit à arpenter la pièce, précisant une idée de communication qui commençait à germer dans son esprit. Elle allait demander pas mal de travail, mais, une fois la ligne directrice trouvée, le reste ne serait pas trop difficile.

Il fut tenté de quitter sa machine pour le reste de l'après-midi et d'aller se promener dans la lumière d'automne déclinante : il rendrait visite à Flavia pour lui exposer son projet. Mais il abandonna l'idée. Flavia était patiente, cependant c'était loin d'être une sainte. Elle ne ferait que le critiquer pour avoir interrompu la rédaction de sa thèse. De plus, elle avait beaucoup de travail, et il ne voulait pas lui faire perdre son temps.

Il se tint donc coi, travaillant en catimini, rassemblant des renseignements épars ici ou là. Ce n'était pas facile, ça venait par petites bribes, jusqu'à ce qu'il ait accumulé assez d'éléments pour oser se risquer à faire fi de la circonspection qui était sienne depuis peu. À la fin du mois de novembre, il partit à Londres et rendit visite à Byrnes pour l'entretenir du travail promis. Son bienfaiteur fut très compréhensif. Cet homme charmant gagnait à être connu. Doué du sens de l'humour aussi. Argyll retrouva Phil et le harcela jusqu'à ce qu'il accepte de l'inviter à déjeuner avec son père au National Trust. Cette rencontre se termina par une invitation à se rendre dans le Nord pour un long week-end dans le froid glacial du Yorkshire. Puis il revint à Londres.

Flavia trouva son comportement aberrant. Il avait commencé à rédiger sa thèse, mais il n'avait manifestement pas le feu sacré. Pour élaborer un exposé de vingt minutes, il travaillait comme un fou, de longues heures, jusque tard dans la nuit, à écrire, récrire et annoter son texte. Il refusait, en outre, de lui montrer ce qu'il produisait, bien qu'elle lui eût proposé de le relire. Elle pourrait l'écouter au colloque, lui disait-il, si elle voulait bien y assister.

16

Argyll avait un trac fou. Il n'avait pas souvent fait de communications, et jamais devant un auditoire aussi fourni. Il doit bien y avoir deux cents personnes, même si certaines sont en train de sortir pour aller prendre le thé. Deux paragraphes de mon exposé et elles vont se rasseoir..., se disait-il tout en se dirigeant vers le podium.

Il sortit ses feuillets et promena son regard sur la salle, attendant que s'apaise la rumeur des bavardages. Ça risquait d'être amusant ! La communication précédente ne lui avait guère volé la vedette. Cette bande d'historiens de l'art allaient recevoir le choc de leur vie. Ayant aperçu, assis tout triste au fond de la salle, Rudolf Beckett, l'ami dont il partageait l'appartement, il lui lança un petit signe de la main. Il avait persuadé le pauvre gars de venir, et celui-ci regrettait manifestement d'avoir fait ce geste d'amitié inhabituel.

« Ces derniers mois, commença Argyll, il y a eu pas mal dc discussions dans les revues scientifiques et dans les journaux à plus forts tirages (rires polis) à propos de l'achat d'un prétendu Raphaël exécuté par le faussaire Jean-Luc Morneau. Comme vous le savez tous, l'ancien directeur du Museo nazionale de Rome est sur le point d'être jugé pour complicité dans cette escroquerie. Je ne vais donc pas traiter de cet aspect de l'affaire, de crainte d'enfreindre les règlements italiens et pour ne pas, par mes déclarations, compromettre le droit du *dottore* Tommaso à un procès équitable.

» Mon but aujourd'hui est de revenir sur l'hypothèse à l'origine de toute cette histoire. C'est-à-dire le fait qu'un tableau de Raphaël représentant Elisabetta di Laguna, jadis propriété de la famille di Parma, a été réellement recouvert d'un repeint par Carlo Mantini dans le but de lui faire passer la douane papale, avant de l'exporter en Angleterre. À cause de la publicité qui a entouré la révélation de la falsification, la question du tableau original a été quelque peu oubliée, même s'il ne fait aucun doute qu'il a existé. J'ai l'intention de démontrer que les preuves permettant de déterminer, sans conteste, la dernière destination du tableau sont bien réelles. »

Il y eut un petit mouvement dans l'auditoire. Plus le moindre bavardage parmi les dissidents des derniers rangs. La brigade des buveurs de thé se rasseyait sagement. Il est vrai qu'Argyll avait quelque peu sacrifié la rigueur scientifique afin de produire le maximum d'effet, mais le résultat était garanti. Comparé aux exposés sur « La conception du progrès humain chez

Manet » ou « Théorie du regard masculin », c'était du rock and roll.

« On a toujours considéré que le tableau avait disparu, soit parce qu'il n'était jamais sorti d'Italie, soit parce que le marchand Samuel Paris l'avait emporté avec lui, à un moment ou à un autre. » En fait, c'était lui qui avait cru cela… Mais ça ne faisait de mal à personne de généraliser un brin.

« La principale base de cette hypothèse, c'était le décès, suite à une crise cardiaque, du comte de Clomorton, au moment même où le Mantini était arrivé en Angleterre. Vu son avarice notoire, on a supposé qu'il n'avait pas pu supporter l'idée d'avoir été escroqué de plus de sept cents livres.

» Une lettre de sa femme jette le doute sur cette interprétation. » Il lut toute la lettre qu'il avait montrée à Flavia chez lui. « Elle indique clairement que Clomorton était attendu dans le Yorkshire et qu'il avait passé trois semaines à Londres avec Samuel Paris à "s'occuper activement de l'envoi". Il est mort une semaine après la rédaction de cette lettre.

» Une deuxième lettre du frère de la veuve paraît rassurer cette dernière que les commérages inamicaux à propos de l'escroquerie ne verront jamais le jour. » Il lut le passage qu'il avait découpé dans le journal. Ce n'était pas scientifique, mais il avait vérifié qu'il s'agissait d'une transcription fidèle du document original. « Une fois de plus, cette interprétation pose des problèmes. J'ai du mal à croire que quelqu'un possédant un Raphaël attende trois semaines avant de chercher à le voir. Paris était disponible, et il était non seulement marchand mais aussi restaurateur. N'est-il pas plus probable qu'il se soit mis au travail dès le débarquement du tableau ? Et, dans ce cas, ce qu'il y avait sous le Mantini aurait été découvert au mieux quelques heures plus tard.

» Par conséquent, de quoi est mort le comte ? Il n'est guère concevable qu'un homme, quelle que soit sa radinerie, meure d'une attaque trois semaines entières après avoir découvert qu'on l'a volé. Qui plus est, Clomorton a été enterré dans le Yorkshire. Il est mort en janvier, mois où les routes anglaises étaient le plus impraticables. Et il est mort le jour où sa femme l'attendait chez eux. Si sa mort a été causée par un choc reçu dans l'atelier du restaurateur, sa famille se serait-elle donné la peine de faire transporter son corps sur une distance de près de cinq cents kilomètres, à cette époque de l'année ?

« Bon. Revenons maintenant à lady Arabella. » Il donna alors les extraits du journal du vicomte Perceval qu'il avait lus à Flavia. « Peut-être devrait-on placer cela sous un nouvel éclairage, continua-t-il. Lorsque Perceval a fait référence à la “beauté brune” que Clomorton, selon ses propres dires, devait ramener dans le Yorkshire, il ne s'agissait pas d'une nouvelle maîtresse. L'expression, après tout, pouvait décrire un portrait d'Elisabetta di Laguna. Il est malheureux, cependant, qu'il ait fait cette plaisanterie devant la duchesse d'Albemarle, qui l'a mal interprétée et a aussitôt écrit à sa femme pour la prévenir. Celle-ci a bien sûr cru que son mari avait repris ses mauvaises habitudes et s'est offusquée que son honneur fût une nouvelle fois bafoué. C'était, après tout, une femme qui avait fort mauvais caractère. Elle avait agressé son premier mari en public et avouait gaiement avoir menacé le second.

» Nous avons donc une solution possible. Le comte arrive chez lui, porteur de ses dernières acquisitions et tout joyeux à l'idée de montrer ses tableaux. Il ne reçoit pas l'accueil escompté. Violente scène de ménage : lady Arabella ne se maîtrise plus et joue des poings. Mais cette fois-ci elle va trop loin et le tue. C'est à quoi son frère faisait référence dans ses lettres. Il ne s'agissait pas de garder le secret sur l'escroquerie, mais bien sur le meurtre. On a alors déclaré que le comte était mort d'une attaque cardiaque, et on l'a prestement et discrètement enterré dans le caveau familial. Il y a quelques semaines, j'ai assisté à l'ouverture du caveau, qui est aujourd'hui sous la responsabilité du National Trust. Le crâne du comte était fracassé, symptôme rare lors de crises cardiaques. »

Gargouillements parmi les spectateurs, comme s'ils étaient victimes d'une indigestion collective. Argyll se tut pour leur laisser le temps de se calmer et fit un clin d'œil à Flavia, assise au premier rang. Il reprit un air sérieux avant de leur porter le coup de grâce.

« Et ensuite ? Lady Arabella a déjà exprimé son opinion sur les tableaux de son mari et sur ce qu'elle a l'intention d'en faire. Ce sont des copies et des faux qu'on doit camoufler. C'est bien ce qui se passe, et la plupart d'entre eux n'ont pas bougé depuis. Ceux qui n'ont pas été vendus avant que la famille libère les lieux dans les années quarante occupent toujours leur place d'origine, dans de petites chambres, sur les murs de couloirs sombres ou dans les caves. »

Il s'arrêta afin de produire le maximum d'effet. Cela faisait des jours qu'il s'entraînait.

« Selon les inventaires existants, le tableau de Raphaël représentant Elisabetta di Laguna – acheté par le comte, recouvert d'une autre peinture par Mantini, nettoyé et livré de bonne foi par Samuel Paris – était accroché juste à côté de la porte utilisée par les domestiques pour entrer dans les cuisines, sa véritable valeur totalement méconnue. Il est resté là, éclaboussé par la sauce des chariots passant à cet endroit, encrassé par la fumée et couvert de taches de café, durant plus de deux cents ans. Quand on l'a vendu chez Christie's en 1947, il était dans un état déplorable. »

Argyll avait naguère entendu un psychanalyste étudier les discours d'hommes politiques célèbres. Celui-ci avait expliqué que, pour chauffer l'ambiance, beaucoup d'entre eux s'arrangent pour que l'auditoire applaudisse ; puis ils hurlent les phrases suivantes de leur discours par-dessus les applaudissements, afin de donner une impression d'éloquence envoûtante. Il avait envie d'essayer depuis des années. Son allusion aux éclaboussures de sauce ayant créé une certaine sensation, il éleva la voix et poursuivit son exposé.

« À partir de ce moment-là, pour remonter la filière

et retrouver le tableau, il a suffi d'employer la technique de recherche habituelle. »

L'auditoire s'étant un peu calmé, il se tut, but une gorgée d'eau et le fit attendre. Parmi toutes ses découvertes de l'année écoulée – et il était le premier à admettre, malgré sa gêne, que certaines n'avaient pas été à la hauteur –, c'était de celle-ci qu'il était le plus fier. Cela requérait un don d'observation, de l'intuition et de l'imagination, qualités qui n'étaient en général pas son fort. Cela prouvait qu'il en était capable lorsqu'il le voulait.

« À la vente de 1947, le tableau a été acheté par un certain Robert MacWilliam, un médecin écossais. Il est mort en 1972 et le tableau a été vendu chez Parson, à Édimbourg, pour deux cent vingt-cinq guinées à sir Edward Byrnes lui-même. »

En entendant cette déclaration, l'auditoire, qui se demandait quelle horrible révélation allait suivre, retint son souffle.

« Lorsque je lui ai appris la nouvelle, sir Edward a été absolument ravi. J'ai même cru qu'il allait mourir de rire. Quand il s'est remis, il m'a déclaré qu'en y réfléchissant bien il n'avait pas imaginé que le tableau possédait la moindre valeur. D'ailleurs, il ne s'était jamais soucié de le faire nettoyer. Un beau jour, un client était entré dans sa galerie, lui avait offert une somme qui lui laissait un petit bénéfice, et il l'avait acceptée. Après quelques recherches, il a trouvé la trace de la vente. Le tableau a été acheté par un petit collectionneur privé sur le continent. Il est resté dans cette collection jusqu'à ce que son propriétaire meure, lui aussi, il y a quelques années.

» Nous parvenons à présent à l'ultime étape, et je m'excuse de vous avoir fait attendre si longtemps. Cette affaire Raphaël a créé un malaise chez tout le monde. Les techniciens, notamment, sont toujours contrariés par le fait qu'ils n'ont pas su détecter la supercherie dont ils ont été victimes. Raphaël peignait d'une manière bien à lui, et ils pensent qu'ils auraient dû remarquer que quelque chose clochait. Je suis sûr que, parmi vous, rares sont ceux à ne pas être au courant du procédé utilisé par Jean-Luc Morneau pour fabriquer son faux. Afin de mener à bien cette opération, il fallait posséder une immense habileté doublée d'une grande affinité avec le peintre imité. Morneau a usé des techniques de Raphaël, des recettes de Raphaël pour le mélange des peintures, ainsi que du style de Raphaël.

» J'ai le grand regret de vous dire qu'il a également employé un tableau de Raphaël. L'acte de vente montre que le portrait d'Elisabetta di Laguna a été vendu en tant que "portrait d'une dame, copie d'après Fra Bartolomeo" pour trois mille francs belges, à Jean-Luc Morneau. Il existe une photo de ce tableau. »

Le portrait qu'Argyll avait vu pour la première fois dans un restaurant romain apparut sur l'écran. « La preuve décisive, c'est la main gauche, poursuivit Argyll en indiquant l'endroit avec une petite baguette. Vous voyez qu'il y a une bague. » Un agrandissement plus brouillé apparut sur l'écran. « Le dessin représente deux pélicans entrelacés. C'est, évidemment, le symbole de la famille di Parma. Elisabetta était la maîtresse du marquis, et il était tout à fait normal qu'elle porte l'anneau pour indiquer à qui elle appartenait. Après tout, la liaison n'était guère gardée secrète.

» Il suffit d'une rapide comparaison entre le faux et l'original (deux photos remplacèrent l'agrandissement projeté au mur) pour voir les ressemblances dans l'arrière-plan des deux tableaux. C'est pourquoi les tests n'ont pas réussi à montrer que le tableau était un faux. Les fragments examinés étaient tout à fait d'origine.

» Morneau avait besoin d'une toile authentique de cette période et d'une peinture d'assez bonne facture pour créer l'illusion d'un vrai Raphaël. Apparemment, il possédait une base de meilleure qualité qu'il ne le croyait. Il a creusé la crasse accumulée pendant deux siècles, sans doute avec de l'acide dilué, pour préparer la surface avant de peindre. Je ne pense pas qu'il ait jamais attaché beaucoup d'importance au tableau original qui se trouvait sous cette crasse. À nos yeux, d'ailleurs, il ne semble guère représenter une grande beauté : les goûts changent. La majeure partie de l'œuvre de Raphaël, sauf cette fenêtre et certaines parties du décor sur lequel se détache le modèle, a été effacée afin qu'il puisse peindre son faux Raphaël à la place. Comme vous le savez, ce qui en restait a été détruit, en même temps que l'œuvre de Morneau, pendant l'agression perpétrée au musée. »

Le résultat dépassa ses espoirs. Il s'était attendu à des tonnerres d'applaudissements, à des acclamations bruyantes, à des jets de programmes dans les airs. Rien de cela ne se produisit, mais la réaction fut encore plus gratifiante. Devant l'auditoire médusé, il replia sa communication et la fourra dans sa poche. Puis il redescendit avec bruit les marches de l'estrade, ses souliers ferrés résonnant dans l'amphithéâtre silencieux. Flavia l'attendait, rayonnante de plaisir.

« Lentement, mais sûrement… Qu'est-ce que tu peux être futé, finalement ! » Et elle lui posa un délicat baiser sur le nez.

Impression réalisée sur Presse Offset par

CPI
Brodard & Taupin

La Flèche (Sarthe), 44452

N° d'édition : 3324
Dépôt légal : janvier 2002
Nouveau tirage : décembre 2007

Imprimé en France